데미안

Demian

데미안

차 례 Demian

나는 그저 내 속에서 저절로 우러나오는 삶을
살고자 했을 뿐이다.
그런데 그것이 왜 그토록 어려웠을까?

내 이야기를 하려면 아주 어린 시절부터 시작해야 한다. 할 수만 있다면 훨씬 더 많이 거슬러 올라가 내 유년기에서 가장 초기까지, 아니 아득한 나의 조상 시절까지 되돌아가야 할 것이다.

작가들은 소설을 쓸 때 자신들이 마치 신(神)이라도 된 듯 인간의 역사를 내려다보면서 온전히 파악하고 있는 척, 신이 이야기하는 듯 그 무엇 하나 숨김없이 어디서나 그렇게 하는 척 서술하곤 한다. 그러나 작가들이 그렇게 할 수 없는 것과 마찬가지로 나 또한 그렇게는 하지 못한다. 어느 작가건 자신의 이야기는 중요하겠지만 나에게는 내 이야기가 그 무엇보다도 소중하다. 그건 바로 나 자신의 이야기인 동시에 한 인간의 이야기이기 때문이다. 즉 상상 속에서 지어냈다거나, 어쩌면 가능할 수도 있다거나, 존재하지도 않는 이상적인 인물의 이야기가 아니라 실존하고 오직 한 번만 존재하는, 살아 있는 인간의 이야기다. 그런데 오늘날 우리는 정말로 살아 있는 인간이 무엇을 뜻하는지 옛날보다 더 모른다. 인간이라는 존재가 자연이 행한 단 한 번의 값진 시도임에도 우리는 서로를 대량으로 사살하곤 한다. 우리가 일회적인 인간 이상의 존재가 아니라면, 또 우리 각자를 정말로 단 한 발의 총알로 이 세상에서 완전히 없애버릴 수 있다면 이 이야기를 하는 것이 더는 아무런 의미가 없을지도 모른다. 하지만 모든 인간은 그 자신일 뿐 아니라 일회적이고도 매우 특별하며 그 어떤 경우에도 중요하고 기묘한 한 지점이다. 바로 이 지점에서 세상의 여러 현상이 교차하는데, 이는 단 한 번일 뿐 결코 되풀이되지 않는다. 그러므로 모든 인간의 이야기는 중요하고 영원하며 신성하다. 어떻게든 살아 있으며 자연의 의지를 실현하는 한 인간은 누구나 경이롭고 주목받을 만한 가치가 있는 존재다. 모든 이에게서 정신은 구체적인 형상이 되었고, 모든 이에게서 피조물은 괴로워하며, 모든 이에게서 구세주는 십자가에 못 박힌다.

오늘날 인간이 무엇을 뜻하는지 아는 사람은 거의 없다.

많은 사람이 이것을 느끼며, 그래서 좀 더 가벼운 마음으로 죽어간다. 내가 이 이야기를 끝마치면 더 가볍게 죽을 수 있는 것처럼 말이다.

나는 나 자신을 식자(識者)라고 말할 수 없다. 난 구도자였을 뿐이고 지금도 여전히 그렇다. 하지만 더는 별이나 책 속에서 깨달음을 찾고 있지는 않다. 나는 나의 내면에서 내 피가 속삭이는 교훈에 귀를 기울이기 시작했다. 내 이야기는 유쾌하지 않다. 지어낸 이야기처럼 달콤하거나 조화롭지도 않다. 내 이야기에는 이제 자신을 속이려 하지 않는 인간의 모든 생활처럼 불합리와 혼란, 광기와 꿈의 맛이 난다.

모든 인간의 인생은 자기 자신으로 향하는 길이고, 하나의 길을 가려는 시도이자 좁고 쓸쓸하고 외로운 길의 암시다. 일찍이 그 어떤 인간도 완전히 자기 자신이었던 적은 없다. 그럼에도 모든 인간은 자기 자신이 되고자 노력한다. 어떤 사람은 둔하게, 또 어떤 사람은 명료하게 각자 자신이 할 수 있는 한 끊임없이 노력한다. 모든 인간은 자기 탄생의 잔재를, 태고의 점액과 껍질을 죽을 때까지 지니고 다닌다. 많은 사람이 단 한 번도 인간이 되지 못한 채 개구리, 도마뱀, 개미에 머물러 있다. 상반신은 인간이고 하반신은 물고기인 사람도 많다. 그러나 모든 개개인은 인간으로 향하는 자연의 자식이다. 어머니라는 기원은 우리 모두 똑같다. 우리는 모두 동일한 심연에서 유래한다. 하지만 그 심연으로부터의 시도이자 그곳에서 비롯된 한배 자식인 우리는 각자 자신만의 목표를 향해 노력한다. 따라서 우리는 서로 이해할 수는 있지만, 해명할 수 있는 것은 오직 자기 자신뿐이다.

1장

두 개의 세계

열 살 때 작은 도시의 라틴어 학교에 다니던 시절의 경험으로 내 이야기를 시작하겠다.

그러자니 많은 것이 향기를 불어넣으면서 슬픔과 쾌적한 전율로 내 마음을 뒤흔들어 놓는다. 어두운 골목길이며 밝은 집들과 탑, 시계종 소리와 사람들의 얼굴, 아늑함과 따스한 위안으로 가득 찬 방, 비밀과 유령에 대한 깊은 공포로 가득 찬 방들이 떠오른다. 따뜻한 좁은 방의 냄새가 나고 집토끼와 하녀, 가정상비약, 말린 과일 냄새도 난다. 그곳에선 두 개의 세계가 서로 엇갈리고, 두 개의 극에서 낮과 밤이 찾아왔다.

두 세계 중 하나는 아버지의 집이었다. 이 세계는 훨씬 더 좁고 내 부모님만을 포함했다. 나는 이 세계를 대부분 잘 알고 있었다. 이 세계는 어머니와 아버지라고 불렸다. 또한 사랑과 엄격, 모범과 학교라고 불렸다. 이 세계에는 온화한 광채와 청명함, 깨끗함이 속했으며 부드럽고 다정한 말과 깨끗이 씻은 손, 정갈한 옷가지, 훌륭한 예절도 이 세계의 것이었다. 여기에는 아침 합창 소리가 있었고, 크리스마스를 축하하기도 했다. 또한 미래로 향하는 똑바른 선과 길이 있었다. 이 세계에는 의무와 죄, 양심의 가책과 참회, 용서와 선의, 사랑과 존경, 성경의 말씀과 지혜가 존재했다. 삶을 분명하면서도 정갈하게, 아름다고도 질서 정연하게 만들려면 이 세계를 꼭 지켜내야만 했다.

나머지 하나의 세계는 우리 자신의 집 한가운데서 이미 시작되고 있었다. 그것은 완전히 다른 세계였으며, 다른 냄새를 풍기고 다른 언어를 사용하며 다른 약속을 하고 다른 요구를 했다. 이 두 번째 세계에는 하녀와 직공, 유령 이야기, 추문들이 있었다. 거기에는 도살장과 감옥, 주정뱅이와 욕설을 퍼부어대는 아낙네, 새끼를 낳는 암소, 거꾸러진 말 그리고 강도와 살인, 자살과 관련된 이야기처럼 무시무시하면서도 유혹적이고 끔찍하면서도 수수께끼 같은 각양각색의 일이 흘러넘쳤다. 아름다우면서도 오싹하고 야만적이면서도 잔인한 그 모든 일이 내 주위에, 바로 옆 골목에, 이웃집에 존재했다. 경찰과 불량배는 쫓고 쫓기며 내달렸고, 주정뱅이는 아내를 두들겨 팼으며, 저녁이면 젊은 처녀들이 공장에서 우르르 쏟아져 나왔고, 노파는 사람들을 홀려 병들게 할 수도 있었으며, 숲 속에는 도둑 떼가 살았고, 방

화범은 경찰에 체포되었다. 어디서나 이 두 번째의 과격한 세계가 용솟음치면서 냄새를 풍겼다. 도처에서 그랬다. 오직 어머니와 아버지가 있던 우리 집 방만은 그렇지 않았다. 그건 정말로 좋았다. 여기 우리 집에 평화와 질서, 안정, 의무, 착한 양심, 용서, 사랑이 깃들어 있다는 것은 경이로운 일이었다. 한편 그 밖의 다른 모든 것, 즉 시끄럽거나 새되거나 음산하거나 폭력적인 것 등이 존재한다는 사실도 멋졌다. 그것들을 피하기 위해 한 번 훌쩍 뛰기만 해도 어머니의 품 안으로 도망칠 수 있었다.

그런데 가장 이상한 일은 이 두 개의 세계가 서로 맞닿아 있어 아주 가깝게 공존한다는 사실이었다! 예를 들어 우리 집 하녀인 리나는 저녁 기도 시간에 거실 문 옆에 앉아 깨끗하게 씻은 두 손을 말끔하게 다림질한 앞치마에 올려놓고 맑은 목소리로 함께 노래 부를 때면 완전히 아버지와 어머니에게, 즉 밝고 올바른 우리의 세계에 속했다. 그러나 이 시간에 이어 곧바로 부엌이나 헛간에서 내게 머리 없는 남자 이야기를 해주거나 조그마한 정육점에서 이웃 여자들과 말싸움을 벌일 때 리나는 완전히 다른 사람인 채 다른 세계에 속했으며, 비밀에 감싸여 있었다. 모든 일이 다 그러했는데, 특히 나는 더욱 그랬다. 물론 나는 밝고 올바른 세계에 속했다. 나는 부모님의 자식이었다. 하지만 내 눈과 귀를 돌리면 그곳 어디에나 그 반대의 것이 존재했다. 때때로 그것들은 낯설고 으스스했으며 반드시 양심의 가책과 두려움이 뒤따랐지만, 나는 이 다른 세계에서도 살고 있었다. 간혹 이 금지된 세계에서 사는 것이 아주 즐거웠다. 때로는 밝은 세계로 돌아가는 것이 꼭 필요하고 좋은 일이라 할지라도 마치 별로 아름답지도 않고 지루하며 황량한 세계로 복귀해야 하는 것처럼 여겨졌다. 나도 가끔 내 인생의 목표가 아버지나 어머니처럼 되는 것, 그들처럼 그렇게 밝고 순수하게 또 신중하면서도 질서정연하게 되는 것임을 의식했다. 그러나 그곳에 이르기 위한 길은 멀었다. 그곳에 이르려면 학교에 가고 대학 진학도 하고 여러 가지 시련과 시험도 극복해내야만 했다. 또한 그 길은 언제나 어두운 반대 세계의 바로 곁을 지나가거나 그 속을 뚫고 지나가야 했다. 따라서 그 세계에서 걸음을 멈추고 아예 그 속에 가라앉아버리는 것도 불가능한 일은 아니었다. 그렇게 돼버린 타락한 아들들의 이야기가 있다. 난 그런 이야기를 아주 열심히 읽었다. 거기에선 아버지와 선한 것으로의 귀환은 언제나 구원이자 위대한 일이었다. 나는 전적으로 그것만이 옳고 선하며 바람직한 것이라고 느꼈지만, 사악하고 타락한 아들들 사이에서 전개되는 이야기가 훨씬 더 매력적으로 느껴졌다. 솔직히 고백하면 타락한 아들이 참회하고 다시 올바른 길을 찾게 된 것이 때로는 정말 유감스럽기도 했다. 하지만 사람들은 그런 말을 하지 않았고, 그런 생각도 하지 않았다. 그것은 다만 예감과 가능성으로서 감정 속 깊은 곳에 겨우 존재했을 뿐이다. 나는 악마를 상상할 때 그놈이 변장을 했건 공공연히 나타났건 간에 저 아래 거리나 시장 바닥, 술집에 있다고 생각했다. 우리 집 안에 있다고는 결코 상상할 수 없었다.

내 누이들도 마찬가지로 밝은 세계에 속해 있었다. 나는 종종 누이들은 본질적으로 나보다 아버지나 어머니에게 훨씬 더 가까이 있고, 더 착하고 얌전하며 실수도 적은 것 같다고 생각했다. 누이들도 물론 결점이나 나쁜 버릇이 있기는 했지만 그리 심각한 것이 아닌 듯했다. 무엇보다 내 경우와는 다른 것이었다. 나는 사악한 것과의 접촉이 때로는 너무나 힘들고 고통스러웠으며, 어두운 세계에도 훨씬 더 가까이 있었다. 누이들은 부모님과 마찬가지로 사랑받고 존경받아야 했다. 누이들과 싸우고 나서 나중에 내 양심에 비춰보면 나쁜 쪽, 즉 용서를 빌어야 하는 사람은 언제나 나였다. 누이들을 모욕한다는 것은 곧 부모님과 선(善)과 계율을 모욕하는 것이었기 때문이다. 하지만 내겐 누이들보다는 아주 제멋대로인 골목대장들과 공유할 수 있는 비밀이 더 많았다. 때로는 날씨도 맑고 양심도 올바른 좋은 날에 누이들과 놀면서 그들처럼 착하고 얌전하며 성실하고 고상한 모습을 한 자신을 바라보는 것이 흐뭇했다. 우리가 천사였다면 당연히 그래야만 했다! 그것이 우리가 알고 있는 최고의 모습이었다. 밝은 음향과 향기, 크리스마스와 행복에 감싸인 천사가 된다는 생각은 달콤하고 경이로웠다. 하지만 그런 시간과 날은 얼마나 드물었던가! 가끔 나는 착하고 허물없고 허용된 장난을 치며 놀다가도 열정과 격렬함에 사로잡혀 누이들한테 과격함을 드러내어 싸움과 불행을 불러일으키곤 했다. 분노에 사로잡히면 그 감정에 빠져 고약한 말과 행동을 보였는데, 그런 와중에도 마음속 깊이 그것이 잘못된 것임을 불타듯 느끼곤 했다. 그러고 나면 후회와 회한의 불쾌하고도 침울한 시간이 찾아오고, 곧이어 용서를 빌어야 하는 괴로운 순간이 찾아왔다. 그런 다음에는 다시 밝은 빛줄기가, 갈등 없는 고요하고도 감사한 행복의 시간이 돌아왔다.

나는 라틴어 학교에 다녔다. 시장의 아들과 산림 감독관의 아들이 나와 같은 반이라 가끔 우리 집으로 나를 찾아왔다. 거칠긴 했지만 그래도 선량하고 허락된 세계에 속한 아이들이었다. 하지만 나는 우리가 늘 멸시하던 공립 초등학교에 다니는 이웃 소년들과 가깝게 지냈다. 그들 가운데 한 아이에 대한 것으로 내 이야기를 시작하겠다.

수업이 없던 어느 날 오후 갓 열 살이 된 나는 이웃에 사는 두 아이와 어슬렁거리고 있었다. 그때 우리보다 좀 더 큰 아이 한 명이 다가왔다. 열세 살쯤 된 억세고 거친 초등학생으로 재단사의 아들이었다. 그 아이의 아버지는 주정뱅이였고 가족 모두 소문이 좋지 않았다. 프란츠 크로머를 잘 알고 있었던 나는 그 애가 두려웠다. 그래서 그 애가 지금 우리 일에 끼어드는 것이 마음에 들지 않았다. 크로머는 벌써 어른 같은 몸짓을 하면서 젊은 직공의 걸음걸이와 말투를 따라 했다. 앞장선 크로머를 따라 우리는 다리 곁을 지나 강가로 내려가 아치형 다리 밑으로 들어가 세상으로부터 몸을 숨겼다. 아치형 교각과 천천히 흐르는 강물 사이의 좁다란 강가에는 온갖 쓰레기와 파편, 잡동사니, 녹슨 철삿줄 뭉치, 그 밖에 못 쓰는 물건이 널려 있었다. 하지만 간혹 쓸 만한 물건이 발견되기도 했다. 우리는 그 애가 시키는 대로 샅샅이 그 지대를 뒤졌고 찾아낸 것을 그 애에게 보여주어 확인 절차를 거쳐야 했다. 그러면 크로머는 그것을 챙기거나 물속에다 던져버리곤 했다. 크로머는 우리에게 혹시 납이나 놋쇠, 주석으로 된 물건이 있는지 잘 살펴보라고 명령했다. 그런 것들은 모두 그 애의 차지가 되었다. 뿔로 만든 낡은 빗도 마찬가지였다. 나는 크로머의 무리에 낀 것이 몹시 불안했다. 만약 아버지가 알게 되는 날에는 그 만남을 금지시키리라는 것을 알고 있었기 때문이 아니라 크로머 자체에 대한 두려움 탓이었다. 하지만 한편으로 크로머가 나를 받아들여 다른 아이들과 똑같이 취급해주는 것이 기쁘기도 했다. 그 애는 명령했고 우리는 복종했다. 내가 크로머와 함께 있는 건 그때가 처음이었지만 마치 오랫동안 해오던 일 같았다.

마침내 우리는 땅바닥에 앉았다. 크로머는 물에다 침을 뱉었는데 마치 어른처럼 보였다. 그 애는 이 사이로 침을 내뱉어 원하는 곳에 명중시켰다. 이야기판이 벌어졌고 아이들은 온갖 영웅적인 행동과 나쁜 짓거리를 자랑하며 위대한 일처럼 뽐냈다. 나는 잠자코 있었는데, 이런 침묵이 눈에 띄어 크로머가 내게 화를 낼까 봐 무서웠다. 내 두 친구는 처음부터 나와 거리를 둔 채 크로머에게 달라붙었다. 그들 사이에서 나는 이방인이었으며, 내 옷과 태도가 그 아이들에게 반감을 불러일으킨다는 것을 느꼈다. 라틴어 학교의 학생이고 상류층의 자식인 나를 크로머가 좋아한다는 것은 불가능했다. 그리고 다른 두 아이도 그것이 문제가 되면 곧바로 나를 배신하고 곤경에 빠뜨릴 거라는 것을 나는 충분히 예상할 수 있었다.

극도의 불안감 때문에 나도 마침내 이야기를 시작했다. 나는 위대한 도둑들의 이야기를 지어내고, 나 자신을 그 주인공으로 삼았다. 나는 어느 날 밤 물방앗간 옆에 있는 한 과수원에서 친구와 함께 사과 한 자루를 훔쳤다고 말했다. 그것도 흔한 종류의 사과가 아니라 라이네테와 골트파르메네 같은 최상의 품종이었다고 했다. 순간적인 위험에서 벗어나려고 지어낸 이야기가 입에서 막힘없이 술술 흘러나왔다. 나는 이야기가 끝나버리면 혹시 더 나쁜 상황에 휘말리지 않을까 걱정스러워 온갖 기술을 총동원했다. 나는 한 사람이 나무에서 사과를 따 아래로 던지는 동안 나머지 한 사람은 계속 망을 보았다고 했다. 또한 너무 무거워 자루를 풀어 절반을 덜어놓아야 했지만, 반 시간 후에 되돌아가서 나머지를 가져왔다고 말했다.

이야기를 마치면서 나는 약간의 박수가 나올 것으로 기

대했다. 끝부분에서는 몸이 달아오른 채 이야기를 꾸며내는 데 완전히 몰입한 상태였다. 다른 두 아이는 무언가를 기다리는 듯 침묵을 지켰다. 하지만 프란츠 크로머는 눈을 반쯤 내리깐 채 나를 뚫어져라 바라보며 위협적인 목소리로 물었다.

"그게 정말이야?"

"물론이지."

내가 대답했다.

"그러니까 사실이고 진짜란 말이지?"

"그래, 사실이고 진짜야."

나는 꿋꿋하게 단언했지만 마음속에서는 두려운 나머지 숨도 못 쉴 지경이었다.

"너 맹세할 수 있어?"

나는 몹시 놀랐지만 곧 그렇다고 대답했다.

"그럼, 신께 맹세한다고 말해봐!"

"신께 맹세해!"

나는 말했다.

"그럼 됐어."

크로머는 이렇게 말하고 몸을 돌렸다.

나는 '이제 살았구나'라고 생각했다. 그리고 크로머가 곧 일어나 집으로 가려고 준비하자 기뻤다. 우리가 다리 위에 다다랐을 때 난 주저하면서 이제 집에 가야 한다고 말했다.

그러자 크로머는 웃으며 말했다.

"그렇게 서두를 것 없어. 우린 같은 방향이니까 말이야."

크로머는 건들거리면서 천천히 걸어갔고, 나는 감히 빠져나갈 수 없었다. 그런데 크로머가 정말로 우리 집 쪽으로 걸어가는 것이었다. 집에 도착해 우리 집 대문과 놋쇠로 된 두꺼운 손잡이, 창문에 비친 태양과 어머니 방의 커튼을 보았을 때 나는 안도의 숨을 깊이 내쉬었다. 오, 집에 왔구나! 오, 집으로, 밝은 곳으로, 평화 속으로 돌아온다는 건 얼마나 즐겁고 은혜로운 일인가!

재빨리 문을 열고 안으로 뛰어 들어가 문을 닫으려고 하는데 그 순간 프란츠 크로머도 따라 들어왔다. 크로머는 안마당 쪽에서만 빛이 들어오는 차갑고 음산한 자갈길에 서 있는 내 팔을 잡곤 낮은 소리로 말했다.

"그렇게 서두르지 마!"

나는 겁에 질려 크로머를 쳐다보았다. 내 팔을 잡고 있는 그 애의 손은 쇠처럼 단단했다. 나는 크로머가 무슨 일을 꾸미고 있는지, 혹시 나를 괴롭히려고 하는 것은 아닌지 생각했다. 만약 내가 지금 소리를 지르면, 큰 소리로 격렬하게 소리치면 나를 구해주려고 누군가 위에서 급히 달려 내려올까. 하지만 나는 곧 그런 생각을 포기했다.

"뭔데 그래? 원하는 게 뭔데?"

나는 용기를 내어 물었다.

"별것 아냐. 그냥 네게 좀 더 물어볼 게 있어서 말이야. 다른 놈들은 들을 필요가 없는 일이지."

"그래? 좋아. 무슨 이야길 더 하라는 거지? 난 올라가 봐야 해, 너도 알지?"

"넌 알고 있을 테지? 물방앗간 옆의 과수원이 누구 것인지 말이야!"

크로머가 작은 소리로 말했다.

"아니, 몰라. 물방앗간 주인 거겠지."

그때 크로머가 팔로 나를 감싸 자기 쪽으로 바짝 끌어당기는 바람에 나는 그 애의 얼굴을 바로 코앞에서 바라볼 수밖에 없었다. 그 애의 눈은 사악하기 그지없었다. 크로머는 음흉하게 미소 지었고, 얼굴은 잔인함과 힘으로 가득 차 있었다.

"그래, 그 과수원이 누구네 건지 가르쳐줄게. 난 사과를 도둑맞았다는 사실을 오래전부터 알고 있었어. 그리고 그 주인이 사과를 훔친 놈이 누군지 알려주는 사람에겐 2마르크를 주겠다고 말한 것도 알고 있지."

"맙소사! 하지만 너, 과수원 주인에게 아무 말도 하지 않을 거지?"

나는 놀라 소리쳤다.

그 순간 나는 그 녀석의 인정에 호소해도 아무 소용없다는 것을 느꼈다. 크로머는 다른 세계의 인간이었고, 그 애한테 배반이란 죄악이 아니었다. 나는 그 점을 분명히 느꼈다. 이런 일에 '다른' 세계에서 온 사람들은 우리와 같지 않았다.

"아무 말도 하지 말라고?"

크로머는 소리 내어 웃었다.

"야, 넌 내가 2마르크쯤은 직접 만들어내는 화폐 위조범이라고 생각해? 난 가난뱅이야. 너처럼 돈 많은 아버지도 없고 말이야. 2마르크를 벌 수만 있다면 벌어야 한단 말이지. 어쩌면 그 주인이 더 많이 줄지도 모르겠다."

그 애가 갑자기 나를 놓아주었다. 우리 집 현관은 이제 평화와 안전의 냄새를 풍기지 않았고, 세상은 내 주위에서 무너져 내렸다. '저 녀석은 나를 고발하겠지. 나는 죄인이 될 거고, 사람들은 아버지에게 이야기할 거야. 어쩌면 경찰도 올지 몰라.' 혼란스러운 공포가 나를 위협했으며, 추악하고 위험한 모든 일이 내게 닥쳐오고 있었다. 내가 절대로 훔치지 않았다는 것은 전혀 중요하지 않았다. 나는 맹세까지 했던 것이다. 맙소사, 맙소사!

눈물이 솟구쳐 올랐다. 이 상황에서 빠져나가야 했다. 그래서 절망적으로 호주머니를 모조리 뒤져보았다. 사과도 없고, 주머니칼도 없었다. 정말로 아무것도 없었다. 그때 시계 생각이 떠올랐다. 낡은 은시계였는데, 움직이진 않았지만 나는 그 시계를 그냥 갖고 다녔다. 우리 할머니한테서 물려받은 것이었다. 나는 재빨리 시계를 꺼냈다.

"크로머, 내 말 좀 들어봐. 나를 신고하지 마. 그건 너한테도 좋은 일이 아닐 거야. 내 시계를 너한테 줄게, 자, 봐봐. 이것 말곤 아무것도 없어. 이거 너 가져. 은으로 된 거야. 아주 좋은 시계야. 고장 났지만 고치면 돼."

나는 간절한 마음을 담아 말했다.

그 애는 미소를 짓더니 시계를 그 커다란 손에 받아들었다. 나는 말없이 그 손을 바라보았다. 그리고 그 손이 내게 얼마나 거칠고 깊은 적개심을 품고 있으며, 내 생활과 평화를 얼마나 자기 손아귀에 넣으려고 하는지를 느꼈다.

"이건 은으로 만든 거야."

나는 머뭇거리며 말했다.

"너의 은 쪼가리 낡아빠진 시계 따위엔 관심 없어! 너나 고쳐서 갖고 다녀!"

크로머는 나를 멸시하며 말했다.

그 애가 가버리려고 하자 나는 불안감에 떨면서 외쳤다.

"하지만 크로머. 잠깐만 기다려봐! 제발 이 시계를 받아줘! 이거 진짜 은으로 된 거야. 정말이라고. 이거 말곤 가진 게 없단 말이야."

그 아이는 나를 무시하며 차갑게 바라보았다.

"그럼 내가 누구한테 갈지 너도 알겠네. 아니면 경찰에다 말할 수도 있어. 경찰을 잘 알거든."

크로머가 가려고 돌아섰다. 나는 그 애의 옷소매를 붙잡고 못 가게 말렸다. 그렇게 하도록 해선 안 됐다. 그 애가 그렇게 그냥 가버린 뒤에 벌어질 모든 일을 참아내느니 차라리 죽어버리는 편이 더 나았다.

"크로머, 제발 그만둬! 그냥 장난하는 거지, 그렇지?"

흥분한 나머지 나는 쉰 목소리로 애원했다.

“물론 장난이야. 하지만 넌 비싼 대가를 치를지도 몰라.”

“내가 어떻게 하면 될지 말해줘, 크로머! 뭐든 다 할게!”

그 애는 눈을 내리뜬 채 나를 훑어보고는 다시 웃었다.

“멍청하게 굴지 마! 너도 나처럼 잘 알 거야. 난 2마르크를 벌 수 있어. 내가 그걸 그냥 버릴 만큼 부자가 아니라는 걸 너도 알고 있지. 넌 부자인 데다가 시계까지 있어. 넌 그냥 나한테 2마르크만 주면 돼. 그럼 끝나는 거야.”

크로머는 착한 척하며 말했다.

나는 그 말을 알아들었다. 하지만 2마르크라니! 그건 내게 10마르크나 100마르크, 아니 1,000마르크만큼이나 큰돈이었다. 도저히 마련할 수 없었다. 나한테는 단 한 푼도 없었다. 어머니 방에 저금통이 하나 놓여 있기는 했다. 그 안에 삼촌이나 누군가 왔을 때 받은 10페니히짜리와 5페니히짜리 동전 몇 개가 들어 있었다. 그것 말고는 하나도 없었다. 그때는 아직 어려 용돈을 받지 않았던 것이다.

“난 돈이 하나도 없어. 하지만 다른 거라면 뭐든 다 줄게. 난 인디언 책도 있고, 병정도 있어. 컴퍼스도 하나 있다! 그거 너한테 갖다 줄게.”

나는 아주 슬프게 말했다.

그러나 크로머는 뻔뻔하고도 사악한 입을 씰룩거리더니 바닥에 침을 뱉었다.

“헛소리 집어치워! 그런 쓰레기는 너나 가져. 컴퍼스라고! 이제 더는 날 화나게 하지 마. 돈을 가져와, 내 말 알아들어?"

그 애는 명령하듯 말했다.

"하지만 하나도 없는걸. 나는 돈을 직접 받지는 못해. 그건 나도 어쩔 수 없는 일이라고!"

"내일 2마르크를 가져와. 학교 끝나고 아래 시장에서 기다릴게. 그걸로 끝나는 거야. 만약 돈을 안 가져오면 어떻게 될지 두고 봐!"

"알았어. 그런데 돈을 어디서 구해야 해? 맙소사! 난 가진 돈이 한 푼도 없는데……."

"그건 네 문제야. 너희 집엔 돈이 얼마든지 있잖아. 자, 그럼 내일 학교 끝났을 때다. 다시 말하지만 만약 돈을 안 가져왔다간……."

크로머는 무시무시한 눈길로 나를 노려보고 나서 다시 한 번 침을 뱉고는 그림자처럼 사라졌다.

나는 집으로 올라갈 수가 없었다. 내 생활은 산산이 파괴되었다. 달아나서 다시는 돌아오지 말까, 아니면 물에 빠져 죽어버릴까 하고 생각했다. 하지만 이런 것들은 분명한 형태를 지닌 생각이 아니었다. 나는 어둠 속에서 집 계단 맨 아래에 잔뜩 몸을 웅크리고 앉은 채 불행한 생각에 빠져 있었다. 리나가 바구니를 들고 장작을 가지러 내려오다가 내가 울고 있는 것을 발견했다.

나는 리나에게 집에 아무 말도 하지 말아 달라고 부탁하고서 계단을 올라갔다. 유리문 옆 옷걸이에 아버지의 모자와 어머니의 양산이 걸려 있었다. 그 물건들을 보자 마치 고향에서 느껴지는 듯한 감정과 애정이 내게로 밀려왔다. 마치 타락한 아들이 옛 고향의 방 안 모습과 냄새를 대하듯 내 마음은 그렇게 간절함과 감사함으로 뒤엉켜 이것들에 인사했다. 그러나 이 모든 것은 이제 내 것이 아니었다. 그것은 아버지와 어머니의 밝은 세계였다. 나는 큰 죄를 짓고 낯선 물결 속에 깊이 가라앉아 모험과 죄악으로 얽힌 채 적에게 위협을 받았다. 위험과 불안과 치욕만이 나를 기다리고 있었다. 모자와 양산, 오래된 훌륭한 자갈 바닥, 현관 수납장 위에 걸린 커다란 그림, 거실에서 흘러나오는 누이들의 목소리. 이 모든 게 그 어느 때보다 더 사랑스럽고 정겹고 소중했지만, 더는 위안이 되지 못하고 안전하지도 않았다. 그저 비난의 소리일 뿐이었다. 이 모든 것은 이미 내 것이 아니었으며, 나는 그 명랑함과 고요함을 함께 나눌 수가 없었다. 매트에다 아무리 문질러대도 떨어지지 않을 오물이 내 두 발에 묻었기 때문이다. 나는 우리 집의 세계에서는 상상도 하지 못할 그림자를 갖고 들어왔다. 지금까지 나는 얼마나 많은 비밀과 근심 걱정을 가졌던가. 하지만 그것들은 오늘 내가 이곳으로 가지고 들어온 것에 비하면 모두 장난이나 조롱거리에 불과했다. 운명이 나를 뒤쫓고 내게 두 손을 뻗쳤다. 어머니조차 그것들한테서 나를 보호해줄 수 없었다. 어머니는 그것이 무엇인지 알아선 안 됐다. 내 죄가 도둑질이었건 아니면 거짓말이었건(나는 신을 두고 거짓 맹세를 하지 않았던가!) 간에 이제 모두 마찬가지였다. 내 죄는 이것도 저것도 아닌, 악마에게 손을 내밀었다는 바로 그것이었다. 무엇 때문에 나는 그 애들과 함께 갔을까? 왜 나는 이제껏 아버지에게 한 것보다도 크로머한테 더 잘 복종했을까? 왜 나는 그런 도둑질 이야기 따위를 꾸며냈을까? 어째서 범죄를 가지고 영웅 행위인 것처럼 자랑했을까? 이제는 악마가 내 손을 잡았고, 무시무시한 적이 내 뒤를 쫓고 있었다.

어느 순간 나는 내일에 대한 공포심을 넘어서 나의 길이 이젠 점점 더 아래로, 어두운 세계로 통하고 있다는 무시무시한 확신이 들었다. 내 잘못 때문에 새로운 잘못이 뒤따를 것임을, 내가 누이들 곁에 있는 것과 부모님께 하는 인사와 입맞춤도 모두 거짓임을, 내가 마음속에 숨겨놓은 운명과 비밀이 나와 함께할 것임을 뚜렷하게 느꼈다.

아버지의 모자를 보았을 때 순간적으로 내 마음속에는 믿음과 희망이 생겨났다. 아버지께 모든 것을 고백하고 내게 내려질 아버지의 판결과 처벌을 받으리라. 그리고 아버지를 내 일을 모두 알고 있는 구원자로 삼으리라. 그것은 내가 가끔 털어놓곤 하던 참회와 마찬가지일 것이다. 힘들고 쓰라린 시간이 될 것이며, 용서를 비는 어렵고도 후회에 가득 찬 하소연이 필요할 것이다.

이런 생각이 얼마나 달콤하게 내 마음을 울렸던가! 얼마나 아름답게 내 마음을 유혹했던가! 하지만 그것으로는 아무런 소용이 없었다. 나는 스스로 그렇게 하지 않으리라는 것을 알고 있었다. 지금 나는 비밀을 지니고 있으며, 나 홀로 그리고 스스로 씹어 삼켜야만 하는 죄를 지니고 있음을 알았다. 어쩌면 나는 이 순간 갈림길 위에 서 있는지도 모른다. 이 시간부터는 영원히 악의 세계에 속하고, 악인들과 비밀을 나누며, 그들에게 종속되어 복종하고 그들과 똑같이 되어야 할지도 모른다. 나는 어른처럼, 영웅처럼 행세했다. 그리고 이제 그것 때문에 생긴 결과를 받아들여야만 했다.

집 안에 들어섰을 때 구두가 젖었다고 아버지에게 혼난 것이 내게는 그나마 다행이었다. 주의를 딴 데로 돌린 덕분에 아버지는 더 나쁜 일을 눈치 채지 못했다. 나는 아버지의 꾸중을 남몰래 다른 일과 연관 지어 생각하며 잘 참아냈다. 그때 기묘하고도 새로운 감정이 내 마음속에서 번쩍하고 솟아올랐다. 반항심으로 가득한 사악하고도 예리한 감정이었다. 내가 아버지보다 우월하다고 느낀 것이다! 잠시 동안 나는 아버지가 아무것도 알아차리지 못하는 것에 어떤 경멸감을 느꼈다. 젖은 구두를 나무라는 아버지의 비난이 하찮게 여겨졌다. '만약 아버지가 그걸 아신다면!' 마치 사실은 살인을 고백해야만 하는데도 빵을 훔친 일로 심문받는 범인 같다는 생각이 들었다. 그것은 추악하고 부적절한 감정이었다. 그러나 강력하고 깊은 매력이 있었으며, 다른 어떤 생각보다 더 단단하게 내 비밀과 죄에 나 자신을 결박했다. 어쩌면 크로머가 지금쯤 벌써 경찰에 나를 신고했을 수도 있었다. 집에서는 아직 나를 어린아이로 여기는데, 이미 폭풍우가 내 머리 위로 몰려오고 있을지도 몰랐다.

여기까지 말한 경험들 가운데 바로 이 순간이 가장 중요하고 오래도록 남아 있다. 그것은 아버지라는 신성함에 생겨난 최초의 균열이었다. 또한 내 유년 생활을 떠받치고 있던, 모든 인간이 자기 자신이 되기 전에 파괴시켜야만 하던 기둥에 새겨진 최초의 칼자국이기도 했다. 누구도 보지 못하는 이런 경험들로 우리 운명의 내면적이고 본질적인 선(線)이 구성되는 것이다. 이런 칼자국과 균열은 다시 아물기도 하고 치유되기도 하고 잊히기도 하지만, 깊숙한 밀실 안에 살아남아 계속 피를 흘린다.

나는 이 새로운 감정에 곧 두려움을 느꼈으며, 그것을 사죄하기 위해 아버지의 발에 입이라도 맞추고 싶었다. 그러나 본질적인 것은 사과할 수가 없는 것이며, 어린아이라도 현인들과 마찬가지로 이런 사실을 느끼고 잘 알고 있다.

나는 내 문제를 깊이 생각해보고 내일의 대책을 떠올려야 했지만, 결국 그렇게 하지 못했다. 내가 저녁 내내 한 일이라곤 오로지 우리 집 거실의 달라진 공기에 익숙해지려고 한 것뿐이었다. 벽시계와 책상, 성경책과 거울, 책꽂이와 벽에 걸린 그림 등이 내게 이별을 고하는 듯했다. 나는 심장이 얼어붙은 것 같은 기분으로 나의 세계, 나의 착하고 행복한 생활이 과거가 되어버리고 내게서 멀어져 가는 것을 바라봐야 했다. 그리고 어둡고 낯선 세계에 새로 강하게 뿌리 내리고 닻을 내린 채 내가 꽉 붙잡혀 있음을 느꼈다. 처음으로 나는 죽음을 맛보았다. 그 죽음은 쓰디쓴 맛이었다. 죽음은 탄생이자, 무시무시한 변혁에 대한 불안이며 공포이기 때문이다.

마침내 침대에 눕게 되자 나는 기뻤다! 그에 앞서 마지막 연옥으로 저녁 기도가 나를 휩쓸고 지나갔다. 우리는 내가 가장 좋아하는 찬송가까지 불렀다. 아, 나는 함께 노래하지 않았다. 한 음 한 음이 내게는 모두 쓰디쓴 독약이었던 것이다. 아버지가 축복하실 때도 나는 함께 기도하지 않았다. "……우리 모두와 함께하시길 기도하옵나이다!"라고 기도를 끝냈을 때 일어난 경련이 나를 가족 무리에서 앗아가 버렸다. 신의 은총이 그들과 함께했지만, 나와는 더 이상 함께하지 않았다. 나는 몹시 지치고 얼어붙은 심정으로 그 자리를 떴다.

침대에 가만히 누워 있자 따스한 온기와 안전한 느낌이 나를 다정하게 감싸주었다. 하지만 그때 내 마음이 다시 한 번 불안 속으로 되돌아가 방황하면서 지나간 일을 걱정하며 요동치기 시작했다. 어머니는 내게 언제나처럼 잘 자라고 말했다. 어머니의 발걸음 소리가 방 안에 아직 여운을 남겼고, 어머니가 든 촛불의 빛이 아직 문틈으로 새어들고 있었다. 나는 '이제' 하고 생각했다. 이제 어머니가 다시 되돌아오실 거야……. 어머니는 느끼셨을 거야. 내게 입맞춤하고 다정하게 약속하면서 묻고 또 물으실 거야. 그러면 나는 울 수 있고 목구멍에 걸린 돌덩이도 녹아내리겠지. 그러고 나면 어머니에게 매달려 그 이야기를 할 거고, 그럼 일이 다 해결되고 구원이 찾아올 거야! 문틈이 이미 깜깜해진 뒤에도 나는 한동안 더 귀를 기울이면서 '그래야만 돼, 꼭 그렇게 돼야 해'라고 생각했다.

그다음 나는 그 일로 다시 되돌아와 내 적의 눈을 들여다보았다. 나는 그놈을 똑똑히 보았다. 그놈은 한쪽 눈을 내리뜬 채 거칠게 웃고 있었었다. 내가 그놈을 바라보면서 헤어나올 수 없음을 되씹는 동안 그놈은 더욱 커지고 추악하게 되었으며, 그 사악한 눈은 악마처럼 번뜩였다. 내가 잠들 때까지 그놈은 내 곁에 바짝 붙어 있었다. 하지만 나는 그놈에 대한 꿈도, 오늘 일에 대한 꿈도 꾸지 않았다. 다만 부모님과 누이들 그리고 내가 보트를 타고 가는 휴일의 평화와 밝고 환한 빛이 주위를 감싸고 있는 꿈만 꾸었다. 한밤중에 나는 잠에서 깨어 그 황홀함의 여운을 느끼며 햇빛 속에 반짝이는 누이들의 하얀 여름옷을 보았다. 그러다가 낙원에서 다시 현실로 떨어져 그 사악한 눈을 가진 적과 마주하게 되었다.

다음 날 아침 어머니는 급하게 내 방으로 들어와 늦었는데 왜 아직도 침대에 누워 있냐고 소리쳤다. 내 안색이 좋지 않자 어디 아프냐고 물었고, 나는 속을 게워냈다.

그 일로 얼마간 덕을 보았다. 조금 병이 나서 오전 내내 카밀러 차를 마시며 누워 있어도 되고, 옆방에서 어머니가 방 치우는 소리나 밖에서 리나가 고기 파는 사람과 흥정하는 소리를 듣고 있는 것은 내게 아주 즐거운 일이었다. 학교에 가지 않는 오전은 뭔가 황홀하고도 동화 같은 그런 시간이었다. 이런 때 방 안으로 스며드는 태양 빛은 학교에서 초록색 커튼에 가려진 그것과는 달랐다. 그러나 오늘은 그것까지도 그런 맛이 나지 않았으며 뭔가 잘못된 소리를 내고 있는 것 같았다.

그래, 내가 죽어버린다면……! 하지만 나는 예전에도 종종 그랬듯이 약간 몸이 불편했을 뿐 그것으론 아무것도 해결되지 않았다. 그건 내가 학교에 가는 것은 막아주었지만, 열한 시에 시장에서 기다릴 크로머한테서는 결코 나를 보호해주지 못했다. 어머니의 다정다감한 태도도 이번에는 위안이 되지 않았으며, 오히려 귀찮고 고통스럽기만 했다. 나는 곧 다시 잠든 체하고 여러 가지 궁리를 했다. 모든 것이 아무런 도움도 되지 않았다. 열한 시에 나는 시장에 나가 있어야만 했다. 그래서 열 시에 살며시 일어나 몸이 다시 좋아졌다고 말했다. 그럴 때면 보통 다시 침대에 누워 있거나, 오후에는 학교에 가야 했다. 궁리 끝에 나는 학교에 가겠다고 했다. 내게 생각해둔 계획이 하나 있었다.

돈 없이는 크로머에게 갈 수 없었다. 나는 조그만 저금통을 손에 넣어야 했다. 그건 원래 내 것이었다. 그 안에 돈이 충분히 들어 있지 않다는 건 알고 있었다. 모자라도 한참 모자라겠지만, 그래도 어느 정도 될 거라는 생각이 들었다. 내

육감은 한 푼도 없는 것보다 조금이라도 있는 게 낫다고, 적어도 크로머를 달래놓을 수 있을 거라고 말했다.

양말 바람으로 어머니 방에 살금살금 들어가 탁자에서 내 저금통을 들고 나왔을 때는 기분이 좋지 않았다. 그러나 어제만큼 나쁘지는 않았다. 가슴이 뛰어 숨이 막힐 것 같았다. 아래 계단에서 처음 저금통을 살펴봤을 때 잠겨 있다는 사실을 알았을 때도 기분은 나아지지 않았다. 저금통을 여는 것은 아주 쉬웠다. 양철로 된 가느다란 살만 부수면 됐다. 다만 그것을 부순다는 것 자체가 마음 아팠다. 그것으로 비로소 나는 도둑질을 한 것이 되었다. 그때까진 설탕 조각이나 과일 같은 것만 몰래 꺼내 먹었을 뿐이다. 이제 비록 그것이 내 돈이라도 진짜 도둑질을 한 것이 됐다. 나는 자신이 한 걸음 더 가까이 크로머와 그의 세계에 다가섰음을, 조금씩 타락의 길로 가고 있음을 느끼면서 그것에 반항도 해보았다. 악마가 나를 잡아간다고 할지라도 이제 되돌아갈 수는 없었다. 나는 불안한 마음으로 돈을 세어보았다. 저금통을 열기 전에는 제법 가득 찬 것처럼 소리가 났는데 손에 꺼내놓고 보니 형편없이 적었다. 겨우 65페니히였다. 나는 빈 저금통을 아래층 현관에다 감춰놓고 돈을 손에 움켜쥐고는 집을 나섰다. 예전에 이 문으로 나갈 때와는 기분이 달랐다. 위에서 누군가가 나를 부르는 것 같아 재빨리 도망치듯 뛰었다.

아직 시간은 많았다. 나는 길을 돌아 갑자기 낯설어 보이는 도시의 골목길을 걸어가면서 나를 쏘아보는 듯한 집들과 내게 의심을 품은 듯한 사람들을 스쳐 지나갔다. 도중에 언젠가 학교 친구 한 명이 가축 시장에서 1탈러를 주웠다고 말하던 것이 갑자기 머리에 퍼뜩 떠올랐다. 신이 기적을 행해 내게도 그런 일이 일어나도록 기도하고 싶었다. 그러나 내겐 기도할 권리조차 없었다. 설사 그럴 수 있다고 해도 저금통이 다시 온전해지지는 않을 터였다.

프란츠 크로머는 멀리서부터 나를 보고 있었지만 아주 천천히 내게 다가왔다. 내게 신경을 쓰는 것 같지도 않았다. 가까이 온 그 애는 자기를 따라오라고 명령하듯 눈짓하더니 한 번도 뒤돌아보지 않으며 걸어갔다. 아무 말 없이 슈트로 골목으로 계속 내려가 돌다리를 지나더니 마지막 집들 옆에 짓고 있는 건물 앞에서 걸음을 멈췄다. 지금은 작업을 하지 않는지 벽들은 문과 창문도 없이 살벌하게 서 있었다. 크로머는 주위를 둘러보고 나서 안으로 들어갔다. 나는 그 뒤를 따랐다. 그 애는 벽 뒤편으로 가더니 내게 가까이 오라고 손짓한 뒤 손을 내밀었다. 그러고는 차갑게 물었다.

"갖고 왔지?"

나는 주먹 쥐고 있던 손을 주머니에서 꺼내 크로머의 손바닥에 돈을 쏟아놓았다. 마지막 5페니히짜리의 소리가 다 사라지기도 전에 그 애는 그 돈을 모두 헤아렸다.

"65페니히잖아."

크로머는 이렇게 말하고서 나를 바라보았다.

"응. 그게 내가 가진 전부야. 너무 적다는 건 나도 잘 알아. 하지만 그게 다야. 더는 가진 게 없어."

나는 머뭇거리며 대답했다.

"좀 더 머리가 좋다고 생각했는데."

그 애는 부드러운 비난조로 나를 다그쳤다.

"남자들 사이에는 신의가 있어야 하는 법이지. 난 네게 부당한 걸 요구하는 게 아니야. 그건 너도 알겠지. 여기 네 동전을 도로 가져가! 너도 누군지 알겠지만 그 사람은 돈을 깎으려 하지 않을 거야. 그대로 다 줄 거라고."

"하지만 나는 더는 가진 게 없어! 이건 내가 저금했던 거야."

"그건 네 문제지. 하지만 난 너를 불행하게 만들고 싶지 않아. 넌 내게 1마르크 35페니히를 빚지고 있어. 언제 그걸 받을 수 있지?"

"오, 크로머. 틀림없이 갖다 줄게! 지금은 모르겠는데…… 아마도 더 생길 거야. 내일이나 모레쯤이면 말이야. 아버지한테는 말할 수 없다는 걸 너도 이해하겠지."

"그건 나와 아무 상관도 없어. 너를 해치려고 하는 건 아냐. 난 그저 내 돈을 받을 수 있으면 돼. 너도 알겠지만 나는 가난뱅이야. 넌 좋은 옷을 입고 점심에는 나보다 더 맛있는 걸 먹지. 그래도 난 아무 말도 안 하겠어. 어쨌든 좀 더 기다려줄게. 모레 오후에 휘파람을 불 테니 그때까지 다 해결하란 말이야. 내 휘파람 소리는 알고 있겠지?"

그 애는 내 앞에서 휘파람을 불었다. 예전에 그 소리를 종종 들은 적이 있다.

"그래, 알고 있어."

나는 말했다.

그 애는 나와 아무런 관계도 없다는 듯 그냥 가버렸다. 우리 사이엔 거래가 있을 뿐 그 외에는 아무것도 없었다.

오늘날까지도 크로머의 휘파람 소리를 갑자기 다시 듣게 된다면 깜짝 놀랄 거라고 생각한다. 그때부터 나는 그 휘파람 소리를 종종 듣곤 했는데, 내 귀에는 계속 그 소리가 들리는 것 같았다. 어떤 장소에 있건, 어떤 놀이를 하건, 어떤 일을 하고 어떤 생각을 하건 그 휘파람 소리가 파고들었다. 그 소리는 나를 구속하고 내 운명이 되어버렸다. 나는 종종 부드럽고 다채로운 가을날 오후 내가 몹시 좋아하는 우리 집의 조그마한 꽃밭에 있곤 했다. 그럴 때면 지나간 시절의 어린아이 놀이를 다시 하고 싶다는 이상한 충동을 느꼈다. 말하자면 나보다 어리고 아직도 착하며 자유롭고 순진하고 잘 보호받는 아이 역할을 맡고 싶었다. 그러나 중간에 늘 예상했던 대로, 그러려니 하면서도 늘 크게 방해가 되고 깜짝 놀라게 하는 크로머의 휘파람 소리가 어딘가에서 울려 모든 공상의 줄을 끊어버리고 파괴했다. 그러면 나는 일어서야 했고, 나쁘고 추악한 장소로 나를 괴롭히는 자를 따라가야만 했다. 그리고 변명하고 다시 돈을 재촉받곤 했다. 그런 일은 몇 주간 계속되었던 듯하다. 하지만 내게는 그것이 몇 년, 아니 영원처럼 느껴졌다. 가끔 내겐 돈이 생겼다. 리나가 식탁 위에 장바구니를 놔두면 거기에서 5페니히나 10페니히를 훔쳤던 것이다. 매번 나는 크로머에게 욕을 먹었고 잔뜩 멸시를 당했다. 그 애를 속이고 그 애의 정당한 권리를 침해하는 것도 나고, 그 애한테서 도둑질을 한 것도 나며, 그 애를 불행하게 만드는 것도 바로 나라는 것이었다! 내 일생에서 그 당시만큼 마음 졸이는 수난을 겪어본 적이 없다. 그보다 더 큰 절망과 구속을 느껴본 일도 결코 없다.

나는 저금통에 장난감 돈을 채워 제자리에 갖다 놓았고, 아무도 그것을 묻지 않았다. 그러나 언제라도 발각될 수 있었다. 어머니가 조용히 내게 다가올 때마다 나는 크로머의 거친 휘파람 소리보다 더 두려워하곤 했다. 어머니는 저금통을 물어보려고 오는 게 아닐까?

돈 없이 나의 악마에게로 갈 때가 종종 있었는데, 그 애는 다른 방법으로 나를 괴롭히고 이용했다. 나는 그 애를 위해 일해야만 했다. 자기 아버지 심부름을 해야 하는 그 애를 대신해 그 심부름을 하기도 했다. 아니면 다른 어려운 일을 시켰는데, 십 분 동안 한쪽 다리만으로 뜀뛰기를 하게 하거나 지나가는 사람의 재킷에 종이 쪼가리를 붙이게 하기도 했다. 수많은 밤 꿈속에서도 나는 계속 괴롭힘을 당해 가위에 눌린 채 땀을 흘리며 누워 있곤 했다.

한동안 나는 아팠다. 자주 토하고 가벼운 오한이 났으며 밤이 되면 땀을 흘리고 열이 나서 누워 있어야 했다. 어머니는 무언가 잘못되었다고 느끼셨는지 내게 많은 관심을 쏟았다. 그러나 나는 그것에 신뢰로 보답할 수 없기에 그저 고통스러울 뿐이었다.

어느 날 저녁 벌써 잠자리에 들었는데 어머니가 초콜릿을 갖다 주었다. 예전에 착하게 굴 때면 가끔 잠들기 전에 그런 부드러운 간식을 받곤 했던 일이 생각났다. 이제 어머니는 그때 그 자리에 서서 내게 초콜릿 조각을 내밀었다. 나는 너무나도 슬퍼서 싫다고 머리만 가로저을 수밖에 없었다. 어머니는 어디가 아프냐고 묻고는 내 머리를 쓰다듬었다. 나는 다만 "아냐, 아냐! 아무것도 먹기 싫어"라고만 외쳤을 뿐이다. 어머니는 초콜릿을 머리맡 테이블에 놓고 나갔다. 다음 날 어머니가 그것을 물어봤을 때 나는 아무것도 모르는 척했다. 한번은 어머니가 의사를 모셔왔는데, 나를 진찰한 그는 아침에 차가운 물로 목욕하라는 처방을 내렸다.

그 시절 나는 일종의 정신착란 상태에 있었다. 우리 집의 정돈된 평화 속 한가운데서 나는 유령처럼 겁을 먹고 괴로워하면서 살았다. 다른 사람들의 생활에 참여하지도 못했고, 한 시간이라도 나 자신을 잊고 지낸 적이 거의 없었다. 가끔 역정을 내면서 내게 말을 시키던 아버지에게도 마음을 닫은 채 냉담하게 대하곤 했다.

2장

카인

이 고통으로부터의 구원은 전혀 짐작하지 못했던 곳에서 왔다. 그와 동시에 오늘날까지도 계속 작용하는 그 어떤 새로운 것이 내 생활 속에 함께 찾아왔다.

그 무렵 우리 라틴어 학교에 학생 한 명이 새로 들어왔다. 그는 우리 도시로 이사 온 어느 부유한 미망인의 아들로, 소매에 검은 상장(喪章)을 달았다. 그는 나보다 학년이 높고 나이도 몇 살 위였는데, 곧 모든 학생에게 그러했듯 내 눈에도 띄었다. 이 괴상한 학생은 겉모습보다 훨씬 더 나이가 들어 보였고, 누구에게도 소년이라는 인상을 주지 않았다. 어린애 같은 우리 속에서 그는 어른처럼, 아니 신사처럼 낯설고도 성숙하게 행동했다. 그는 별로 호감을 사지 못했으며, 놀이는 물론이고 싸움질에는 더더욱 끼지 않았다. 다만 선생님을 대하는 그의 자신 있고 단호한 태도만이 다른 학생들의 마음을 사로잡았다. 그의 이름은 막스 데미안이었다.

우리 학교에서는 종종 있는 일이었지만, 하루는 무슨 이유에서인지 다른 한 학급이 커다란 우리 교실에서 함께 공부를 하게 되었다. 데미안의 학급이었다. 우리 어린 학생들은 성서 이야기 시간이었고, 큰 학생들은 작문을 해야 했다. 나는 카인과 아벨에 대한 이야기를 억지로 듣고 있는 동안 자주 데미안 쪽을 바라보았다. 그의 얼굴은 이상하게도 나를 매혹시켰다. 나는 이 총명하고 밝고 침착한 얼굴이 온 신경을 집중해 자기 일에만 열중하는 것을 보았다. 그는 전혀 과제를 하는 학생처럼 보이지 않았다. 마치 자기 자신의 문제에 몰두해 있는 연구자처럼 보였다. 사실 나는 그에게 호감을 갖지 않았는데, 오히려 그 반대로 어떤 반감이 들었다. 내게 그는 너무 우월하고 차가웠으며, 그의 존재는 너무나도 도전적으로 분명하게 인식되었다. 그는 아이들이 결코 좋아하지 않는 어른의 눈을 하고 있었는데, 눈 속에 어느 정도 서글픈 조소의 빛이 깃들어 있었다. 그가 좋든 밉든 간에 나는 계속해서 그를 바라보지 않을 수 없었다. 그런데 그가 나를 바라보자 깜짝 놀라서 눈길을 거둬들였다. 그 당시 그가 학생으로서 어떻게 보였는지 오늘날 생각해보면 이렇게 말할 수 있을 것 같다. 즉 그는 다른 애들과 여러모로 달랐고 완전히 독립적이며 독특한 개성을 가지고 있었는데, 그런 이유로 다른 사람들의 눈에 띄었다. 동시에 그는 남의 눈에 띄지 않으려고 온갖 노력을 했다. 마치 변장한 왕자가 농부의 아이들 속에서 그들과 똑같아 보이려고 노력하는 것처럼 그렇게 옷을 입고 행동했다.

학교에서 집으로 돌아오는 길에 그는 내 뒤를 따라왔다. 다른 학생들이 흩어졌을 때 그는 나를 따라잡더니 인사를 했다. 어린 학생들의 말투를 흉내 내려고 했지만, 이 인사마저도 아주 어른스럽고 정중했다.

"좀 더 같이 갈까?"

그가 다정하게 물었다.

나는 즐거운 기분으로 고개를 끄덕였다. 그러고 나서 내가 어디에 사는지 설명해주었다.

"아, 거기? 그 집이라면 벌써 알고 있어. 너희 집 대문 위쪽에 아주 기묘한 것이 붙어 있잖아. 금세 흥미를 끌던걸."

그는 미소를 지으며 말했다.

데미안이 무슨 말을 하는지 바로 알아채진 못했지만 나보다 우리 집을 더 잘 아는 것 같아 깜짝 놀랐다. 우리 집 아치 모양의 대문 위에는 쐐기돌로 일종의 문장(紋章)이 붙어 있었다. 그건 세월이 흐르면서 평평해졌고 몇 번 덧칠을 했지만, 내가 아는 한 우리 가족과는 아무런 관계도 없었다.

"거기에 대해 난 아무것도 몰라. 그건 새 아니면 그와 비슷한 건데, 아주 오래되었을 거야. 옛날에 우리 집이 수도원에 속해 있었다는 말을 들었어."

나는 수줍어하며 말했다.

그는 고개를 끄덕였다.

"그럴 수도 있겠지. 한번 잘 살펴봐! 그런 것들 가운데 아주 재미있는 게 많아. 난 그게 매 같아."

우리는 계속 걸었고, 나는 그 분위기에 완전히 빠져 있었다. 무슨 재미있는 생각이라도 떠올랐는지 데미안이 갑자기 웃으며 말했다.

"참, 그때 내가 너희 수업 시간에 함께 있었지. 이마에 징표를 달고 다니는 카인의 이야기였을 거야, 맞지? 그 이야기가 마음에 들었어?"

그는 생기 넘치게 말했다.

아니다. 우리가 배워야 했던 그 모든 것 가운데 내 마음에 드는 것은 거의 없었다. 하지만 나는 감히 그렇게 말할 수가 없었다. 마치 어른과 이야기하는 듯한 기분이 들었기 때문이다. 그래서 그 이야기가 아주 마음에 들었다고 대답했다.

그러자 데미안은 내 어깨를 툭 쳤다.

"내겐 거짓말할 필요 없어, 친구! 하지만 그 이야기는 실제로 아주 주목할 만한 가치가 있어. 수업 중에 나오는 다른 대부분의 이야기보다도 훨씬 더 기묘할걸. 선생님은 그것을 별로 언급하지 않고 그저 신과 죄 등 일반적인 것만 말씀하셨지. 하지만 내 생각에는……."

그는 여기서 이야기를 멈추더니 미소를 지으며 물었다.

"그런데 이런 이야기에 흥미가 있니?"

그러면서도 이야기를 계속했다.

"우리는 카인의 이야기를 완전히 다르게 해석할 수도 있어. 우리가 배우는 것들은 대부분 확실한 사실이고 옳긴 하지만, 이 모든 걸 선생님이 말씀하신 것과 다르게 볼 수도 있지. 그러면 대개 훨씬 더 나은 의미를 갖게 돼. 예를 들어 카인과 그 이마의 징표만 해도 우리가 들은 설명만으로는 도저히 만족할 수가 없어. 넌 그렇게 생각하지 않아? 누군가 싸움을 하다가 자기 형제를 때려죽이는 건 충분히 일어날 수 있는 일이지. 그래서 나중에 그가 불안해지고 소심해지는 일도 생길 수 있어. 하지만 그가 자신의 비겁함 때문에 자신을 보호함과 동시에 다른 모든 사람에게 불안을 안겨주기 위해 특별한 훈장까지 단다는 건 정말 이상한 일이야."

"물론 그래. 그런데 그 이야기를 어떻게 다르게 설명할 수 있는데?"

나는 흥미를 보이며 물었다. 그 이야기가 나를 사로잡기 시작했던 것이다.

그가 내 어깨를 두드렸다.

"아주 간단해! 애초부터 존재했고 그 이야기의 시초가 되었던 것, 그건 바로 징표였어. 남을 불안하게 만든 그 무언가를 얼굴에 가진 한 남자가 있었지. 사람들은 모두 그와 접촉하려고 하지 않았어. 그 남자와 그의 자식들은 다른 사람들에게 외경의 감정을 불러일으켰어. 아마도, 아니 확실하게 그의 이마에 우편물 소인 같은 징표는 사실 없었을 거야. 세상에서 그런 우악스러운 일은 쉽게 일어나지 않아. 오히려 그건 거의 인식할 수 없는 불유쾌한 것이었지. 즉 사람들한테 익숙해진 것보다 좀 더 많은 재기와 담력이 그의 시선 속에 담겨 있었을 거야. 그 남자는 힘을 가졌고, 사람들은 그런 남자를 두려워했지. 그는 '징표'를 지니게 된 거야. 사람들은 자기들 마음대로 그걸 설명했어. '사람들'은 언제나 자기한테 편안하고 옳게 느껴지는 것만 바라지. 그래서 카인의 후예들에게 공포를 느꼈고, 그들이 '징표'를 가졌다고 말하게 된 거야. 이렇게 징표를 사실 그대로, 즉 표창이라고 설명하지 않고 그 반대로 해석했어. 이 징표를 가진 놈들은 괴이하다고 말했으며, 실제로도 그들은 그랬어. 용기와 개성을 가진 사람은 다른 사람들에겐 언제나 괴상하게 느껴지지. 무서움을 모르는 괴이한 일족이 주변에서 돌아다닌다는 건 몹시 불쾌한 일이야. 그래서 그에게 복수하고, 자기들한테 가해진 공포에 약간이나마 보상받기 위해 그 일족에게 하나의 별명과 이야기를 꾸며내어 덧붙인 거야. 내 말이 이해가 돼?"

"응, 말하자면 카인은 그러니까 조금도 사악한 사람이 아니었겠네? 그럼 성경에 나오는 이야기가 모두 전혀 사실이 아니란 말이야?"

"그렇기도 하고 아니기도 해. 그렇게 아주 오래된 옛날이야기는 언제나 사실이지만, 그 이야기들이 항상 사실 그대로 기록되고 설명된다고는 말할 수 없어. 간단히 말해 나는 카인이 대단한 자인데, 다만 사람들이 그를 무서워했기 때문에 그런 이야기를 그에게 붙여놓았다고 생각해. 그 이야기는 그저 소문일 뿐이었어. 사람들이 함부로 지껄여댄 것에 불과한 거지. 하지만 카인과 그 후예들이 정말로 일종의 '징표'를 지녔고, 대부분의 다른 사람들과 달랐다는 점만은 분명한 사실이야."

나는 몹시 놀랐다.

"그럼 너는 사람을 죽였다는 것도 사실이 아니라고 생각하는 거야?"

나는 큰 충격으로 입도 다물지 못하고 물었다.

"오, 아니야! 물론 그건 사실이야. 강한 자가 약한 자를 때려죽인 거지. 죽은 사람이 정말로 친형제였는지 의심의 여지가 있지만, 그런 건 별로 중요하지 않아. 결국 인간은 모두 형제니까. 어쨌든 강한 자가 약한 자를 때려죽인 거야. 어쩌면 그것은 영웅적 행위였을 수도 있고, 어쩌면 아니었을 수도 있어. 하지만 다른 약한 사람들은 이제 잔뜩 겁을 먹고 한탄하게 된 거지. 그래도 그들에게 '왜 그 남자를 너희가 그냥 죽여버리지 않는가?'라고 물으면 '우리가 겁쟁이라서 그래'라고 말하는 게 아니라 '그럴 수 없다고. 그는 징표를 갖고 있어. 신이 그놈한테 징표를 붙여줬어!'라고 대답했어. 대충 이런 식으로 해서 그런 거짓말이 생겨난 게 분명해. 이런…… 내가 너를 너무 오래 잡고 있었구나. 그럼 잘 가!"

데미안은 알트 골목으로 들어섰고 나는 그 어느 때보다도 멍청하게 홀로 서 있었다. 데미안이 사라지자마자 그의 말을 한 마디도 믿을 수 없다는 생각이 들었다. 카인은 훌륭한 사람이고 아벨이 비겁자라니! 카인의 징표가 표창이라고! 그건 말도 안 되는 소리였다. 그건 신을 비방하고 모독하는 것이었다. 그렇게 되면 대체 신은 어디 있다는 말인가? 신은 아벨의 제사를 받지 않았던가? 신은 아벨을 사랑하지 않았던가? 아니야, 바보 같은 이야기야! 나는 데미안이 나를 놀리고 궁지에 빠뜨리려는 거라고 생각했다. 그는 무서울 정도로 영리한 놈이었고 말도 참 잘했다. 그러나 그게 전부다. 절대로 그럴 순 없다.

어쨌든 나는 단 한 번도 성경 말씀이나 다른 이야기를 그토록 심각하게 생각해본 적이 없었다. 그리고 오래도록 프란츠 크로머를 그처럼 완전히 몇 시간 동안, 아니 하룻밤 내내 잊어본 적이 없었다. 나는 집에서 그 이야기를 성경 속에 있는 대로 다시 한 번 읽었다. 그것은 짤막하고 명료했다. 거기에서 감춰진 특별한 의미를 찾는다는 것은 미친 짓처럼 느껴졌다. 그렇게 된다면 사람을 죽인 자마다 모두 자기가 신의 총아라고 공언할 수 있을 것이다! 아니, 그건 말도 안 되는 소리였다. 그러나 데미안이 그 모든 일이 당연한 것처럼 그렇게 가볍고도 훌륭하게, 또한 그런 눈빛으로 이야기하던 모습은 내 마음에 들었다!

물론 나 자신에게도 그 무언가가 정돈되어 있지는 않았다. 아니, 매우 어지러운 상태였다. 나는 밝고 깨끗한 세계에 살았고 나 자신이 일종의 아벨이었다. 그런데 지금은 '다른 세계' 속으로 그토록 깊이 추락하고 그 속에 침잠해 있었다. 그러면서도 근본적으론 그것에 찬성할 수가 없었다! 그럼 이제 어떻게 되는 건가? 그렇다! 그때야 갑자기 숨을 못 쉴 지경이었던 순간의 기억이 떠올랐다. 지금의 내 불행이 시작되던 그 괴로운 저녁은 아버지와 관련이 있었다. 그때 나는 순간적이지만 아버지와 그의 밝은 세계와 지혜를 단번에 꿰뚫어보고 경멸했다! 그렇다, 그때 나 자신이 바로 카인이었고 징표를 달고 있었다. 그 징표는 치욕이 아니라 표창이었다. 그때 나는 나의 악의와 불행으로 말미암아 아버지보다도 더 높이, 선량하고 경건한 사람들보다 더 우월한 지위에 있다고 상상했던 것이다.

물론 나는 그 일을 당시에 이런 명확한 사고의 형태로 경험한 것은 아니었지만, 이 모든 것이 그 속에 내포되어 있었다. 그것은 다만 감정과 기이한 흥분의 불꽃으로 내 마음을 아프게 하면서도 오만으로 가득 채웠던 것이다.

나는 가만히 생각해보았다. 데미안은 두려움을 모르는 자들과 비겁한 자들에 대해 어떻게 그런 별스러운 이야기를 했을까! 카인의 이마에 있는 징표를 어떻게 그리 이상하게 해석했을까! 그때 그의 눈, 어른과 같은 그의 독특한 눈은 어쩌면 그리도 놀랍도록 빛이 났을까! 그리고 또 다른 생각이 어렴풋이 내 머리를 스쳤다. 그 자신이야말로, 즉 데미안이야말로 일종의 카인이 아닐까? 만약 자기 자신을 카인과 비슷하다고 느끼지 않는다면 왜 그는 카인을 변호한 걸까? 그는 시선 속에 어떻게 그런 힘을 지니고 있을까? 무엇 때문에 그는 '다른 사람들'을, 그 겁쟁이들을, 사실은 그들이 경건한 자며 신의에 들어맞는 자들인데 그렇게 비웃는 말을 한 것일까?

나의 이런 생각에는 끝이 없었다. 돌멩이 하나가 샘에 빠졌고, 그 샘이란 바로 내 어린 영혼이었다. 오랫동안, 정말로 오랜 세월 내가 인식과 의혹과 비평 같은 시도를 하게 될 때는 언제나 카인과 살인, 그 징표가 출발점이 되었다.

머지않아 다른 학생들도 데미안에게 관심을 가졌다는 것을 알아차렸다. 나는 카인 이야기를 아무한테도 말하지 않았지만, 데미안은 다른 학생들의 흥미를 끌었다. 어쨌든 '신입생'의 소문이 많이 떠돌았다. 만약 내가 이 소문을 전부 알기만 했다면, 그 각각의 소문이 그를 밝히는 빛을 던져줄 것이며 여러 가지가 해결될 수 있었을 것이다. 하지만 내가 알고 있던 건 이사 오고 나서 데미안의 어머니가 큰 부자라는 소문이 퍼졌다는 것뿐이었다. 또한 그분은 결코 교회에 나가지 않고 아들도 마찬가지라는 소문도 있었다. 그들이 유대인이라고 말하는 사람도 있었지만, 숨은 회교도일 수도 있었다. 그 밖에 막스 데미안의 힘과 관련해서도 온갖 소문이 나돌았다. 확실한 것은 학급에서 가장 힘센 학생이 도전했는데 거절당하자 그를 비겁한 놈이라고 놀려대다가 데미안에게 크게 혼쭐이 났다는 것이다. 그 자리에 있던 아이들은 데미안이 그냥 한 손으로 학생의 목덜미를 잡아 꽉 눌러버리자 그 학생이 창백해졌다고 말했다. 그 학생은 슬금슬금 도망쳤고, 이후 며칠 동안 팔을 쓰지 못했다고 한다. 어느 날 저녁엔 그 학생이 죽었다는 소문이 나기도 했다. 한동안 온갖 이야기가 떠돌아다녔고, 그 이야기들을 믿는 사람도 꽤 있었다. 그 모든 이야기가 흥분과 경탄을 낳았다. 한동안 우리는 그것으로 충분했다. 그러나 얼마 되지 않아 학생들 사이에 새로운 소문이 퍼졌다. 데미안이 한 소녀와 은밀하게 사귀고 있고 '모든 것을 다 안다'는 것이었다.

그동안에도 프란츠 크로머와의 일은 어쩔 수 없이 계속되었다. 나는 그 애한테서 도무지 벗어날 수가 없었다. 크로머가 때때로 나를 며칠 동안 가만 내버려둘 때도 나는 그 애에게 얽매여 있었다. 내 꿈속에서 그 애는 내 그림자가 되어 함께 살았다. 그 애가 실제로 내게 시키지 않은 일도 나의 환상은 꿈에서 그렇게 하도록 시켰으며, 그 꿈속에서 나는 온전히 그 애의 노예가 되었다. 언제나 꿈을 심하게 꾸는 편인 나는 현실에서보다 이 꿈속에서 더 많이 살았다. 나는 이 그림자 때문에 힘과 생기를 잃어버렸다. 그중에서도 크로머가 나를 폭행하고 내게 침을 뱉으며 내 위에 타고 앉는 꿈을 자주 꾸었다. 그리고 더욱 나쁜 것은 나를 심각한 범죄로 유혹하는, 아니 유혹한다기보다는 그냥 그 애의 강력한 영향력으로 내게 무언가를 강요하는 꿈이었다. 이런 꿈들 가운데 가장 무서웠던 것은 내 아버지를 살해하는 것이었는데, 이 꿈에서 깨어났을 때 나는 반쯤 넋이 나가 있었다. 크로머는 칼을 갈아 내 손에 쥐여주었고, 우리는 가로수 밑에서 누군가를 기다렸다. 그 누군가가 어떤 사람인지는 나도 몰랐다. 그런데 그 사람이 다가오자 크로머가 내 팔을 꽉 잡으며 내가 칼로 찔러 죽여야 할 사람이라고 말했다. 바로 내 아버지였다. 그 순간 나는 잠에서 깨어났다.

이런 일들로 나는 카인과 아벨 이야기는 떠올려봤지만 데미안은 거의 생각하지 않았다. 데미안이 다시 내게 다가온 것은 이상하게도 꿈속에서였다. 나는 또다시 폭행과 폭압을 당하는 꿈을 꾸었는데, 이번에 나를 걸터탄 사람은 크로머가 아니라 데미안이었다. 이것은 내게 아주 새롭고도 깊은 인상을 남겼다. 나는 크로머에게서는 고통과 반항으로 괴로워했던 모든 것을, 데미안에게서는 환희와 공포가 절반씩 섞인 감정으로 기꺼이 견뎌냈다. 이런 꿈을 두 번 꾸었고, 그다음에는 크로머가 다시 제 위치에 나타났다.

나는 오래전부터 꿈속에서 경험한 일과 현실에서 경험한 일을 더는 분명하게 구별할 수 없게 되었다. 어쨌든 나와 크로머와의 몹쓸 관계는 계속되었고, 내가 그 애에게 빚진 금액을 순전히 조금씩 훔쳐낸 돈으로 다 갚았을 때도 그 관계는 끝나지 않았다. 아니, 이제 그 애는 이 도둑질까지 알고 있는 상태였다. 어디서 그 돈이 났는지 매번 내게 물어보았기 때문이다. 그래서 나는 예전보다 더욱 그 애의 손아귀에서 빠져나오지 못했다. 그 애는 종종 내 아버지에게 모든 것을 이야기하겠다고 나를 위협했다. 그럴 때면 나는 두렵기보다는 처음부터 아버지에게 스스로 말하지 않은 것을 깊이 애통해했다. 그러는 동안 나는 아주 비참했다. 그래도 나는 모든 것을 후회하진 않았으며, 적어도 항상 후회하지는 않았다. 그리고 가끔씩 만사가 그럴 수밖에 없다고 느끼기도 했다. 불행이 나를 지배하고 있었다. 그것에서 벗어나려는 것은 소용없는 짓이었다.

아마 내 부모님도 이런 상황에서 적잖이 괴로워했을 것이다. 알 수 없는 영혼이 나를 뒤덮었고, 나는 그토록 친밀하던 우리 가족들과 더는 어울리지 못했다. 그리고 잃어버린 천국을 그리워하는 것과 같은 미칠 듯한 동경이 나를 덮쳐왔다. 나는 특히 어머니한테서는 몹쓸 인간이 아닌, 환자 취급을 당했다. 그러나 실제로 어떤 상태에 있었는지는 두 누이의 태도에서 가장 잘 알 수 있었다. 무척 아껴주는 동시에 나를 끝없이 비참하게 했던 그들의 태도는 내가 무언가에 신들렸지만 그런 상태를 꾸짖기보다는 가엾게 여겨야 하고, 그런 가운데 악이 내 마음속에 자리 잡고 있음을 분명히 알게 해주었다. 나는 모든 가족이 예전과 달리 나를 위해 기도하는 것을 느꼈다. 그리고 그 기도가 헛된 일임을 알았다. 나는 종종 마음이 가벼워졌으면 하는 동경을, 올바른 참회를 하고픈 욕구를 강렬하게 느꼈다. 또한 아버지에게도, 어머니에게도 모든 것을 사실대로 말하고 설명할 수 없다는 것도 느꼈다. 모두 그 이야기를 친절하게 받아들이고 잘 어루만져주고 슬퍼해줄 것이다. 하지만 완전히 이해하지는 못할 것이며, 그것이 운명인데도 일종의 탈선으로 여기리라는 것을 알았다.

많은 사람이 채 열한 살도 안 된 아이가 이런 것을 느낄 거라고 믿지 않는다는 걸 나는 잘 안다. 이런 사람들에게는 절대 내 일을 이야기하지 않을 것이다. 나는 인간을 좀 더 잘 아는 사람들에게만 그 일을 이야기할 것이다. 자기감정의 일부를 생각으로 변화시키는 법을 배운 어른은 그런 생각이 어린아이에게는 없다고 생각하며, 그런 경험도 없다고들 이야기한다. 그러나 나는 내 일생에서 그때처럼 깊이 체험하고 괴로워했던 적이 별로 없었다.

하루는 비가 왔다. 나는 나의 박해자한테서 부르크 광장으로 나오라는 명령을 받았다. 약속 장소에서 기다리는 동안 나는 시커먼 물방울이 뚝뚝 떨어지는 밤나무에서 떨어진 젖은 나뭇잎을 발로 휘젓고 있었다. 돈은 없었지만, 크로머에게 적어도 무언가는 줄 수 있도록 과자 두 개를 가져왔다. 나는 이렇게 어딘가 구석진 곳에 서서 그 애를 기다리는 것에, 때로는 아주 오랫동안 기다리는 것에 이미 익숙해졌다. 그리고 인간이 바꿀 수 없는 숙명을 감수하듯 나도 그것을 받아들였다.

마침내 크로머가 왔다. 오늘은 오래 머물지 않았다. 그 애는 주먹으로 내 갈비뼈를 몇 대 때리더니 웃었다! 내가 주는 과자를 받고는 축축한 담배 한 대까지 권했는데 물론 나는 받지 않았다. 그는 평소보다 친절하게 굴었다.

헤어질 무렵 크로머가 말했다.

"참! 잊어버리면 안 되지. 다음번에는 네 누이를 데리고 나와, 누나 말이야. 이름이 뭐지?"

나는 전혀 이해하지 못했고, 대답도 하지 않았다. 그저 당황한 채 그 애의 얼굴만 바라봤다.

"못 알아듣겠어? 네 누나를 데리고 오란 말이야."

"이해했어, 크로머. 하지만 그건 안 돼. 그런 짓은 해서도 안 되고 누나도 절대로 같이 오지 않을 거야."

나는 이번에도 그저 하나의 술책이며 구실일 뿐이라고 생각했다. 그 애는 가끔 그런 짓을 했기 때문이다. 어떤 불가능한 일을 요구하고 내게 잔뜩 겁을 주어 풀 죽게 만든 다음 서서히 홍정하는 식이었다. 그럴 때면 난 약간의 돈이나 다른 것을 주고 빠져나와야만 했다.

그런데 이번에는 달랐다. 그 애는 내가 거절했다는 것에 별로 화를 내지 않았다. 그러고는 짐짓 건성으로 말했다.

"그렇다면 말이야, 잘 생각해봐. 난 네 누나와 사귀고 싶어. 언젠가는 그렇게 될 거야. 넌 그냥 누나와 함께 산책 나오기만 하면 돼. 내가 그리로 갈게. 내일 휘파람으로 널 부를 테니까 그때 다시 한 번 얘기하자."

크로머가 가버린 뒤 그 애가 요구하는 것의 의미를 어렴풋이 짐작할 수 있었다. 나는 아직 어린애였지만 소년과 소녀가 좀 더 나이를 먹으면 서로 어떤 비밀에 가득 찬, 음란하고도 금지된 일을 한다는 것을 소문으로 알고 있었다. 이제 나는 그러니까 갑자기 그것이 얼마나 해괴망측한 일인지 아주 분명하게 깨달았다! 난 곧바로 절대 그런 짓을 하지 않겠다고 결심했다. 그러나 그렇다면 무슨 일이 벌어질 것이며, 크로머가 내게 어떻게 보복할 것인지는 감히 생각조차 할 수 없었다. 내게 새로운 고문이 시작된 것이다. 아직도 충분치가 않았던 것이다.

암담한 기분으로 호주머니에 손을 넣고 텅 빈 광장을 지나갔다. 새로운 고통, 새로운 노예 생활이 시작되는구나!

그때 활기차면서도 깊이 있는 목소리가 나를 불렀다. 나는 깜짝 놀라 달아나기 시작했다. 누군가가 여전히 따라왔고, 한 손으로 나를 뒤에서 살짝 잡았다. 막스 데미안이었다.

나는 그가 나를 붙잡도록 놔두었다.

"너야? 그렇게 놀라게 하면 어떡해!"

나는 흔들리는 목소리로 말했다.

데미안은 나를 가만히 응시했다. 그의 눈초리가 그때만큼 어른스러우며 남들보다 뛰어나고 마음을 꿰뚫어본 적은 없었다. 우리는 이야기를 나눈 지 꽤 오래되었다.

"미안해. 하지만 이봐, 그렇게 놀랄 건 없잖아."

그는 정중하면서도 분명하게 말했다.

"그건 그래, 하지만 그럴 수도 있지."

"그렇기도 하군. 하지만 네게 아무 일도 하지 않은 사람한테 그리 움찔한다면 그 사람은 분명 이상하게 생각하고 호기심을 가질 거야. 네가 이상하리만큼 잘 놀란다고 말이야. 그 사람은 그런 태도는 겁이 날 때 하는 행동인데 하고 계속 생각할 테지. 겁쟁이들은 늘 무서워하거든. 하지만 넌 그런 겁쟁이는 아니라고 생각해, 그렇지 않니? 아, 물론 너는 영웅도 아니지만 말이야. 결국 네가 두려워하는 게 있다는 건데……. 아니면 네가 무서워하는 사람이 있을 수도 있고. 하지만 그런 사람이 절대 있어서는 안 되지. 아니, 결코 사람을 두려워해서는 안 돼. 그런데 나를 무서워하는 건 아니지? 그렇지?"

"아, 그럼. 전혀 안 무서워."

"가끔 그렇게 보여. 그런데 네가 무서워하는 사람 있지?"

"몰라……. 날 그냥 내버려둬, 내게 뭘 원하는데 그래?"

데미안은 내 걸음에 맞춰 함께 걸었다. 도망칠 생각으로 빠르게 걸었는데도 말이다. 옆에서 나를 바라보는 그의 시선이 느껴졌다.

"그럼 이렇게 한번 생각해봐."

그는 다시 말을 건넸다.

"내가 너한테 호감을 갖고 있다고 하자. 어쨌든 넌 나를 두려워할 필요가 없어. 나는 너한테 한 가지 실험을 하고 싶을 뿐이야! 재미도 있고, 너도 거기서 유용한 걸 배울 수 있을 거야. 한번 잘 들어봐! 그러니까 난 가끔 독심술이라고 불리는 기술을 시험해보고 있어. 무슨 마법은 아니지만 그것이 어떤 것인지 모르는 사람에겐 아주 이상하게 보이지. 사람들을 깜짝 놀라게 만들 수도 있어. 자, 우리 한번 시험해보자. 내가 너를 좋아하거나 네게 흥미를 갖고 있다고 해봐. 이제 난 네 마음속이 어떤 상태인지 알아보려고 해. 그러기 위해 이미 나는 첫발을 내디뎠지. 나는 너를 깜짝 놀라게 했어. 너는 자주 놀라잖아. 그러니까 네가 무서워하는 물건이나 사람이 있다는 거야. 어떻게 해서 그렇게 될 수 있을까? 사람이란 아무도 두려워할 필요가 없어. 만약 우리가 누군가를 두려워한다면 그건 자기를 지배할 수 있는 힘을 그 누군가에게 허용했기 때문이지. 예를 들어 무슨 나쁜 짓을 했는데 다른 사람이 그걸 알고 있는 거야. 그러면 그 사람은 너를 지배할 힘을 갖게 되는 거지. 이해돼? 이건 분명하지, 그렇지?"

나는 어찌할 바를 모르고 데미안의 얼굴을 바라보았다. 그의 눈은 항상 그렇듯 진지하고 총명해 보였다. 그리고 호의적이기도 했다. 하지만 상냥함은 전혀 찾아볼 수 없고 오히려 엄격해 보였다. 정의나 그와 비슷한 어떤 것이 그 속에 깃들어 있었다. 나는 내게 무슨 일이 일어난 건지 몰랐다. 그는 마치 마술사처럼 내 앞에 서 있었다.

"알아들었어?"

그는 다시 한 번 물었다.

나는 고개를 끄덕일 뿐 아무 말도 할 수가 없었다.

"난 독심술이 이상하게 보일 거라고 말했지만, 그건 아주 자연스럽게 행해지는 거야. 예를 들어 언젠가 내가 너한테 카인과 아벨의 이야기를 했을 때 네가 나를 어떻게 생각했는지 꽤 정확하게 말할 수 있어. 뭐, 하지만 그건 이 일과는 상관없는 거니까. 난 네가 언젠가 내 꿈을 꾸었을 수도 있다고 생각해. 하지만 그런 얘기는 관두자. 너는 영리한 소년이야. 대부분 사람은 너무나 멍청하거든! 나는 내가 신뢰하는 영리한 소년과 가끔 얘기하는 게 좋아. 너도 괜찮지?"

"아, 그럼. 난 하나도 이해하지 못하겠지만……."

"그럼 한번 그 재미난 실험을 계속해보자! 그러니까 우리가 알아낸 건 S라는 소년이 잘 놀란다는 거야. 소년은 누군가를 두려워하고 있지. 아마 그 누군가와 매우 불쾌한 비밀을 공유하고 있을 거야. 대강 들어맞지?"

꿈속에서처럼 나는 데미안의 목소리와 그 힘에 눌리고 있었다. 나는 그저 고개만 끄덕였다. 그는 오직 나 자신한테서만 나올 수 있는 그런 목소리로 이야기하지 않았던가? 그는 모든 것을 알고 있단 말인가? 나 자신보다도 더 잘, 더 분명하게 알고 있다는 목소리가 아닌가.

데미안은 내 어깨를 힘차게 두드렸다.

"그럼, 맞았지. 그럴 줄 알았어. 이제 한 가지 질문만 남았어. 너, 조금 전에 가버린 소년의 이름을 알아?"

나는 몹시 놀랐다. 건드려진 나의 비밀이 내 안에서 고통스럽게 몸부림쳤다. 그것은 밝은 빛이 있는 곳으로 가까이 오려고 하지 않았다.

"누구 말이야? 소년은 없었는데, 나밖에 없었어."

그는 웃었다.

"그냥 말해! 걔 이름이 뭐야?"

나는 속삭였다.

"프란츠 크로머 말이야?"

만족스러운 듯이 그는 내게 고개를 끄덕였다.

"잘했어! 넌 머리가 빨리빨리 돌아가는 녀석이야. 우린 친구가 될 거야. 하지만 이제 네게 말할 게 있어. 그 크로머인지 뭔지 하는 녀석은 나쁜 놈이야. 벌써 얼굴에서 그놈이 불량배라고 내게 말해주고 있어! 네 생각은 어때?"

"정말 그래."

나는 한숨을 쉬었다.

"걔는 나빠, 걔는 악마라고! 하지만 걔가 아무것도 알아서는 안 돼! 맙소사, 그놈이 알아서는 정말 안 돼! 그놈을 잘 알아? 그놈도 너를 알고?"

"진정해! 그놈은 갔어. 그리고 걔는 나를 몰라. 아직은 모르지. 하지만 난 그놈을 꼭 알고 싶어. 공립 초등학교에 다니지?"

"응."

"몇 학년인데?"

"5학년이야. 하지만 걔한테 아무 말도 하지 마! 제발, 제발 아무 말도 하지 마!"

"안심해! 너한테 아무 일도 안 생길 거야. 그런데 그 크로며 이야기를 조금 더 해줄 생각은 없어?"

"할 수 없어! 안 돼, 나를 그냥 내버려둬!"

그는 한동안 말이 없었다.

"유감이야. 우리는 실험을 좀 더 계속할 수 있을 텐데 말이야. 하지만 나는 널 괴롭히고 싶지 않아. 네가 그 애를 두려워하는 게 전혀 옳지 않다는 걸 너도 알고 있지, 그렇지? 그런 두려움은 우리를 아주 망쳐놓는단 말이야. 그런 것에선 반드시 벗어나야 해. 네가 올바른 녀석이 되려면 그런 것은 꼭 떨쳐버려야 해. 알아듣겠니?"

그가 말했다.

"물론 네 말이 맞아……. 하지만 그게 안 돼. 넌 아무것도 몰라……."

"네가 생각한 것보다 내가 더 많이 알고 있다는 걸 너도 봤잖아. 걔한테 돈 같은 걸 빚지고 있어?"

"응, 그것도 그렇고. 하지만 그게 중요한 건 아냐. 그걸 말할 순 없어. 정말로 말 못 해!"

"걔한테 빚진 만큼 내가 너한테 돈을 준대도 소용이 없겠지? 난 그만큼 충분히 네게 줄 수 있는데 말이야."

"아냐, 아냐, 그런 게 아냐. 제발 부탁인데, 아무한테도 그 얘기를 하지 마! 한 마디도! 그건 네가 나를 불행하게 만드는 거야!"

"나를 믿어, 싱클레어. 언젠가는 네 비밀을 내게 말해주게 될 거야."

"절대로, 절대로 안 할 거야!"

나는 격렬하게 외쳤다.

"네 맘대로 해. 난 그저 어쩌면 네가 나중에 나한테 더 많은 이야기를 하게 될 거라고 말하는 것뿐이야. 물론 자발적으로 말이지, 알겠어? 너, 내가 크로머처럼 그런 짓을 할 거라고는 생각하지 않지?"

"물론이지. 하지만 넌 그 일과 관련해 아무것도 몰라!"

"아무것도 모르지. 난 그냥 그 일을 좀 더 생각해볼 거야. 그리고 난 절대 그 애가 하는 것처럼 하지 않을 거야. 그건 믿어도 돼. 게다가 넌 내게 아무것도 빚지지 않았잖아."

우리는 한참 동안 말이 없었다. 그리고 나는 점차 진정됐다. 하지만 데미안이 알고 있다는 것이 내게는 점점 더 수수께끼 같았다.

그는 "나 이제 집에 간다"라고 말하더니 빗속에서 거친 모직 외투를 단단히 여몄다.

"이왕 여기까지 얘기했으니 한 마디만 더 할게. 너는 그 녀석한테서 벗어나야 해! 다른 방법이 전혀 없거든 걔를 때려죽여! 네가 그렇게 한다면 나는 감탄하고 좋아할 거야. 물론 나도 너를 도와줄 거고."

나는 새로운 불안에 휩싸였다. 갑자기 카인의 이야기가 다시 떠올랐다. 나는 섬뜩해졌고, 그 순간 나직이 울기 시작했다. 너무나도 많은 무시무시한 일이 나를 둘러싸고 있다는 느낌이 들었다.

막스 데미안은 그런 내 모습에 미소를 지었다.

“이제 됐어! 그냥 집으로 돌아가! 어쨌든 우린 벌써 그렇게 하고 있어. 때려죽이는 게 가장 간단한 방법일 텐데도 말이야. 그런 일은 가장 간단한 게 언제나 최선인 법이지. 너는 네 친구 크로머와 결코 좋은 일은 없을 거야.”

집으로 돌아오자 나는 마치 일 년 동안이나 집을 떠나 있었던 것처럼 생각됐다. 모든 것이 다르게 보였다. 나와 크로머 사이에 미래와도 같은 그 무엇, 희망과도 같은 그 무엇이 서 있었다. 나는 더 이상 혼자가 아니었다! 이제야 비로소 나는 혼자서 몇 주일 동안이나 비밀을 안고 얼마나 두려워했는지 알았다. 몇 번이나 생각하고 또 생각했던 일이 곧 머릿속에 떠올랐다. 그건 바로 부모님께 참회하는 것이 내 마음을 좀 가볍게 해주기는 하겠지만 나를 완전히 구원해 주지는 않을 거라는 생각이었다. 이제 나는 다른 사람에게, 즉 낯선 이방인에게 참회를 한 것이나 다름없었다. 그리고 구원의 예감은 짙은 향기처럼 내게로 날아왔다.

그러나 그 후에도 내 불안은 오랫동안 극복되지 못했다. 나는 아직도 적과의 길고도 끔찍한 충돌을 각오하고 있었다. 그런 만큼 만사가 그처럼 고요하게, 그처럼 완전하게 비밀에 부쳐진 채 조용히 흘러가는 것이 내게는 더욱 이상할 따름이었다.

크로머의 휘파람 소리는 우리 집 앞에서 하루, 이틀, 사흘, 일주일 동안 나지 않았다. 나는 그 사실을 감히 믿을 수가 없었다. 그리고 그 녀석이 전혀 예상하지 못한 순간 갑자기 나타나지 않을까 하는 생각에 내심 경계했다. 하지만 그 애는 계속해서 나타나지 않았다! 나는 이러한 새로운 자유를 불신하면서 여전히 믿으려고 하지 않았다. 그러다 한 번 프란츠 크로머와 마주치게 되었다. 그 애는 자일러 골목에서 내려오고 있었는데, 정확히 내가 있는 방향이었다. 그런데 나를 보자 흠칫 놀라더니 얼굴을 잔뜩 찌푸린 채 나와 마주치지 않으려는 듯 그대로 돌아서 버렸다.

그것은 내가 전혀 생각지도 못한 일이었다! 나의 적이 내 앞에서 달아난 것이다! 나의 악마가 내게 겁을 낸 것이다! 기쁨과 놀라움이 내 몸을 관통하고 또 관통해 지나갔다.

그 무렵 데미안과 또 한 번 만나게 되었다. 그는 학교 앞에서 나를 기다리고 있었다.

"안녕."

내가 먼저 인사했다.

"안녕, 싱클레어. 네가 어떻게 지내는지 그냥 한번 보려고 말이야. 크로머란 놈이 이젠 너를 가만히 놔두고 있지, 그렇지?"

"네가 그렇게 한 거야? 하지만 어떻게 한 거야? 도대체 어떻게? 난 전혀 모르겠어. 걔가 완전히 가버렸거든."

"잘됐네. 만약 그놈이 언제고 다시 나타나면, 물론 그러지 않겠지만 말이야. 그래도 그놈은 아주 뻔뻔스러운 놈이니까, 그때는 막스 데미안을 생각하라고만 말하면 될 거야."

"그런데 그게 무슨 상관이 있는 거지? 걔랑 한판 벌여 때려눕힌 거야?"

"아니, 난 그런 짓은 좋아하지 않아. 그냥 너하고 얘기한 것처럼 그놈과도 얘기를 했을 뿐이야. 그리고 너를 가만 놔두는 편이 걔 자신한테도 좋을 거라고 분명히 말해줬지."

"아, 그런데 걔한테 돈을 준 건 아니지?"

"안 줬어. 그 방법은 너도 이미 시험해봤잖아."

좀 더 자세히 물어보려고 했지만 그는 그냥 가버렸다. 그리고 나는 고마움과 수치심, 경탄과 두려움, 호의와 내적 반항심이 묘하게 뒤섞인 옛날의 답답했던 심정 그대로 계속 거기에 서 있었다.

나는 곧 그를 다시 만나야겠다고 생각했다. 그리고 그때 모든 일을, 예를 들어 카인 문제에 대해서도 그와 더 많은 이야기를 해볼 생각이었다.

그런데 그렇게 되지 않았다.

고마움이란 아무튼 내가 믿고 있는 덕성은 아니며, 그것을 아이들에게 요구한다는 것은 잘못된 일인 것 같다. 그래서 내가 막스 데미안에게 취했던 나 자신의 완전한 배은망덕을 나는 하나도 이상하게 여기지 않았다. 만약 그가 크로머의 발톱에서 나를 해방시켜주지 않았다면 나는 오늘날 평생 병들고 타락해버렸을 거라고 확신한다. 나는 그 당시에도 이런 해방을 내가 어린 시절에 겪은 최대의 경험이라고 느끼고 있었다. 그러나 그 해방자가 기적을 이뤄내자마자 곧바로 나는 그를 한편에 제쳐두고 신경 쓰지 않았다.

이미 말한 것처럼 배은망덕은 내게 별난 것이 아니다. 내게 이상한 것이라곤 오로지 그때 내가 호기심을 갖지 않았다는 사실뿐이다. 데미안을 통해 접하게 된 그 비밀에 더 가까이 다가가지 않고 나는 어떻게 단 하루라도 조용히 살아갈 수 있었던 걸까? 카인과 크로머, 독심술에 대해 더 많은 것을 듣고 싶은 욕망을 어떻게 억누를 수 있었던 걸까?

이해가 잘 되지는 않지만, 사실이 그랬다. 나는 나 자신이 갑자기 악마의 그물에서 해방된 것을 알았다. 세계가 다시 밝고 즐겁게 내 앞에 놓여 있음을 보았으며, 더는 불안에 따른 발작이나 질식할 듯한 심장의 고동에도 굴복하지 않았다. 마력은 부서졌고 나는 다시 예전과 같은 학생이 되었다. 나의 천성은 되도록 빨리 균형과 고요 속으로 되돌아가려고 했다. 그래서 온갖 추악한 것과 위협적인 것을 내던져 버리고 그것을 잊어버리는 데 무엇보다 많은 노력을 기울였다. 내 죄와 공포심에 관련된 그 기나긴 이야기는 놀랄 정도로 빠르게 기억에서 사라졌다. 눈에 보이는 그 어떤 상처나 인상도 남기지 않고 말이다.

나의 조력자이자 구원자까지도 그렇게 빨리 잊어버리려고 했다는 사실 또한 오늘날에 와서야 깨달았다. 상처 입은 내 영혼은 모든 노력과 힘을 다해 저주받은 비탄의 계곡에서, 크로머가 만들어놓은 그 끔찍했던 노예 생활에서 도망쳐 일찍이 행복하고 만족스러웠던 곳으로 되돌아간 것이다. 즉 활짝 열린 잃어버린 낙원으로, 아버지와 어머니의 밝은 세계로, 누이들에게로, 순수의 향기 속으로, 아벨에 대한 신의 총애 속으로 다시 돌아갔다.

데미안과 짤막한 대화를 주고받은 바로 그날, 나는 자유를 되찾았다고 확신하면서 그런 일이 다시 일어날까 봐 더는 두려워하지 않게 되었다. 그리고 마침내 내가 그렇게도 갈망하던 일을 했다. 바로 참회를 한 것이다. 나는 어머니에게 갔고, 자물쇠가 부서진 채 진짜 돈 대신 장난감 돈이 들어 있는 저금통을 보여주었다. 그리고 내가 얼마나 오랫동안 나 자신의 죄 때문에 사악한 가해자한테 얽매여 있었는지 이야기했다. 어머니는 모든 이야기를 듣고도 이해하지 못했다. 그러나 어머니는 그 저금통을 보았고, 나의 달라진 눈빛을 보았으며, 나의 달라진 목소리를 들었다. 그리고 내가 회복되었으며, 다시 어머니에게로 되돌아왔음을 느꼈다.

나는 기분을 한껏 북돋우며 복귀를 축하하는 축제, 타락한 아들의 귀향을 환영하는 축제를 벌였다. 어머니는 나를 아버지에게 데려갔다. 이야기가 되풀이되었고, 질문과 놀라움의 탄성이 쏟아졌다. 부모님은 내 머리를 쓰다듬으면서 오랜 압박감에서 벗어났음을 알려주며 안도의 한숨을 내쉬었다. 모든 것이 훌륭했다. 모든 것이 소설 속에서나 있을 법한 일 같았고, 모든 것이 놀랍도록 조화를 이루며 해결됐다.

나는 이제 열정에 들떠 이 조화 속으로 도망쳤다. 내 평화와 부모님의 신뢰를 되찾은 것에 충분히 만족하진 못했지만, 그래도 가정의 모범적인 아들이 되었다. 옛날보다 누이들과 더 잘 어울렸고, 기도를 드릴 때는 구원받아 되돌아온 자의 감정을 담아 내가 좋아하던 옛날의 그 노래들을 함께 불렀다. 그것은 진심에서 우러나온 것이었고, 거기엔 조금의 거짓도 없었다.

그럼에도 완전히 정돈된 상태는 아니었다! 그리고 오직 바로 이 점에서부터 내가 데미안을 잊어버렸다는 것을 솔직하게 설명할 수 있다. 나는 그에게 참회했어야 했다! 그 참회는 그다지 근사하게 치장되지도 감동적이지도 않았을 테지만, 그래도 내게 더욱 풍성한 결과로 돌아왔을 것이다. 이제 나는 모든 뿌리를 가지고 천국 같은 나의 옛날 세계에 매달려 있었고, 고향으로 돌아왔으며, 자비로운 분위기에서 받아들여졌다. 그러나 데미안은 결코 이 세계에 속하지 않았고 거기에 어울리지도 않았다. 물론 그는 크로머와는 달랐지만, 그 또한 유혹자였고 나를 두 번째의 사악하고 나쁜 세계와 연결시켜주었던 것이다. 나는 그 세계와 관련된 것을 영원히 아무것도 알고 싶지 않았다. 지금에 와서 나 자신이 다시 아벨처럼 된 때, 아벨을 포기하고 카인을 찬미하는 데 협조할 수 없었다. 또 그럴 마음도 없었다.

겉으로 드러난 상황은 이와 같았다. 하지만 내적 상황은 달랐다. 즉 크로머와 악마의 손에서 해방되긴 했지만 그것은 나 자신의 힘과 능력에 의한 것이 아니었다. 나는 이 세상의 좁고 쓸쓸하고 외로운 길을 걸어가려고 했는데, 그 길은 내게 너무나도 미끄러웠다. 친절한 손이 나를 잡아 구원해준 지금 나는 더 이상 곁눈질하지 않고 어머니의 품 안으로, 포근하고 경건했던 내 어린 시절의 보금자리로 다시 돌아왔다. 나는 실제보다 더 어리고 의존적으로 굴며 아이처럼 행동했다. 혼자서 걸어가는 걸 나 자신이 원하지 않았기에 크로머에 대한 예속 관계를 새로운 관계로 대체해야만 했던 것이다. 그래서 나는 맹목적인 마음으로 아버지와 어머니에게, 그 옛날의 사랑스러웠던 '밝은 세계'에 예속되는 것을 선택했다. 그렇지만 이것이 유일한 세계가 아니라는 것을 이미 알고 있었다. 만약 내가 그렇게 하지 않았다면 데미안에게 의지하고 내 마음을 털어놓아야만 했을 것이다. 내가 그렇게 하지 않은 것은 당시에는 그것을 데미안의 기괴한 생각에 대한 정당한 불신으로 생각했기 때문이다. 그러나 사실 그것은 불안감 말고는 아무것도 아니었다. 왜냐하면 데미안은 내게 부모님보다도 더 많은 것을 요구했을 것이며 자극과 경고로써, 조롱과 풍자로써 나를 더욱 자립적으로 만들려고 시도했을 것이기 때문이다. 아, 나는 그걸 오늘에서야 비로소 알게 되었다. 인간에게 이 세상의 어떤 것도 자기 자신에게로 통하는 길을 가는 것보다 더 어려운 일은 없다는 것을!

그럼에도 나는 반년 정도 지난 뒤에 그 유혹을 이겨낼 수가 없었다. 어느 날 산책을 나갔다가 아버지에게 많은 사람이 아벨보다 카인을 더 좋은 사람이라고 설명하는 것을 어떻게 생각하는지 물어보았던 것이다.

아버지는 몹시 당황하면서 조금도 새로울 것이 없는 견해라고 설명했다. 그런 견해는 이미 원시 기독교 시대에 나타나 여러 종파에서 제창되었고, 그 종파 가운데 '카인파'라는 이름도 있다고 했다. 하지만 물론 이 미친 가르침은 우리 믿음을 파괴하려는 악마의 시도 외에 아무것도 아니라고 했다. 만약 사람들이 카인은 정당하고 아벨이 정당하지 않다고 믿는다면 신이 잘못 생각했다는 것이 되고, 결국 성경의 신은 옳고 유일한 존재가 아니라 거짓된 존재라는 뜻이 되기 때문이라는 것이다. 아버지는 실제로 카인파들도 이와 유사한 주장을 가르치고 설교했다고 말했다. 그런 이교는 먼 옛날 인류로부터 사라져버렸다고 하면서 아버지는 내 학교 친구가 그것을 약간 알고 있다는 사실이 그저 놀라울 뿐이라고 했다. 어쨌든 아버지는 그런 생각은 버리라며 내게 진지하게 경고했다.

3장

십자가에 나란히 매달린 죄인

나의 어린 시절, 아버지와 어머니의 보호에 따른 안전한 생활, 부모에 대한 효심과 온화하고 애정 어린 밝은 환경에 따른 충만한 생활을 이야기한다면 뭔가 아름답고 부드러우며 사랑스러운 것이 언급될 것이다. 그러나 내가 관심을 가진 부분은 바로 나 자신에게 도달하기 위해 내 생애에서 걸어온 걸음들뿐이다. 아름다운 휴식처와 행복의 섬들, 낙원. 이 모든 매력을 모르는 것은 아니지만 나는 이것들을 저 멀리 광채 속에 내버려둔다. 그곳에 다시 발을 들여놓고 싶지는 않다.

그래서 소년 시절에 있었던 일을 이야기할 때 나는 내게 새롭게 다가왔던 일, 나를 앞으로 몰아대고 나를 잡아떼어 놓았던 일만 말하는 것이다.

이런 충동은 언제나 그 '다른 세계'에서 몰려왔고, 늘 불안과 강박감과 사악한 마음을 동반했으며, 언제나 혁명적이었고, 내가 기꺼이 머물러 살고자 하는 곳의 평화를 위협했다.

그러던 중 나 자신 안에 원시의 본능이 살고 있음을 새로이 발견해야만 하는 나이가 되었다. 허락된 밝은 세계에서는 기어들어 가서 숨어버려야 하는 그런 본능이었다. 모든 사람이 그러하듯 내게도 서서히 눈을 뜬 성(性)의 감정이 적이자 파괴자로서, 금지된 것으로서, 유혹과 죄악으로서 달려들었다. 내 호기심이 추구한 것, 내게 꿈과 욕구와 두려움을 안겨준 것, 즉 사춘기의 커다란 비밀은 보호받고 지낸 어린 시절의 평화와는 맞지 않았다. 나는 다른 모든 사람처럼 행동했다. 더 이상 어린아이가 아니면서도 어린아이처럼 이중생활을 했다. 내 의식은 친숙하고 허용된 것 속에서 살았다. 그리고 서서히 밝아오는 새로운 세계를 부정했다. 하지만 그와 동시에 나는 지하에 숨어 있는 꿈과 본능, 소망 속에서도 살고 있었다. 이런 의식적인 생활은 그 위에 점점 더 위태로워지는 다리를 세우고 있었으니, 이는 어린아이의 세계가 내 안에서 붕괴되고 있었기 때문이다. 부모들 대부분이 그렇듯 내 부모님도 입 밖으로 내뱉을 수 없는 것에 눈떠 가는 성적 충동을 모른 척했다. 그들은 현실을 부정한 채 갈수록 비현실적이고 허위적으로 변해가는 어린아이의 세계에서 계속 안주하려는 희망 없는 내 노력만을 끊임없는 걱정으로 도와줄 뿐이었다. 이런 문제에 있어 과연 부모들이 많은 역할을 할 수 있을지 난 잘 모르겠다. 그래도 난 부모님을 원망하거나 하지 않는다. 나를 완성해나가고 내 길을 발견하는 것은 나 자신의 문제였다. 그리고 부족함 없이 자란 아이들 대부분이 그런 것처럼 나도 내 일을 잘해내지 못했다.

사람은 누구나 이런 어려움을 겪으며 살아간다. 평범한 사람들에게 이런 경험은 자기 생명의 욕구와 주위의 세계가 가장 치열하게 싸우는 인생의 기점이 되는데, 이를 통해 앞으로 나아간다는 것은 전신의 힘을 다해 싸워서 얻어내는 것임을 배우게 된다. 대개의 사람들은 우리의 숙명인 죽음과 탄생을 경험하게 되는데 이것은 인생에 단 한 번, 즉 유년기가 부패하면서 서서히 붕괴될 때 찾아온다. 그때는 사랑하게 된 모든 것이 우리를 떠나려 하고, 우리는 갑자기 자신을 둘러싼 우주의 지독한 차가움을 느끼게 된다. 그리고 아주 많은 사람은 영원히 이 절벽에 매달린 채 평생 고통스럽게 되돌릴 수 없는 과거와 잃어버린 천국의 꿈에 집착한다. 모든 꿈 가운데 가장 사악하고 잔인한 꿈이다.

나의 이야기로 돌아가자. 내 유년기의 종말을 고한 감정과 몽상은 따로 말해야 할 만큼 중요한 것은 아니다. 중요한 것은 '어두운 세계', 그 '다른 세계'가 다시 나타났다는 것이다. 옛날에 프란츠 크로머였던 것이 지금은 나 자신 안에 박혀 있었다. 그로써 그 '다른 세계'는 외부에서부터 다시금 나를 지배하게 되었다.

크로머와의 사건 이후 여러 해가 지났다. 그 당시 내 인생에서 그렇게 극적이고도 죄책감에 시달리던 시절은 아주 멀어졌으며, 순간의 악몽처럼 아예 소멸해버린 듯했다. 프란츠 크로머는 이미 오래전 내 생활에서 사라졌으며, 언젠가 그와 마주치더라도 전혀 신경 쓰지 않을 정도가 됐다. 그러나 내 비극의 또 다른 중요한 인물인 막스 데미안은 내 주변에서 완전히 사라지지 않았다. 그는 오랫동안 내 삶의 가장자리에 서 있었기 때문에 보이기는 했지만 어떤 영향력도 미치지 못했다. 그런 그가 다시 서서히 다가오면서부터 비로소 그의 힘과 영향력이 발휘되기 시작했다.

그 시절 내가 데미안에 대해 무엇을 알고 있는지 곰곰이 생각해본다. 나는 일 년, 아니 그 이상 단 한 번도 그와 이야기를 나누지 않았던 것 같다. 나는 그를 피했고, 그도 먼저 나서지 않았다. 언젠가 한 번 서로 마주친 적이 있는데, 그는 내게 고개만 끄덕였다. 이따금 그의 친절함 속에 조소나 비꼬는 듯한 비난의 섬세한 울림이 깃들어 있다는 생각이 들긴 했지만, 그것은 내 상상이었는지도 모른다. 내가 그와 함께 경험한 사건, 당시 내게 미친 이상한 영향력을 그도 나처럼 잊어버린 듯했다.

데미안의 모습을 더듬어본다. 내가 그를 떠올리면 그는 바로 여기에 있었고, 또 나를 통해 인식되었다. 그가 학교에 가는 것이 보인다. 혼자, 때로는 자기보다 큰 학생들과 어울려서 말이다. 낯선 이방인처럼 고독하면서도 조용하게 다른 사람들 사이를 걸어가는 모습이 보인다. 마치 별처럼 자기 자신의 공기에 둘러싸인 채 자신이 만든 법칙에 따라 살아가는 것같이 보인다. 아무도 그를 좋아하거나 사랑하지 않았다. 그의 어머니를 제외하곤 아무도 그와 친하게 지내지 않았다. 어머니와도 그는 자식이 아니라 어른처럼 지내는 걸 종종 보았다. 선생님들은 되도록 그를 가만히 내버려 두었다. 그는 좋은 학생이었지만 아무에게도 가까이 다가가려고 하지 않았다. 때때로 우리는 소문으로 그가 선생님에게 반박하거나 비꼬거나 대들었다는 이야기를 들었다.

나는 눈을 감고 가만히 생각해본다. 데미안의 모습이 떠오르는 것을 지켜본다. 그게 어디였던가? 맞아! 이제 그곳이 어딘지 생각난다. 우리 집 앞 골목길이었다. 나는 어느 날 거기서 그가 메모장을 손에 들고 스케치하는 것을 보았다. 그는 우리 집 대문 위 문장에 새겨진 새를 베끼는 중이었다. 나는 창가 커튼 뒤에 숨어 그를 보았는데, 그의 주의 깊고 냉정하며 밝은 얼굴이 그 문장을 향해 있는 것에 깊이 감탄하며 바라봤다. 그는 어른의 얼굴, 연구자나 예술가의 얼굴을 하고 있었다. 깊은 생각에 빠져 있지만 의지에 차 있었으며, 유난히 밝고 차가웠다. 게다가 그의 눈은 뭔가 많은 것을 알고 있는 듯했다.

또다시 데미안의 모습이 떠오른다. 며칠 후 어느 거리에 서였다. 학교에서 돌아오는 길이었는데 우리는 모두 쓰러진 말의 주위를 에워싸고 있었다. 말은 아직 수레의 끌채를 맨 채 농부와 마차 앞에 쓰러져 있었고, 무언가를 갈구하는 듯 애처롭게 양 콧구멍을 벌렁이며 허공에 대고 헐떡거렸다. 보이지 않는 상처에서 피가 흘러나와 옆구리 쪽 길바닥의 하얀 먼지가 점점 검게 젖어들었다. 구역질이 날 것 같은 기분이 들어 그 광경에서 눈을 돌리는 순간 데미안의 얼굴이 보였다. 그는 사람들을 헤치며 앞으로 나오지 않고 가장 뒤에서 편안하면서도 상당히 품위 있게 서 있었다. 마치 그곳에 속해 있는 듯했다. 그의 시선은 말의 머리로 향한 것처럼 보였는데, 여전히 깊고 고요하며 거의 열광적이면서도 냉철한 주의력을 지니고 있었다. 나는 그를 오랫동안 지켜보지 않을 수 없었다. 선명하게 의식한 것은 아니었지만, 그때 나는 무엇인가 아주 독특한 것을 느꼈다. 데미안의 얼굴이 어린아이가 아니라 어른의 얼굴이라는 것을 본 게 전부가 아니었다. 나는 더 많은 것을 보았다. 그것은 어른의 얼굴도 아니고 그 어떤 다른 것이라는 걸 보았다고, 아니 감지했다고 생각한다. 그 속에는 어떤 여인의 얼굴이 있는 듯했다. 말하자면 그 얼굴은 한순간 어른도 어린아이도 아니었고, 나이가 많지도 어리지도 않았다. 왠지 모르게 천 살이 된 것 같고, 시간을 초월한 것 같기도 했다. 우리가 살고 있는 것과는 다른 시대의 흐름이 낙인 찍혀 있는 것 같았다. 동물이라면 그렇게 보일 수도 있었다. 아니면 나무나 별이라면 그럴 수도 있었다. 난 그게 무엇이었는지 몰랐다. 지금 내가 어른이 되어서야 말할 수 있는 그것을 정확히 느낀 것은 아니었지만, 그와 비슷한 무언가를 느꼈던 것이다. 어쩌면 그는 아름다웠을 수도 있고, 어쩌면 내 마음에 들었을 수도 있다. 그러면서도 한편으론 어쩌면 그가 싫었는지도 모른다. 그것 또한 정확하게는 모르겠다. 다만 내가 본 것은 그가 우리와 달랐다는 점이다. 그는 동물이나 영혼, 환상과도 같았다. 실제로 그가 어떠했는지는 모르겠지만, 그는 달랐다. 상상할 수 없을 정도로 우리 모두와 달랐다.

더는 기억나는 것이 없다. 그리고 앞에 말한 것도 부분적으로는 훗날의 인상에서 만들어진 것일 수도 있다.

몇 살을 더 먹고 나서야 비로소 나는 다시 데미안과 가까운 사이가 되었다. 그는 관습대로 또래 학생들처럼 교회에서 함께 견신례를 받지 않아 또다시 소문이 퍼졌다. 학교에서는 그가 원래는 유대인이라고, 아니 이교도라고 했다. 그와 그의 어머니는 둘 다 종교가 없거나 그렇지 않으면 이상한 사이비 종파에 속해 있다고 생각하는 사람들도 있었다. 나도 그가 자신의 어머니와 연인 같은 관계로 살고 있다고 의심하는 이야기를 들은 듯하다. 아마도 그는 그때까지 신앙 없이 양육되었을 것이고, 그것은 그의 미래에 어떤 해로운 결과를 초래할 수도 있었다. 어쨌든 그의 어머니는 아들의 또래 학생보다 이 년 늦게나마 견신례를 받게 하기로 결심했다. 그래서 그는 몇 개월 동안 나와 함께 견신례 수업을 받게 되었다.

한동안 나는 데미안에게서 완전히 떨어져 지냈다. 그와

아무런 관계도 맺고 싶지 않았기 때문이다. 내가 볼 때 그는 흉흉한 소문과 비밀에 둘러싸여 있었다. 특히 크로머와의 사건 이후 내 마음속에 줄곧 남아 있던 어떤 의무감이 우리 관계를 막아섰다. 그 당시 나는 나 자신의 비밀만으로도 충분히 벅찬 상태였다. 내게 견신례 수업은 성적인 것에 결정적으로 눈뜨기 시작한 시기와 맞아떨어졌다. 그래서 그 뜻은 좋았지만 경건한 가르침에 대한 나의 관심은 그런 이유로 큰 방해를 받았다. 목사님이 말한 것들은 나와는 동떨어져 고요하고 신성하며 비현실적인 세계에만 존재했다. 그 말씀들은 매우 훌륭하고 가치 있는 것이었을 테지만, 결코 현실적이거나 자극적인 것은 아니었다. 반면 그 이외의 다른 것들은 가장 현실적이고 자극적이었다.

이런 상태가 나를 수업에 무관심하게 만들수록 내 관심은 다시 막스 데미안에게 쏠렸다. 그 무엇인가가 우리 둘을 서로 연결시키려 하는 것 같았다. 나는 이 실마리를 될 수 있는 한 정확히 더듬어가지 않으면 안 된다. 내가 기억하는 한 그것은 교실에 아직 불이 켜져 있던 이른 아침 시간에 시작됐다. 우리 수업을 진행하던 목사님이 마침 카인과 아벨의 이야기를 하게 되었다. 나는 그 이야기에 별로 주의를 기울이지 않았다. 졸려서 거의 듣지 않았던 것이다. 그때 목사님이 목소리를 높여 열심히 카인의 징표에 대해 말하기 시작했다. 그 순간 나는 일종의 접촉, 아니 경고 같은 것을 느꼈다. 그리고 눈을 들어 앞줄 쪽에 앉아 있던 데미안이 나를 뒤돌아보는 것을 보았다. 말하는 듯한 그의 밝은 눈에는 조소와 진지함이 똑같이 들어 있는 것 같았다. 그는 잠깐 나를 바라보았다. 나는 갑자기 긴장해서 목사님의 말에 귀를 기울였다. 목사님이 카인과 징표에 대해 이야기하는 것을 들으면서 그 가르침이 틀렸다고 생각했다. 그것은 다르게 볼 수도 있으며, 거기엔 비판의 여지가 있다고 내 마음 깊은 곳에서 생각하고 있음을 깨달았다.

이 몇 분의 시간으로 데미안과 나는 다시 연결되었다. 그리고 이상하게도 이런 영적 결합의 감정이 일어나자마자 나는 그것이 마술처럼 공간으로도 전파되는 것을 느꼈다. 그 당시 나는 확실히 우연이라고 믿었지만 그가 직접 그렇게 만든 것인지 아니면 순전히 우연이었는지는 잘 모르겠다. 며칠 후 데미안은 갑자기 종교 시간에 자리를 바꿔 바로 내 앞에 앉았다. (나는 학생이 빽빽이 들어찬 교실 한가운데서 불쌍한 빈민가 아이들이 내뿜는 공기를 들이마시다가 아침마다 그의 목덜미에서 풍기는 부드럽고 신선한 비누 향기를 얼마나 즐겁게 들이마셨는지 아직도 기억이 생생하다!) 며칠 후 그는 다시 자리를 옮겨 이번에는 내 옆에 앉았다. 겨울과 이듬해 봄이 다 가도록 그는 거기 앉아 있었다.

아침 시간은 완전히 달라졌다. 더는 졸리지도, 지루하지도 않았다. 나는 그 시간이 즐거웠다. 때때로 우리 둘은 목사님의 말씀에 아주 집중했다. 내 옆자리에 앉은 그의 눈짓만으로도 내 주의를 환기시키기에 충분했다. 주목해야 할 이야기라고 말이다. 그리고 아주 확고한 그의 또 다른 눈짓은 내게 경고하고, 내 마음속의 비판과 의혹을 자극하기에 충분했다.

우리는 종종 불량한 학생이었고, 수업에 전혀 귀를 기울이지 않기도 했다. 데미안은 선생님과 동급생들에게는 언제나 점잖았다. 그가 다른 학생들처럼 어리석은 짓을 하는 걸 나는 단 한 번도 본 적이 없다. 그가 큰 소리로 웃거나 수다를 떠는 것도 전혀 보지 못했다. 선생님한테서 꾸중 듣는 일을 본 적도 없다. 그러나 그는 아주 조용히 소리로, 때로는 속삭임보다 표시나 눈짓으로 나를 자기가 하는 일에 끌어들이는 법을 알았다. 이런 일들은 아주 기이한 방법으로 이루어졌다.

예를 들어 데미안은 내게 어떤 학생들이 자신의 흥미를 끌고 있는지, 어떤 방법으로 그 학생들을 연구하고 있는지 말해줬다. 그는 많은 학생을 아주 정확하게 알고 있었다. 수업이 시작되기 전 그는 내게 이런 식으로 말하곤 했다.

"만약 내가 엄지손가락으로 네게 신호하면 걔가 우리 쪽으로 돌아보거나 아니면 목을 긁을 거야."

나는 가끔 데미안이 한 말을 잊어버리기도 했는데, 그럴 때면 수업 시간에 데미안이 갑자기 눈에 띄는 몸짓으로 내게 엄지손가락을 보이곤 했다. 그러면 나는 재빨리 그가 말한 학생 쪽을 쳐다보았다. 그때마다 그 아이는 마치 철삿줄에 묶여 잡아당겨진 것처럼 예상한 몸짓을 하는 것이었다.

나는 그걸 선생님께도 시험해보라고 데미안을 졸랐지만 그는 들어주지 않았다. 그런데 딱 한 번 수업 시간에 오늘 숙제를 해오지 않아서 목사님이 나한테 아무것도 질문하지 않았으면 좋겠다고 말했을 때 그가 나를 도와줬다. 목사님은 교리문답서 일부를 암송시킬 학생을 찾고 있었다. 목사님의 두리번거리던 시선이 조마조마해하는 내 얼굴에 와서 멈췄다. 목사님은 천천히 내게로 와서 손가락으로 나를 가리켰고, 내 이름이 벌써 입술까지 올라왔다. 바로 그때 목사님은 갑자기 마음이 산만해졌는지 아니면 불안해졌는지 옷깃을 만지작거리다가 자기를 뚫어져라 보고 있는 데미안 쪽으로 걸어가 그에게 뭔가 물어보려는 것 같았다. 그런데 놀랍게도 다시 되돌아서서 어색하게 기침을 하더니 다른 학생을 지적했다.

이 놀이에 푹 빠져 있는 동안 내 친구가 나를 가지고도 가끔 똑같은 장난을 치고 있었다는 사실을 나중에야 알게 되었다. 등굣길에 갑자기 데미안이 어느 정도 거리를 두고 내 뒤를 따라오는 듯한 느낌이 들어 뒤돌아보면, 그가 정말 거기에 있었던 것이다.

"도대체 어떻게 네가 원하는 대로 남이 생각하도록 만드는 거야?"

나는 그에게 물어보았다.

그러자 데미안은 침착하면서도 사무적이며 어른스러운 차분한 태도로 기꺼이 설명을 해줬다.

"아니, 그렇게 할 수는 없어. 인간은 자유의지라는 게 없어. 목사님은 자유의지가 있다고 말씀하시지만 말이야. 다른 사람들도 자신이 원하는 대로 내게 생각하도록 만들 수 없고, 나도 내가 원하는 대로 그들이 생각하도록 만들지 못해. 그래도 누군가를 잘 관찰할 수는 있지. 그렇게 하면 그 사람이 무엇을 생각하고, 무엇을 느끼고 있는지 꽤 정확하게 알아차릴 수 있어. 그러면 그 사람이 다음 순간 무엇을 할지 예상하는 게 가능해. 아주 간단한 건데 사람들이 그걸 모르고 있을 뿐이지. 물론 연습이 필요해. 예를 들어 나비들 가운데 어떤 종류의 나방은 암컷이 수컷보다 그 수가 훨씬 적어. 그런데 이 나방도 모든 동물과 똑같이 번식하지. 수컷이 암컷에게 수정하고 암컷이 알을 낳는 거야. 지금 네가 이 나방의 암컷을 한 마리 가지고 있다고 해보자. 이건 자연과학자들이 자주 실험해본 일인데, 밤이 되면 몇 시간 걸리는 먼 거리임에도 수컷 나방들이 이 암컷에게로 날아오는 거야! 몇 시간이나 떨어진 먼 곳에서 날아온다고 생각해봐! 수컷은 그 지역에 있는 단 한 마리의 암컷 냄새를 몇 킬로미터나 떨어진 거리에서도 맡는다는 거지! 사람들은 이런 현상을 설명하려고 노력하지만, 그건 어려운 일이야. 뛰어난 후각이나 그런 무언가가 있는 게 틀림없어. 훌륭한 사냥개가 보이지도 않는 흔적을 찾아내서 뒤쫓는 것과 같은 거야. 내 말이 이해돼? 그것 역시 이런 일과 같은데, 자연계에는 이런 일이 얼마든지 있어. 하지만 아무도 그것을 설명해주지 못해. 지금 내가 말하려는 건 이 나방 종류의 암컷과 수컷의 개체 수가 비슷하다면 수컷은 결코 그런 예민한 코를 갖지 않았을 거라는 거야! 수컷이 그런 코를 가지게 된 건 다만 거기에 길들여졌기 때문이지. 동물이나 인간은 어떤 특정한 것에 온 주의력과 의지를 집중하면 거기에 도달할 수가 있어. 그게 다야. 네가 말하는 것도 바로 그런 거야. 한 사람을 아주 정확하게 관찰해봐. 그럼 네가 그 사람 자신보다도 더 그 사람을 많이 알게 될 거야."

나는 '독심술'이라는 말이 혀끝까지 나왔다. 하지만 입 밖으로 소리 내어 말한다면 오랫동안 잊고 지내던 크로머와의 일을 떠올리게 만들 수도 있다는 생각이 들었다. 그건 우리 두 사람 사이에서 일종의 미묘한 일이 되어버린 상태였다. 몇 년 전 데미안이 그토록 진지하게 내 생활에 개입했던 그 일을 두 사람 모두 단 한 번도 슬쩍이라도 내비치지 않았다. 마치 과거 우리 사이에 그 어떤 일도 없었고, 우리 각자 상대방이 그 일을 잊어버렸다고 굳게 믿는 것 같았다. 함께 길을 가다가 프란츠 크로머와 마주친 적도 한두 번 있었지만, 우리는 시선을 서로 교환하지도 않았고 그에 대해 한 마디도 꺼내지 않았다.

"그럼 의지는 어떻게 되는 건데? 넌 사람에게 자유의지라는 건 없다고 했잖아. 그런데 의지를 무언가에 집중시키기만 하면 자신의 목적에 도달할 수 있다고도 했어. 그건 앞뒤가 안 맞는 말이라고. 만약 내가 내 의지를 지배하지 못한다면, 내 마음대로 의지를 여기 아니면 저기에 집중시킬 수도 없는 거잖아."

내가 물었다.

데미안은 내 어깨를 툭툭 건드렸다. 그건 내가 그를 기쁘게 해주었을 때 하는 행동이었다.

그가 웃으며 말했다.

"좋은 질문이야! 사람은 언제나 질문하고 의문을 품어야 해. 그 문제는 아주 간단해. 예를 들어 나방은 자기 의지를 별이나 그 밖의 다른 데 집중시키려고 해도 그렇게 하지 못할 거야. 그냥 나방은 그런 일을 아예 하려고 하지 않지. 나방은 다만 자기에게 의미 있고 가치 있는 것만, 자기가 필요로 하는 것만, 자기가 무조건 가져야 하는 것만을 찾아 헤맬 뿐이야. 바로 그런 점에서 믿을 수 없는 일까지 이루게 되는 거지. 나방은 그들 말고 어떤 다른 동물도 갖지 않은 마법과도 같은 제6의 감각을 발달시킨 거야! 우리 사람들은 확실히 동물보다 활동 반경도 더 넓고 흥미도 많지. 그런데 우리도 비교적 아주 좁은 범위 안에 묶여 있어 이것을 넘어서지는 못해. 난 이런 것도, 저런 것도 상상할 수 있어. 예를 들어 꼭 북극에 가고 싶다는 공상을 할 수도 있지. 하지만 정말로 실행에 옮기고 그럴 만큼 강하게 원하는 것은 그 소원이 완전히 나 자신 속에 깃들어 있을 때만, 내 존재가 완전히 그것으로 채워졌을 때만 할 수 있는 거야. 실제로 그런 경우 너의 마음이 네게 명령하는 것을 시험해보려고 하면 그 순간 그렇게 될 거야. 그러면 넌 네 의지를 마치 좋은 말처럼 마음대로 부릴 수 있게 되지. 예를 들어 내가 우리 목사님이 앞으로 더는 안경을 쓰지 않게끔 영향력을 행사하겠다고 마음먹으면, 그건 계획한 대로 되지 않을 거야. 그것은 그저 장난일 뿐이지. 하지만 지난가을 내가 앞쪽 자리에서 옮겨가야겠다고 확고한 의지를 품었을 때는 그대로 이루어졌어. 알파벳 순으로 나보다 앞선 애가 아파서 쉬고 있다가 갑자기 나타난 거야. 그래서 누가 그 애에게 자리를 양보해야 했는데, 물론 내가 그렇게 했지. 마침 내 의지가 그 기회를 잡을 준비가 되어 있었기 때문이야."

"그래. 그때 난 정말 이상한 생각이 들었어. 우리가 서로 흥미를 보이게 된 그 순간부터 넌 점점 더 가까이 다가왔어. 그런데 그건 어떻게 된 거야? 처음부터 내 바로 옆자리에 앉지 않고 내 앞줄에서 몇 번 자리를 바꿨잖아, 안 그래? 그건 왜 그런 건데?"

내가 물었다.

"그건 처음 그 자리를 떠나려고 생각했을 때는 내가 어디로 가고 싶어 하는 건지 나 자신도 몰랐던 거지. 내가 알고 있던 거라곤 그저 뒤쪽에 가서 앉고 싶다는 거였어. 네게로 가고 싶다는 것이 내 의지였지만, 그 의지를 처음부터 인식했던 건 아니야. 동시에 너 자신의 의지도 나를 이끌면서 도와줬어. 네 앞에 앉고 나서야 비로소 내 소원이 겨우 절반만 이루어졌다는 생각을 하게 된 거야. 그때 바로 네 옆자리에 앉기를 원했다는 걸 알아차린 거지."

"그런데 그때는 새로 들어온 애도 없었잖아."

"그야 없었지. 하지만 그때 나는 그냥 내가 바라는 대로 했어. 잽싸게 네 옆으로 가서 앉아버렸지. 나와 자리를 맞바꾼 그 애는 그저 당황해했을 뿐 내가 하는 대로 내버려뒀어. 그리고 목사님은 무슨 변화가 일어났다는 걸 눈치 채셨지. 요컨대 나와 관련될 때마다 은연중에 뭔가 마음에 걸리셨을 거야. 그러니까 목사님은 내 이름이 데미안이고, 이름의 첫 자가 D로 시작되는 내가 훨씬 뒤쪽의 S자 이름들 사이에 앉아 있는 게 맞지 않다는 걸 알고 계셨던 거지. 그렇지만 그 사실은 목사님의 의식 안까지 파고 들어가지 않았어. 내 의지가 그것에 반대하면서 그렇게 되지 않도록 계속 막았기 때문이야. 목사님은 뭔가가 이상하다는 것을 계속 느끼고서는 내 얼굴을 바라보며 생각하시기 시작했어. 하지만 내게는 그런 일에 대처하는 간단한 방법이 있지. 그럴 때마다 목사님의 눈을 완전히 뚫어져라 쳐다보는 거야. 사람들 대부분은 그런 걸 참기 어려워하거든. 양쪽 모두 불안해지기 때문이야. 너도 누군가에게 뭔가를 이루려고 한다면 갑자기 그 사람의 눈을 똑바로 쳐다봐. 그럼에도 그 사람이 전혀 불안해하지 않으면 그 일은 포기하는 게 좋아! 그 사람한테서는 절대로 아무것도 달성할 수 없다는 뜻이니까! 하지만 그런 경우는 아주 드물어. 이런 수법이 통하지 않는 사람을 나는 딱 한 명 알고 있지."

"그게 누군데?"

나는 재빨리 물었다.

데미안은 눈을 약간 가늘게 뜨고 나를 바라보았다. 그가 무언가를 깊이 생각할 때 하는 버릇이었다. 그러고 나서 시선을 다른 데로 돌리더니 아무 대답도 안 했다. 나는 강렬한 호기심이 일었지만 질문을 되풀이할 수 없었다.

그러나 나는 그가 자기 어머니를 이야기한 것이라고 믿었다. 그는 어머니와 아주 친하게 지내는 것 같았지만 그녀와 관련된 이야기는 내게 한 마디도 하지 않았으며 집으로 데려간 적도 없었다. 나는 그의 어머니가 어떻게 생겼는지조차 몰랐다.

그 당시 나는 그와 똑같이 하면서 내 의지를 무언가에 집중해 그것을 달성하려고 여러 번 시도해보았다. 내게는 충분히 긴박한 것처럼 생각되던 소망이 있었다. 그러나 그것은 사실 별것 아니었고 이루어지지도 않았다. 그것을 데미안과 얘기해보진 않았다. 내가 마음속으로 소망하는 것을 그에게 고백할 수는 없었을 것이다. 그도 물어보지 않았다.

종교 문제에서 내 신앙심엔 그사이 많은 허점이 생겨나기 시작했다. 하지만 나는 순전히 데미안한테서 영향을 받은 내 사고방식이 완전한 무신론자였던 내 또래 학생들의 것과는 전혀 다르다고 스스로 구별했다. 당시에도 무신론자는 있었다. 이들은 신을 믿는다는 것이 가소롭고도 인간답지 않은 일이며, 삼위일체나 동정녀한테서의 예수 탄생과 같은 이야기는 그냥 우스갯소리일 뿐이라고 말했다. 또한 오늘날까지도 그런 잡소리를 퍼뜨리고 다니는 건 수치스러운 일이라며 기회 있을 때마다 말하곤 했다. 나는 절대로 그렇게 생각하지는 않았다. 의혹을 품고 있었을 때도 나는 내 유년기의 온갖 체험을 거쳐, 예를 들어 내 부모님이 영위했던 것과 같은 경건한 삶이 존재한다는 사실과 이게 결코 무가치한 것이거나 위선이 아니라는 점을 알고 있었다. 오히려 나는 종교적인 것에 여전히 깊은 경외심을 품고 있었다. 데미안은 다만 내가 이야기나 교의를 좀 더 자유롭고 개인적으로, 좀 더 유희적이고 풍부한 상상력을 갖고 바라보며 해석하는 데 익숙해지도록 도왔다. 나는 그가 내게 보여준 해석을 언제나 기꺼이 즐기면서 추종했다. 물론 많은 것이 내겐 너무 과격했는데, 카인의 이야기도 그런 것들 가운데 하나였다.

어느 날 견신례 수업 도중 데미안은 더욱 대담한 해석으로 나를 놀라게 했다. 선생님이 골고다 이야기를 막 끝낸 참이었다. 구세주의 고난과 죽음을 다룬 성경 기록은 아주 어렸을 때부터 내게 깊은 인상을 남겼다. 그리스도 수난의 날이면 아버지는 어린 나에게 고난의 이야기를 읽어주었다. 나는 마음 깊이 감동해 처절하게 아름답고 창백하며 불가사의하면서도 무한히 생동하는 세계인 겟세마네 동산과 골고다 언덕에 사로잡혀 살곤 했다. 그리고 바흐의 〈마태 수

난곡〉을 들을 때면 비밀로 가득한 그 세계의 음울하고도 강력한 고난의 광채가 신비한 전율과 함께 내 마음속으로 들이치기도 했다. 지금도 나는 그 음악 속에서, 그 악투스 트라지쿠스(Actus tragigus, BWV 106번 '악투스 트라지쿠스'다. 우리말로 '애도 행사'라는 뜻인데, 노랫말 첫 줄을 딴 정식 제목은 '하나님의 때가 최상의 때로다'임—옮긴이) 속에서 모든 문학과 예술적 표현의 정수를 느낀다.

이 시간이 끝날 무렵 데미안은 깊은 생각에 잠겨 있다가 이렇게 말했다.

"싱클레어, 그 이야기에는 내 마음에 들지 않는 부분이 있어. 이야기를 다시 한 번 읽으면서 그걸 혀 위에 올려놓고 음미해봐. 거기엔 김빠진 듯한 맛이 나는 무언가가 있어. 그러니까 두 강도의 이야기 말이야. 십자가 세 개가 언덕 위에 나란히 서 있는 건 실로 장엄한 광경일 거야! 하지만 그건 죄인을 다룬 교리서의 감상적인 이야기에 불과해! 우선 그놈은 범죄자이고 여러 가지 악행을 저질렀어. 무슨 짓을 저질렀는지는 신이 알고 계실 테지. 그런데 마지막 순간에 그 죄인의 마음이 녹아내려 반성과 후회로 눈물의 의식을 올리는 거야! 너한테 한번 물어보자. 무덤 앞에서 두 발자국 떨어진 데서 하는 이런 회개가 과연 어떤 의미가 있을까? 그건 순전히 달콤하고도 솔직하지 않은 성직자의 이야기일 뿐이라고. 교훈적인 의도에다 감동이라는 감상을 더해 만든 이야기지. 만약 네가 지금 두 죄인 가운데 한 사람을 친구로 선택해야 한다거나 두 사람 가운데 어느 쪽을 더 신뢰할지 생각해야만 한다면 확실히 울음을 터뜨린 그 개심한 사람 쪽은 아닐 거야. 그 사람일 수 없지, 분명 다른 사람일걸. 그 사람이야말로 줏대 있는 사내다운 사람이라고. 그는 개종이나 회개를 그저 꼬드기는 소리에 지나지 않는다면서 코웃음 치며 최후까지 자신의 길을 갔어. 그리고 그때까지 자기를 도와온 악마한테 최후의 순간 손을 떼는 비겁한 행동을 하지 않았지. 그는 줏대 있는 사람이야. 그런데 줏대 있는 사람들은 성경 속 이야기에서는 늘 홀대를 받지. 어쩌면 그도 카인의 후예일 거야. 그렇게 생각하지 않아?"

그 순간 나는 몹시 당황했다. 십자가에 못 박히는 이 이야기에 나는 아주 정통하다고 생각했는데, 그때 비로소 나 자신이 얼마나 개성이 없는지, 얼마나 상상력과 창의력 없이 그 이야기를 듣고 또 읽었는지 알게 된 것이다. 데미안의 이 새로운 생각은 내게 숙명적인 울림으로 다가왔고, 내가 지키지 않으면 안 된다고 믿어왔던 내 마음속 신념을 뒤집어버릴 듯 위협했다. 그렇게 되도록 내버려둬선 안 되었다. 그렇게 모든 것을 농락당할 수는 없었다. 더구나 가장 신성한 것은 그렇게 되도록 내버려둬선 안 됐다.

데미안은 늘 그렇듯 내가 어떤 말을 하기도 전에 마음속으로 반대한다는 것을 곧 알아차렸다.

"벌써 알고 있어."

그는 체념한 듯 말했다.

"그건 옛날이야기야. 심각해질 필요가 없다고! 하지만 네게 말하고 싶은 게 있어. 그러니까 바로 여기에 이 종교의 결점을 아주 분명하게 보여주는 게 한 가지 있다는 거지. 즉 구약이나 신약에 나타나는 전능하신 신은 매우 훌륭한 모습을 하고 있지만, 그것은 원래 신이 보여줘야 할 모습은 아니라는 거지. 신은 선하고 귀하고 아버지 같고 아름답고 고귀하고 다감한 존재야. 그건 맞아! 그런데 세계는 다른 것으로도 이루어져 있지. 그것은 현재 모조리 악마에게 귀속되어버렸지. 세상의 반쪽에 해당하는 이 부분은 완전한 절반이 은폐되고 묵살된 거라고. 바로 그들이 신을 모든 생명의 아버지라고 찬미하면서도 모든 생명의 근원이 되는 성생활은 모두 간단히 묵살하고, 그것을 악마의 소행이라며 죄악이라고 말하는 거야! 나는 사람들이 이 여호와 신을 숭배하는 것을 티끌만큼도 반대하지 않아. 하지만 다른 절반까지 포함해 모든 것을 숭배하고 신성시해야 한다고 생각해. 인위적으로 구분한 공식적인 절반만이 아니라 세계 전체를 말이야! 그러니까 우리는 신에게 드리는 예배는 물론이고 악마에게도 예배를 드려야 한다는 거지. 그렇게 하는 게 옳다고 생각해. 그게 아니라면 우리는 내면에 악마까지 포함한 신을, 세상의 가장 자연스러운 일이 일어날 때 그 앞에서 눈 감을 필요가 없는 그런 신을 창조해야 할 거야."

데미안은 그답지 않게 꽤 흥분한 상태였지만, 곧바로 다시 미소를 짓더니 더는 내게 강요하지 않았다.

사실 데미안의 이 말은 언제나 마음속에 안고 다니면서도 누구에게도 한 마디 해보지 못한 내 유년기의 수수께끼를 풀어주는 중요한 것이었다. 그때 데미안이 신과 악마, 또한 신에 의해 공인된 세계와 묵살된 악마의 세계를 말했던 것은 정확히 나 자신의 생각 그리고 신화와 일치했다. 실로 두 개의 세계 또는 세계의 두 개의 절반, 즉 밝은 세계와 어두운 세계에 대한 내 생각 그 자체였다는 말이다. 내 문제가 모든 사람의 문제였고, 모든 생명과 사고의 문제라는 인식이 성스러운 그림자처럼 갑자기 내 마음을 스쳐 지나갔다. 그리고 지극히 나만의 개인적인 생활과 의견이 그 위대한 이념의 영원한 흐름에 얼마나 깊이 관련되어 있는지를 갑자기 보고 느끼게 되자 불안과 경외심이 나를 엄습했다. 이런 인식은 그 무언가를 확인시켜주고 행복하게 만들어주는 듯했지만 결코 즐거운 일은 아니었다. 그것은 거칠고 씁쓸한 맛이 났다. 그 깨달음에는 이제 더는 어린애일 수 없다는 사실, 이제부턴 홀로서기를 해야 한다는 사실이 깃들어 있었기 때문이다.

나는 생전 처음으로 내 친구에게 깊은 비밀을 털어놓고, 아주 어릴 때부터 가지고 있던 '두 개의 세계'에 대한 나만의 생각을 이야기했다. 이로써 내 가장 깊은 느낌이 자신의 말에 동감하면서 옳다고 고개 끄덕인다는 것을 데미안도 곧 알아차렸다. 그러나 그런 것을 이용하려 드는 것은 그의 방식이 아니었다. 그는 일찍이 내게 기울였던 것보다 더 깊은 주의력으로 내 이야기를 경청했다. 그러고는 내 눈을 뚫어져라 바라보았다. 결국 나는 시선을 다른 곳으로 돌릴 수밖에 없었다. 그의 눈길 속에서 시간을 초월한 듯한, 그 묘한 동물과도 같은 것을 보았기 때문이다. 그 눈길에는 상상조차 할 수 없는 세월이 담겨 있었다.

데미안이 조심스럽게 말했다.

"그 이야기는 다음에 다시 얘기하자. 네가 남에게 말할 수 있는 것 이상으로 생각한다는 게 내 눈에 보이거든. 만약 그런 거라면 네가 결코 생각한 대로 생활해오지 않았다는 걸 뜻해. 그건 좋은 게 아냐. 우리가 실제 생활에서 행동으로 옮길 수 있는 생각만이 가치가 있어. 너의 '허락된 세계'는 단지 세계의 절반에 불과했다는 것을 너는 이제 깨달았어. 그리고 다른 나머지 절반을 목사님이나 선생님이 그렇게 하듯 은폐하려고 시도했지. 하지만 넌 그걸 하지 못할 거야! 한번 생각하기 시작하면 누구도 그렇게 할 수 없거든."

그 말이 내 마음에 깊이 와 닿았다.

나는 거의 소리를 지르듯 말했다.

"하지만 실제로 하지 말아야 할 추악한 일들이 있어. 그건 너도 부정하지 못할 거야! 그리고 그런 것들이 이미 금지돼 있으면 우린 그걸 단념해야 해. 물론 난 살인이나 패륜 등이 존재한다는 걸 알고 있어. 하지만 그런 것이 존재한다는 이유만으로 나도 거기에 말려 들어가서 범죄자가 되어야 할까?"

그러자 데미안은 나를 달랬다.

"그 이야기는 오늘 끝이 나지 않겠는걸. 당연히 넌 살인을 한다거나 처녀를 강간하고 죽여서는 안 돼. 절대로 안 되는 일이지. 하지만 너는 아직 도대체 무엇이 '허락된 것'이고 무엇이 '금지된 것'인지 깨달을 수 있을 정도에는 이르지 않았어. 넌 이제 겨우 진리의 한 조각을 느낀 것에 불과해. 다른 조각들도 머지않아 알게 될 테니 그걸 믿어봐! 예를 들어 넌 대략 일 년 전부터 다른 그 무엇보다도 강한 어떤 충동을 마음속에 느끼고 있어. 그 충동은 '금지된 것'이라 여겨지고 있지. 그런데 그리스인들이나 다른 많은 민족은 반대로 그 충동을 신성시하면서 그것을 위한 축제를 열며 숭배하기도 했어. 그러니까 '금지된 것'은 절대로 영원한 게 아니야. 그건 변할 수도 있어. 지금도 우리는 여자와 목사 앞에 가서 결혼 맹세를 하기만 하면 그 여자하고 자도 돼. 하지만 다른 민족들은 우리와 달라. 지금까지도 말이야. 그래서 우리는 각자 자기를 위해 무엇이 허용되고 무엇이 금지되는지, 나 자신에게 무엇이 금지돼 있는지를 찾아내야 하는 거야. 우리는 어떤 금지된 것을 한 번도 하지 않고서도 큰 악당이 될 수 있고, 그 반대의 경우도 가능해. 원래 그것은 안일함의 문제일 뿐이지! 자신을 생각하고 심판하는 데 너무 안일한 사람은 이때까지 전해져 온 금기사항을 그대로 따르겠지. 그 사람은 그렇게 하는 게 쉬운 거야. 다른 사람들은 자신 속에서 스스로의 계명을 만들지. 그런 사람들에겐 신사들이 매일같이 하는 일이 금지되기도, 일반적으로 금지되어 있는 일이 허락되기도 해. 그러니까 각자가 자기 자신을 책임져야 한다는거지."

데미안은 갑자기 너무 많이 이야기한 것을 후회하는 것처럼 보였다. 그러더니 거기서 말을 중단했다. 벌써 나는 그가 그때 느끼던 것을 어느 정도 감정적으로 이해할 수 있었다. 그는 아주 유쾌하게, 겉으로 보기엔 순간적으로 떠오른 생각을 내키는 대로 이야기한 것 같았다. 그는 언젠가 스스로 말했듯 '단순히 지껄여대기 위한' 대화를 못 견디게 혐오했다. 하지만 나와 이야기하며 그는 진정한 관심을 인정하면서도 잡담하는 동안 많은 재미와 기쁨을 느낀 것 같았다. 간단히 말해 완전한 진지함이 부족하다는 것을 느낀 듯했다.

내가 언급한 '완전한 진지함'이란 마지막 말을 다시 읽으면서 아직 어린아이 티를 벗지 못하던 시절 막스 데미안과 경험한 가장 감동적인 다른 장면 하나가 갑자기 머리에 떠오른다.

우리의 견신례가 성큼 다가오고 있었다. 그리고 종교 수업의 마지막 주제는 '최후의 만찬'이었다. 그것은 목사님에게 중요한 주제여서 정성들여 설명했고, 이 시간에 어떤 신성함과 감동을 분명히 느낄 수 있었다. 그런데 바로 이 마지막 두세 번의 수업 시간에 내 생각은 다른 데, 즉 한 친구에게 쏠려 있었다. 교회라는 공동체로의 장엄한 입문으로 이해된 그 견신례를 기다리는 동안 내게 반년 동안의 종교 수업이 갖는 가치는 수업 중에 배운 것에 있는 것이 아니라 데미안과 가까이 지내게 된 것, 그의 영향을 받게 된 거라는 생각이 문득 들었다. 나는 이제 교회 안 세상으로 들어갈 준비가 된 게 아니라 그와는 전혀 다른 어떤 것, 즉 사상과 개성의 종단(宗團)에 가입할 준비를 하고 있었다. 그런 종단이 이 지상에 어떻게든 틀림없이 존재하고, 내 친구가 그 대표자 또는 사도라고 느꼈던 것이다.

나는 이런 생각을 떨쳐내려고 노력했다. 다른 것은 어찌 되었든 간에 견신례 의식만은 엄숙하게 치르자고 진지하게 생각했다. 물론 이런 진지한 생각은 새로운 내 사상과는 조화를 이루기 어려울 것 같았다. 그렇지만 나는 원하는 것을 하고 싶었다. 그런 나름의 생각은 가까이 다가온 교회 의식에 대한 생각과 서서히 결합되었다. 나는 그 의식을 다른 사람들과는 다르게 치를 준비가 된 상태였다. 즉 그 의식은 내게 데미안을 통해 알게 된 또 다른 사상 세계로 들어가는 것을 뜻했다.

그 무렵 나는 다시 한 번 데미안과 치열한 토론을 벌였다. 교리문답 시간 직전이었다. 내 친구는 말수가 적었으며, 제법 아는 척하면서 중요한 것처럼 보이려던 내 이야기를 달가워하지 않았다.

그는 평소와 다른 진지함을 갖추고 말했다.

"우린 말이 너무 많아. 똑똑한 척하기 위한 이야기는 아무런 가치가 없어. 오히려 우리 자신한테서 멀어질 뿐이지. 자기 자신한테서 멀어진다는 것은 죄악이야. 우리는 거북이처럼 자기 자신 속으로 완전히 들어가지 않으면 안 된다고."

그러고서 곧바로 우리는 교실로 들어갔다. 수업이 시작됐다. 나는 주의를 기울이려 노력했고, 데미안도 나를 방해하지 않았다. 잠시 후 나는 그가 앉아 있는 옆자리에서 뭔가 특이한 것을 감지했다. 공허함이나 차가움, 그런 것과 비슷한 무언가 특별한 느낌이었다. 마치 그 자리가 불시에 텅 빈 듯했다. 그런 느낌이 가슴을 조여오기 시작했을 때 나는 몸을 돌려 그쪽을 바라보았다.

나는 내 친구가 여느 때처럼 자세를 똑바로 한 채 앉아 있는 것을 보았다. 그럼에도 그는 평소와 완전히 다르게 보였다. 그리고 무언가가 그에게서 퍼져 나오고 있었다. 내가 알지 못하는 무언가가 그를 에워싼 듯했다. 난 그가 두 눈을 감고 있다고 생각했지만 눈을 뜬 것이 보였다. 그러나 그 눈은 어느 것도 보고 있지 않았다. 시력을 갖고 있지 않았다. 그 눈은 꿈쩍도 하지 않고 내면, 아니 아득히 먼 곳을 향하는 듯했다. 그는 조금도 움직이지 않은 채 거기에 앉아 있었고 호흡조차 하지 않는 것처럼 보였다. 그의 입은 나무나 돌로 깎아 만든 것 같았다. 얼굴은 핏기가 없었고, 돌처럼 완전히 창백했다. 그나마 갈색 머리카락이 가장 생기 있어 보일 정도였다. 두 손은 앞줄의 기다란 의자 위에 마치 물체처럼, 돌이나 과일처럼 고요하고 창백하게 아무런 움직임 없이 얹혀 있었다. 하지만 축 늘어져 있지는 않았다. 오히려 강력한 생명력을 감싼 견고하고 훌륭한 껍질처럼 느껴졌다.

그 모습을 본 나는 몸을 떨었다. 그가 죽었다! 난 이렇게 생각하고는 하마터면 크게 소리 내어 말할 뻔했다. 그러나 그가 죽지 않았음을 나는 알고 있었다. 홀린 듯한 눈길로 그의 얼굴을, 그 창백하고 돌같이 굳은 가면을 응시했다. 그러고는 '저것이 바로 진짜 데미안이다'라고 느꼈다. 나와 함께 걷고 이야기하던 이전의 그는 반쪽 데미안이었다. 가끔 어떤 역할을 하고, 적당하게 일을 처리해주고, 호의적으로 협조해주곤 하던 반쪽이었던 것이다. 그리고 진짜 데미안은 지금 모습대로 돌처럼 굳어 있고, 나이를 알 수 없으며, 동물 같고, 바위 같고, 아름다우면서 차갑고, 죽은 것 같으면서도 은밀하게 태곳적 생명력으로 충만한 그런 존재였다. 그리고 그의 주위를 이 적막한 공허, 이 천공과 우주 공간, 이 고독한 죽음이 에워싸고 있었다.

나는 이제 데미안이 완전히 자기 속에 침잠해버렸음을 전율과 함께 느꼈다. 이제껏 그렇게 고독했던 적은 없었다. 나는 그와 아무런 관계도 없었다. 그는 내가 다다를 수 없는 곳에 있었다. 이 세상에서 가장 먼 외딴 섬에 가 있는 것보다 내게서 더 멀리 떨어져 있었다.

나 이외에는 아무도 그것을 보는 사람이 없다는 사실도

나는 미처 깨닫지 못했다! 다른 사람들도 모두 이쪽을 돌아봐야 했고, 모두 몸서리쳐야만 했다! 그러나 아무도 그에게 주목하지 않았다. 그는 그림처럼, 내가 그렇게 생각할 수밖에 없었듯 우상처럼 꼿꼿이 앉아 있었다. 파리 한 마리가 그의 이마 위에 앉더니 천천히 코와 입술 위로 기어 다녔다. 그래도 그의 이마에는 주름 하나 잡히지 않았다.

지금 그는 대체 어디에 있을까? 무엇을 생각하고, 무엇을 느끼고 있는 걸까? 그는 천국에 있는 걸까, 아니면 지옥에 있는 걸까?

나는 그 질문을 할 수가 없었다. 수업이 끝나고 다시 살아서 데미안이 호흡하는 것을 보았을 때, 그의 시선과 마주쳤을 때 그는 예전과 똑같았다. 그는 어디서 왔을까? 그는 어디에 있었을까? 그는 지친 듯 보였다. 얼굴에 다시 화색이 돌고 손도 다시 움직였지만, 그의 갈색 머리카락은 이제 윤기를 잃고 힘이 없어진 듯했다.

그 후 며칠 동안 나는 침실에서 몇 번이나 새로운 연습에 몰두했다. 의자에 똑바로 앉아 눈을 고정시키고 몸을 전혀 움직이지 않은 상태로 내가 얼마 동안 견뎌낼 것이며, 또 그때 무엇을 느낄 것인지 기다려보는 것이었다. 그러나 나는 그저 지치기만 하고 눈꺼풀 속에 심한 가려움증만 느껴졌다.

그 후 얼마 안 있어 견신례가 찾아왔다. 그렇지만 거기에 대해서는 별로 기억나는 것이 없다.

이제 모든 것이 달라졌다. 유년기는 이제 무너져버렸다. 부모님은 약간 당황해하며 나를 지켜보았다. 누이들은 내게 완전히 낯선 존재가 되었다. 새로운 각성은 이제까지의 습관적인 감정과 기쁨을 왜곡하고 퇴색시켰다. 정원은 향기를 잃었고, 수풀은 더는 마음을 끌지 못했으며, 세상은 오래된 물건들을 재고 정리하는 것처럼 그렇게 아무런 맛도 없고 매력도 없이 내 주위에 덩그러니 서 있었다. 책은 종이 쪼가리가 됐고, 음악은 소음이 됐다. 가을이 되어 낙엽이 주위에 떨어져도 나무는 그것을 느끼지 못하는 것 같았다. 나무를 따라 빗물이 흘러내리고, 태양이 비추고, 서리가 내린다. 그리고 나무속에서는 생명이 서서히 모여들어 가장 깊숙한 내면으로 움츠려 들어간다. 그러나 나무는 죽은 것이 아니다. 기다리는 것이다.

방학이 끝나면 나는 다른 학교로 옮겨 처음으로 집과 떨어지는 것으로 결정이 났다. 가끔 어머니는 특별히 다정하게 다가와 미리 이별을 고하면서 사랑과 향수와 잊을 수 없는 생각을 내 마음속에 불어넣으려고 애썼다. 그때 데미안은 여행을 하고 있었고, 나는 고독했다.

4장

베아트리체

내 친구와 다시 만나지 못하고 방학이 끝날 무렵 성(聖)○○로 가게 되었다. 부모님은 나와 동행해 온갖 걱정스러운 말과 함께 김나지움(독일의 인문계 중·고등학교 교육기관—옮긴이)의 선생님이 지도하는 소년기숙사에 나를 맡겼다. 만약 그때 부모님이 내가 앞으로 어떤 곳을 헤맬 것인지 알았다면 놀라서 기겁했을 것이다.

세월이 흐르면서 내가 좋은 아들과 쓸모 있는 시민이 될 수 있을지, 아니면 나의 천성이 다른 길을 걷게 될지는 그때까지도 여전히 알 수 없었다. 아버지의 집과 정신의 그늘 속에서 행복해지고자 한 내 마지막 노력은 오랫동안 계속되었으며, 가끔은 성공하기도 했지만 결국에는 완전히 실패로 끝났다.

견신례 이후 방학 기간에 내가 처음으로 느끼게 된 기이한 공허함과 고독감은(그 공허함, 그 희박한 공기를 훗날 또 얼마나 맛보게 되었던가!) 좀처럼 빨리 사라지지 않았다. 고향과의 이별은 이상하리만큼 쉬웠다. 내가 조금도 우울해지지 않는다는 것이 부끄러울 정도였다. 누이들은 끝없이 울었지만 나는 그러지 않았다. 그런 나 자신에게 나도 놀랐다. 나는 언제나 감정이 풍부한 아이였고 근본적으로 꽤 선량했다. 그러나 이제 완전히 달라졌다. 나는 외부 세계에 완벽하게 무관심한 태도를 취했다. 며칠이고 나의 내면에 귀를 기울여 내 깊은 마음속에서 속삭이며 흐르는 금지된 어두운 물결 소리를 듣는 것에 빠져 있기도 했다. 나는 지난 반년 동안 대단히 빨리 성장했다. 그리고 갑자기 자라난 야위고 미숙한 상태로 세상을 바라보게 됐다. 소년의 귀염성은 내게서 완전히 사라져버렸다. 이런 식으로는 남들에게 사랑받을 수 없다는 것을 느꼈지만, 나 자신조차도 나를 사랑하지 않았다. 가끔은 막스 데미안을 몹시 그리워했다. 그러면서 때때로 그를 증오했으며, 끔찍한 병처럼 내 몸에 달라붙은 점점 빈곤해지는 생활에 대한 잘못을 그에게 돌리기도 했다.

나는 우리 소년기숙사에서 처음에는 사랑을 받지도, 존경을 받지도 못했다. 사람들은 처음엔 놀리더니 그다음엔 멀리하면서 나를 음침하며 불쾌한 괴짜라고 생각했다. 나는 그 역할이 마음에 들어 그것을 더욱 과장했다. 그리고 남몰래 우울과 절망의 잠식하는 듯한 발작에 종종 지배당하면서도 겉으로는 항상 남자답게 세상을 멸시하는 듯 바라보는 그런 고독 속에 깊이 빠져 있었다. 학교에서는 집에서 이미 쌓아두었던 지식을 되씹고 있어야만 했다. 이 학급은 내 예전 학급보다 진도가 약간 뒤처져 있었는데, 내 또래들을 약간 업신여기면서 어린애처럼 바라보는 습관이 생겼다.

일 년 이상의 세월이 이렇게 흘러갔다. 방학을 맞아 처음 집으로 돌아왔을 때도 새로운 울림은 전혀 없었다. 나는 기꺼이 다시 집을 떠나왔다.

11월 초순이었다. 나는 어떤 날씨에도 사색을 위한 짧은 산책을 하며 가끔은 일종의 환희를, 즉 우울과 염세와 자기 혐오로 가득 찬 환희를 맛보는 데 익숙해져 있었다. 그러던 어느 날 나는 저녁 안개가 낀 축축한 어스름 속에서 교외를 거닐고 있었다. 텅 빈 어느 공원의 넓은 가로수길이 나를 이끌었다. 낙엽이 두껍게 내려앉은 그 길을 음울한 쾌감을 느끼면서 발로 휘저었다. 축축하고 씁쓰름한 냄새가 났다. 멀리 있는 나무들은 안개 속에서 유령 같은 윤곽을 드러내며 나타났다.

나는 가로수길 끝에서 망설이다가 멈춰 서서 검은 나뭇잎 하나를 응시하고 풍화와 사멸에서 뿜어져 나오는 습기 찬 냄새를 탐욕스럽게 들이마셨다. 내 마음속의 무언가가 그 냄새에 응답하고 인사했다. 오, 인생이란 얼마나 무미건조한 것인가!

옆길에서 옷깃이 달린 외투를 바람에 날리면서 한 사람

이 이쪽으로 다가왔다. 내가 그만 돌아가려고 했을 때 그가 나를 불러 세웠다.

"어이, 싱클레어!"

그가 가까이 다가왔다. 우리 기숙사에서 가장 나이가 많은 알폰스 베크였다. 나는 그와 만나는 것이 언제나 즐거웠다. 그가 다른 학생들을 대할 때처럼 내게도 언제나 빈정대며 삼촌처럼 구는 것만 빼면 나는 아무런 나쁜 감정이 없었다. 그는 곰처럼 힘이 세다고 알려졌다. 기숙사의 사감 선생도 꼼짝 못하게 한다는, 김나지움 학생들 사이에 퍼진 여러 가지 소문의 주인공이었다.

"대체 여기서 뭐하고 있어? 어디, 네가 시를 짓고 있었다는 데 우리 내기 걸까?"

그는 나이 많은 애들이 가끔 나이 어린 애들 사이에 끼고 싶어 할 때의 말투로 다정하게 말을 걸었다.

"말도 안 되는 소리야."

나는 무뚝뚝하게 부인했다.

그는 큰 소리로 웃었고 나란히 걸으면서 내겐 전혀 익숙하지 않은 태도로 수다를 떨었다.

"싱클레어, 내가 이해하지 못할까 봐 걱정할 필요 없어. 이렇게 저녁 안개 속에서 가을의 사색에 잠겨 걷다 보면 뭔가 떠오르고, 그럼 시를 짓게 된다는 것쯤은 나도 알고 있으니까. 물론 죽어가는 자연이라든가, 아니면 그것과 비슷하게 사라져가는 청춘에 대해 말이야. 하인리히 하이네를 봐."

"나는 그렇게 감상적이지 않아."

나는 항의하듯 말했다.

"그래, 그렇다고 해두지 뭐! 그런데 이런 날씨에는 포도주 한잔이나 뭐 그런 게 있는 어디 조용한 곳을 찾아가는 것도 좋을 것 같은데. 잠깐 같이 안 갈래? 나도 마침 혼자거든. 혹시 싫어? 네가 모범생이 돼야 한다면 나도 굳이 너를 유혹하고 싶지는 않아."

얼마 후 우리는 교외의 한 작은 술집에 앉아 미심쩍은 포도주를 마시며 두툼한 술잔을 부딪쳤다. 처음에는 별로 내키지 않았지만, 그래도 어쨌든 그건 새로운 맛이었다. 포도주에 익숙하지 않았던 나는 금세 말이 많아졌다. 그건 마치 내 마음의 창을 확 열어젖힌 듯했으며 세상이 비쳐드는 듯한 그런 기분이었다. 얼마나 오랫동안, 끔찍하리만큼 그렇게 오랫동안 나는 내 영혼의 이야기를 전혀 하지 않았던가! 나는 상상의 나래를 펼치며 이야기를 늘어놓았는데, 그중 카인과 아벨의 이야기를 가장 멋있게 했다!

베크는 만족스럽게 내 이야기에 귀를 기울였다. 마침내 나에게도 내가 영향을 줄 수 있는 누군가가 나타난 것이다! 그는 내 어깨를 두드리며 굉장한 녀석이라고 치켜세웠다. 내 가슴은 이야기하고 털어놓고 싶어 했던 욕구를 미친 듯이 쏟아냈다는 데, 인정받았다는 데, 나보다 나이가 많은 사람에게 제법 뭔가 영향을 주었다는 데 기쁨으로 한껏 부풀어 올랐다. 그가 나를 천재적인 놈이라고 말하는 순간 그 말은 달콤하고 강한 포도주가 되어 내 영혼으로 스며들었다. 세상은 새로운 색채로 물들었고, 생각은 내 속에 자리한 수백 개 샘에서 흘러나왔으며, 정신과 불길이 내 마음속에서 활활 불타올랐다. 선생님과 친구들 이야기도 했는데, 난 우리가 서로를 멋지게 이해한다고 생각했다. 우리는 그리스인과 이교도에 대한 이야기도 했다. 베크는 어떻게든 내 연애 사건을 듣고 싶어 했다. 그렇지만 그 부분은 이야기할 수가 없었다. 난 아무것도 경험하지 못했고 특별히 이야기할 거리도 없었다. 마음속으로 느끼고 그려보고 공상했던 것이 내 안에 분명 존재하긴 했지만, 그것은 포도주의 힘을 빌린다고 해결되거나 말할 수 있는 게 아니었다. 베크는 여자애들에 대한 것을 나보다 훨씬 더 많이 알았다. 나는 그저 여자애들 이야기를 열심히 들었을 뿐이다. 그때 믿을 수 없는 일도 알게 되었고, 결코 가능하다고 여기지 않았던 일도 깜짝 놀랄 현실이 되어 이제 당연한 것으로 보였다. 알폰스 베크는 열여덟 살 정도밖에 안 됐는데도 벌써 다양한 경험을 쌓았다. 무엇보다 여자애들은 기분만 맞춰주고 예의 바르게 대해주는 것 말고는 아무것도 바라지 않는데, 그것도 정말 좋긴 하지만 진실은 아니라고 했다. 더 많은 성과를 기대할 수 있는 건 결혼한 부인들이라고 했다. 부인들은 생각이 훨씬 트였다고 했다. 예를 들어 공책과 연필을 파는 가게의 야겔트 부인과는 이야기도 잘 통하고, 계산대 뒤에서 이미 일어난 모든 일은 어떤 책에도 쓰여 있지 않다는 것이었다.

나는 깊이 매료되어 멍하니 앉아 있었다. 물론 나는 그 야겔트 부인을 바로 사랑하지는 못할 것이다. 그래도 그건 이제껏 들어본 적이 없는 이야기였다. 거기에는, 적어도 나이 먹은 사람들에게는 내가 꿈속에서도 보지 못한 샘이 흐르고 있는 듯했다. 사실 거기엔 거짓말 같은 느낌도 있었다. 그리고 모든 것은 내가 생각하던 사랑의 맛보다 더 보잘것없고 평범한 맛이 났다. 그러나 어쨌든 그것이 현실이었고 생활이었으며 연애였다. 그것을 이미 경험했고 당연하다는 듯 생각하는 사람이 내 옆에 앉아 있었다.

우리의 대화는 약간 가라앉았고 무언가를 잃어버린 채 겉돌았다. 나는 더 이상 천재적인 조그만 녀석이 아니었고, 그저 어른의 말에 귀 기울이는 소년일 뿐이었다. 그러나 그것도 괜찮았다. 지난 몇 개월간의 내 생활에 비하면 이건 값진 것이었다. 마치 천국과도 같았다. 게다가 술집에 앉아 있는 것부터 우리가 이야기한 것에 이르기까지 그 모든 것이 금지된, 엄격히 금지된 것이었음을 점차 느끼기 시작했다. 어쨌든 나는 그곳에서 정신을 맛보았고 혁명을 맛보았다.

나는 그날 밤의 일을 아주 똑똑하게 기억한다. 나중에 우리 두 사람이 서늘하고 물기를 머금은 밤에 희미하게 타는 가스등 옆을 지나 기숙사로 가고 있을 때, 나는 난생처음으로 취해 있었다. 기분이 좋지 않고 몹시 괴로웠다. 그래도 어떤 짜릿함과 감미로움 같은 것이 있었다. 그것은 반란이고 방종이었으며 삶이자 정신이었다. 베크는 내가 머리에 피도 안 마른 풋내기라고 심한 욕지거리를 해댔지만 그래도 세심하게 나를 돌봐주었다. 그는 나를 거의 둘러메다시피 해서 기숙사로 돌아와 열린 복도 창문으로 함께 몰래 들어가는 데 성공했다.

아주 짧은 시간 죽은 듯이 잠들었다가 고통스러움을 이기지 못하고 잠에서 깨어나니 취기는 사라지고 엄청난 서글픔이 몰려왔다. 나는 침대에서 일어나 앉았다. 낮에 입은 셔츠를 아직 걸치고 있었다. 옷과 구두는 방바닥 여기저기에 흩어져 있었고 담배와 토사물 냄새가 코를 찔렀다. 두통과 구토증, 미칠 듯한 갈증에 시달리는 동안 내 마음속에 선 내가 오랫동안 눈으로 보지 못했던 영상이 떠올랐다. 나는 고향과 부모님의 집, 아버지와 어머니, 누이들과 정원을 봤다. 조용하고 아늑한 침실을 봤고, 학교와 시장을 봤으며, 데미안과 함께한 견신례 수업 장면도 봤다. 그것은 모두 밝은 광채에 싸여 있었으며, 모든 것이 경이롭고 거룩하고 순결했다. 그 모든 것은 어제까지도, 아니 몇 시간 전까지만 해도 내 것이었고 나를 기다리고 있었다. 그런데 지금 이 시간에는 모든 것이 가라앉고 저주받았으며 더는 내 것이 아님을 깨달았다. 그것들은 나를 내쫓았고, 나를 혐오하면서 노려보았다! 그때 문득 금빛 찬란한 머나먼 내 어린 시절의 정원이 영상처럼 떠올랐다. 그러나 부모님에게 받았던 모든 사랑과 친밀감, 어머니의 입맞춤, 크리스마스, 경건하고 밝았던 우리 집의 일요일 아침, 정원에 피어 있던 꽃들은 이내 황폐해지고 말았다. 그 모든 것을 내가 발로 짓밟아버린 것이다! 만약 지금 당장 경찰이 와서 나를 포박하고는 내가 쓸모없고 신전을 모독한 인간이라며 교수대로 끌고 간다고 해도, 나는 기꺼이 따라가 그것이 정당하고 당연한 결정이라고 여겼을 것이다.

나의 내면은 바로 이런 상태였다. 이리저리 헤매고 돌아다니면서 이 세상을 경멸했던 나! 오만한 생각으로 데미안의 사상에 심취했던 나! 그게 나였다. 나는 쓸모없고 추잡한 놈이었으며 술에 취했고, 더럽고, 역겹고, 비열하고, 거친 짐승 같고, 소름끼치는 충동에 점령당해 있었다! 그게 나였다. 모든 것이 순결하고 광채 나고 사랑스러운 마음으로 가득했던 그 정원에서 태어난 나, 바흐의 음악과 아름다운 시를 사랑했던 나였다! 메스꺼움이 일고 분노가 차오르는 순간 내 웃음소리가 들려왔다. 술에 잔뜩 절어 있는, 통제하지도 못하는, 충동적이고도 바보 같은 웃음소리였다. 그것이 바로 나였다!

그럼에도 그런 고통을 견디는 일은 거의 쾌감에 가까웠다. 너무나 오랫동안 나는 맹목적으로 미련스럽게 기어 다녔던 것이다. 너무나 오랫동안 내 마음은 침묵을 지키면서 가련하게 구석에 쭈그리고 앉아 있었던 것이다. 그래서 그런 자책과 전율, 그 모든 소름끼치는 감정까지도 내 영혼은 환영했다. 거기에도 감정이 있었고, 불꽃이 타올랐으며, 심장도 고동쳤다! 당황스럽게도 나는 비참함 속에서도 해방, 봄과 같은 그 무언가를 느꼈다.

그러는 동안 나는 겉으로 보기에 몹시 타락해갔다. 처음 술에 취한 일은 그것으로 끝이 아니었다. 학생들의 술집 출입이 늘면서 행패를 부리는 일이 잦았다. 나는 그 무리에서 가장 나이가 어린 학생 중 한 명이었다. 머지않아 나는 겨우 한몫 끼는 애송이가 아니라 무리를 이끄는 주동자이자 스타, 또한 앞뒤 가리지 않는 술집의 단골손님이 되었다. 나는 다시 한 번 완전히 어두운 세계, 악마에 속하게 되었다. 그리고 그 세계에서 나는 근사한 놈으로 통했다.

겉으로 드러난 모습과 달리 내 마음은 비참하기 그지없었다. 나는 자신을 파멸시키는 열정적인 방탕함 속에서 살았다. 친구들 사이에서는 주동자로, 멋진 놈으로, 날카롭고 재치 있는 녀석으로 통했다. 하지만 내 마음속 깊은 곳에서는 불안에 휩싸인 영혼이 두려움으로 가득한 채 떨고 있었다. 언젠가 일요일 오전에 술집을 나오다가 길거리에서 노는 아이들을 보고 눈물이 솟구쳤던 일을 아직도 기억한다. 말끔하게 머리를 빗은 그 아이들은 나들이옷 차림으로 밝고 즐겁게 놀고 있었다. 나는 초라한 술집의 더러운 테이블에 앉아 맥주잔을 사이에 두고 뻔뻔한 냉소로 친구들을 즐겁게 해주고 때로는 놀래주기도 했다. 그러는 동안 숨겨진 마음속에서는 내가 조소하는 모든 것에 경외심을 품고 있었다. 마음은 내 영혼 앞에, 내 과거 앞에, 어머니 앞에, 신 앞에 울면서 무릎을 꿇고 있었다.

내가 단 한 번도 추종자들과 하나가 되지 않은 것, 그들 사이에서 여전히 고독하고 괴로웠던 것에는 그만한 이유가 있었다. 나는 가장 거친 자들의 마음에 드는 술집의 영웅이었고 독설가였다. 선생님과 학교, 부모님, 교회에 대한 내 생각이나 그것과 관련된 이야기를 하며 나의 재치와 용기를 보여주었다. 음담패설에도 잘 버텨냈고, 심지어는 직접 얘기할 수도 있었다. 그러나 나는 술친구들이 여자애들을 찾아갈 때는 한 번도 끼지 않았다. 내 말대로라면 뻔뻔한 향락주의자로 보였을 테지만, 사실 나는 외로웠다. 사랑에 대한 크나큰 동경과 희망 없는 그리움으로 가득 차 있었다. 누구도 나보다 더 상심하기 쉬운 사람은 없었다. 누구도 나보다 더 수줍어하지는 못했다. 때때로 어린 소녀들이 예쁘고 단정하게 밝고 우아하게 내 앞을 지나가는 모습을 볼 때면 그들은 내게 경이로운 순수한 꿈, 내게 수천 배나 과분한 선량하고도 순결한 꿈으로 생각됐다. 한동안 나는 야겔트 부인의 문방구에 갈 수가 없었다. 그녀를 쳐다보았을 때 알폰스 베크가 그 여자 얘기를 한 것이 떠오르면 얼굴이 빨개질 것이 분명했기 때문이다.

새로운 무리 속에서 나 자신이 여전히 외롭고 다르다는 것을 알면 알수록, 나는 그 무리와 더욱 떨어질 수가 없었다. 술을 들이켜고 허풍을 치는 일이 나를 한 번이라도 즐겁게 해줬는지 정말로 모르겠다. 나는 단 한 번도 음주에 익숙해지진 않았지만, 그래도 매번 괴로운 결과를 경험한 건 아니었다. 모든 일이 강요로 일어난 것만 같았다. 난 어쩔 수 없이 내가 해야 할 일을 했다. 그것 말고는 무엇부터 시작해야 할지 도무지 몰랐기 때문이다. 오래전부터 나는 혼자되는 것이 두려웠고, 계속해서 내적으로 부드럽고 수줍게 변하는 것이 두려웠으며, 종종 엄습해오는 달콤한 사랑에 대한 생각이 두려웠다.

내게 가장 부족한 한 가지가 있다면 바로 친구였다. 그 당시 어울리고 싶은 동급생이 두세 명 있었지만, 그들은 착실하고 성실한 무리에 속해 있었다. 그리고 나의 잘못된 행동은 이미 오래전부터 더는 비밀이 아니었다. 그들은 나를 피했다. 모든 사람에게 나는 언제든 구렁텅이로 떨어질 것처럼 보이는, 아무 희망도 없는 불량스러운 학생으로 통했다. 선생님들도 나에 대해 많은 것을 알고 있었다. 나는 여러 차례 혹독한 벌을 받기도 했다. 모두 내가 결국 학교에서 퇴학당할 거라고 생각했다. 나도 알고 있었다. 난 이미 오래전부터 성실한 학생이 아니었으며, 그런 일을 더는 오래 지속할 수 없을 거라고 느끼면서도 간신히 학교생활을 이어가면서 나 자신을 기만하고 있었을 뿐이다.

신이 인간을 고독하게 만들어놓음으로써 우리 자신으로 인도하는 길은 수없이 많다. 그 당시 신은 이런 길을 나와 함께 걸었다. 그것은 마치 지독한 꿈과도 같았다. 나는 더럽고 끈적거리는 것, 깨진 맥주잔, 냉소적인 잡담으로 얼룩진 많은 밤을 거쳤다. 그리고 저주받은 몽유병자처럼 쉴 새 없이 괴로워하면서 추악하고도 불결한 길을 기어 다녔다. 그런 꿈이 있다. 그런 꿈에서는 공주를 찾으러 가는 도중 흙탕물에 빠지고, 악취와 오물이 넘쳐흐르는 뒷골목을 헤맨다. 나도 그런 지경에 놓여 있었다. 나에게는 이런 저질스러운 방법으로 고독해질 운명이 정해져 있었고, 또 무자비하게 번뜩이는 파수꾼들이 서 있는 닫혀버린 에덴동산의 문이 나와 어린 시절 사이를 가로막는 운명으로 주어졌던 것이다. 이것이 바로 나 자신에 대한 향수의 시작이며 깨달음이었다.

사감 선생의 경고 편지를 받고 아버지가 성 ○○에 처음으로 나타나 나를 향해 걸어왔을 때 나는 겁에 질려 경련을 일으켰다. 그해 겨울이 끝날 무렵 아버지가 두 번째로 왔을 때는 이미 냉담해졌고 될 대로 되라는 식이었다. 아버지가 꾸짖고 애원하고 어머니를 생각하라고 말해도 전혀 소용없었다. 결국 아버지는 크게 화를 내면서 내가 달라지지 않는다면 불명예스럽고 모욕적이긴 하겠지만 나를 퇴학당하도록 해서 감화원에 집어넣겠다고 말했다. 마음대로 하시라지! 그렇게 아버지가 떠난 뒤 나는 마음이 아팠다. 그래도 아버지는 아무런 성과도 거두지 못했고, 내게로 통하는 길도 찾지 못했다. 잠시 동안이었지만 나는 아버지로서도 어쩔 수 없는 일이라고 느꼈다.

내가 앞으로 무엇이 되건 상관없었다. 술집에 앉아 큰소리나 치는 기이하고도 아름답지 못한 태도로 나는 세상에 맞서 싸우고 있었으며, 그것이 내 반항의 방식이었다. 하지만 그렇게 함으로써 나 자신을 망가뜨리고 있었다. 때때로 그런 상황은 이렇게 생각되기도 했다. 만약 세상이 나 같은 인간을 필요로 하지 않는다면, 나 같은 인간들에게 좀 더 나은 자리나 임무를 맡겨주지 않는다면 우리는 파멸할 것이고 그 손해는 세상이 져야만 하겠지.

그해의 크리스마스 방학은 정말 기쁘지 않았다. 나를 다시 본 어머니는 깜짝 놀랐다. 키는 훌쩍 자랐고, 잿빛을 띤 수척한 얼굴은 처량하게 보였으며, 염증이 생긴 눈 가장자리는 탄력 없이 축 처져 있었다. 코 밑에 나기 시작한 수염과 얼마 전부터 쓰기 시작한 안경은 어머니에게 나를 더욱 낯선 존재로 만들었다. 누이들은 뒤로 물러난 채 킥킥거리며 웃었다. 모든 것이 불쾌하기 짝이 없었다. 서재에서 나눈 아버지와의 대화도 불편하고 씁쓰름했으며, 몇몇 친척의 환영 인사도 불쾌했는데, 가장 불편했던 건 크리스마스 이브였다. 내가 태어난 이후로 그날은 언제나 우리 집의 뜻깊은 날이었고, 축제와 사랑과 감사의 저녁이었으며, 부모님과 나와의 유대감을 새롭게 만들어주는 그런 저녁이었다. 하지만 이번에는 모든 것이 그저 우울하고 어색하기만 했다. 옛날처럼 아버지는 "그들은 그곳에서 양 떼를 지키고 있었노라"고 들판의 목동에 대한 복음을 읽었고, 누이들은 반짝거리는 눈빛으로 선물이 놓인 책상 앞에 서 있었다. 그날따라 아버지의 음성은 유쾌하게 들리지 않았으며, 그 얼굴은 늙고 오그라든 것처럼 보였다. 어머니도 슬픈 표정이었다. 그리고 내게는 모든 것이 고통스럽고 거북하기만 했다. 선물도, 축복도, 복음서와 크리스마스트리도 그랬다. 꿀을 넣어 구운 레브쿠헨 쿠키는 달콤한 냄새를 풍기면서 어린 시절의 추억을 발산했다. 전나무는 향기를 내뿜었고, 더는 존재하지 않는 것들을 떠올리게 했다. 나는 그 밤과 휴일이 어서 끝나기만을 바랐다.

겨울은 그렇게 지나갔다. 바로 얼마 전 나는 처음으로 교사 회의에서 강력한 경고를 받았고, 퇴학 처분이 내려질 거라는 위협까지 있었다. 그렇게 오래가지 않을 것 같았다. 하지만 뭐, 괜찮았다.

나는 막스 데미안에게 서운한 감정을 품고 있었다. 그동안 한 번도 그를 만나지 못했다. 처음 성 ○○에 왔을 때 그에게 두 번이나 편지를 보냈지만 아무런 답장도 받지 못했다. 그래서 나는 방학 중에도 그를 방문하지 않았다.

가을에 알폰스 베크와 만났던 바로 그 공원에 봄이 시작되고 있었다. 가시나무 울타리가 파랗게 돋아나기 시작했을 무렵 한 소녀가 내 주의를 끌었다. 나는 모순된 생각과 근심에 휩싸인 채 혼자 산책을 하고 있었다. 최근 건강에도 문제가 생겼고, 돈도 궁해져 친구들에게 빚을 져서 쪼들린 상태였다. 부모님한테 돈을 타내려면 마지못해 핑곗거리를 만들어내야 할 형편이었다. 게다가 가게 여러 군데에 담배나 그 밖의 다른 이유로 진 외상값이 불어나고 있었다. 아니지, 이런 것을 아주 심하게 걱정할 필요는 없었다. 머지않아 이곳에서의 생활이 끝나고 내가 물속으로 뛰어들거나 교화시설로 끌려가게 된다면, 이런 몇 가지 사소한 일쯤은 결코 문제가 되지 않을 거란 생각이 들었다. 그래도 어쨌든 나는 항상 그런 달갑지 못한 일들에 시달리면서 괴로워했다.

그런 봄날이었다. 그 공원에서 나는 마음이 끌리는 어린 숙녀와 마주쳤던 것이다. 그녀는 큰 키에 날씬했으며 우아한 옷차림에 똑똑한 소년 같은 얼굴을 하고 있었다. 그녀는 곧바로 내 마음에 들었고, 내가 좋아하는 타입이라 나의 상상력을 자극하기 시작했다. 나보다 별로 나이가 많지 않을 것 같았지만 훨씬 성숙하고 우아하며 얼굴 윤곽이 뚜렷했고 벌써 숙녀 티가 완연했다. 그러면서도 그녀의 얼굴에는 내가 무엇보다 좋아하는 오만함과 앳된 모습이 있었다.

그때까지는 내가 반한 소녀에게 접근하는 데 한 번도 성공한 적이 없었으며, 이번에도 마찬가지일 거라고 생각했다. 그러나 그 인상은 이제까지 보아온 그 어떤 사람보다 강했고, 그 짝사랑이 내 생활에 미친 영향도 엄청났다.

갑자기 다시 한 번 내 앞에 고귀하고도 존경심을 일으키는 영상이 나타났다. 아, 어떤 욕구나 충동도 경외심과 사모에 대한 소원처럼 내 마음속에서 그처럼 깊고 열렬하지는 못했다! 나는 그녀에게 베아트리체라는 이름을 붙였다. 비록 단테의 작품은 읽지 않았지만 영국 판의 그림을 통해 나는 그녀를 알고 있었으며, 그 그림의 복사판을 잘 간직하고 있었다. 영국 초기 라파엘파 화풍의 소녀상이었는데, 갸름하고 긴 얼굴에 영혼이 깃든 것 같은 손과 표정, 길쭉길쭉한 팔다리에 날씬한 자태를 지녔다. 공원에서 만난 아름다운 소녀도 내가 좋아하는 그런 날씬하고 앳된 모습이었고, 얼굴에는 정신이나 영혼을 불어넣은 그 무언가가 엿보였다. 하지만 그 초상의 소녀와 똑같지는 않았다.

나는 베아트리체와 말 한 마디 나눠보지 않았다. 그럼에도 그녀는 당시 내게 깊은 영향을 끼쳤다. 그녀는 내 앞에 자기 영상을 세워주었고, 내게 성스러운 전당을 열어주었으며, 나를 사원의 기도자로 만들어주었다. 나는 술집 출입과 밤에 배회하는 버릇을 끊었다. 그리고 다시 혼자가 됐고, 다시 책을 읽게 됐으며, 다시 산책을 즐겼다.

갑작스러운 변화에 나는 조롱거리가 되고 말았다. 그러나 나는 이제 사랑하고 숭배할 무언가를 가졌고, 다시 이상을 갖게 됐다. 생활은 다시 다채로우며 신비한 여명과 예감으로 충만해졌다. 그것은 나를 향한 다른 이들의 조소를 견디게 해줬다. 나는 비록 숭배하는 한 영상의 노예이며 하인일 뿐이라 할지라도 다시 나 자신으로 되돌아와 있었다.

그 시절을 회상할 때면 감동으로 가슴이 뭉클해진다. 나는 무너진 삶의 폐허에서 다시 '밝은 세계'를 건설하려고 진심을 다해 노력했다. 마음속에서 어둠과 악을 몰아내고 밝은 세계 속에 머물고자 하는 오직 하나의 열망으로 다시 신들 앞에 무릎을 꿇었다. 어쨌든 간에 지금의 이 '밝은 세계'는 어느 정도 나 자신의 창조물이었다. 이제 그것은 더 이상 어머니에게로, 또한 아무런 책임도 없는 안전한 곳으로 도망치고 기어 들어가는 것이 아니라 책임감과 인내심을 지닌, 나 자신이 발견하고 만들어낸 새로운 임무였다. 끊임없이 나를 괴롭혀 그것으로부터 도망치고자 했던 성적 욕망은 이제 그 성스러운 불 속에서 정신과 기도로 정화되어갔다. 더는 어둡고 추악한 것이 있어서는 안 됐다. 신음하며 지새운 밤도, 음란한 환상 앞에서 빠르게 뛰던 심장도, 금지된 문 앞에서 몰래 귀 기울이던 일도, 그 어떤 음욕도 존재해서는 안 되었다. 나는 그 모든 것을 대신해 베아트리체의 영상을 모신 내 제단을 마련했고, 그녀에게 나를 바침으로써 정신과 여러 신에게 나 자신을 제물로 바쳤다. 나는 어두운 힘으로부터 빼앗아온 삶의 일부를 밝은 힘에 제물로 바쳤다. 나의 목적은 쾌락이 아니라 순결이었고, 행복이 아니라 아름다움과 정신이었다.

베아트리체에 대한 숭배는 내 생활을 송두리째 변화시켰다. 어제까지 조숙한 냉소자였던 나는 이제 성자가 되려는 목표를 품은 신전의 하인이 되었다. 나는 익숙해져 있던 나쁜 생활을 청산했을 뿐 아니라 모든 것을 변화시키려고 노력했다. 또한 모든 것에 순결과 고귀함과 품위를 깃들이게 하려고 노력했다. 먹고 마시는 일에서나 말하고 옷을 입는 데도 그것을 생각했다. 아침마다 냉수마찰을 하기 시작했는데, 처음에는 마음을 단단히 먹고 힘겹게 실행에 옮겼다. 나는 진지하고 품위 있게 행동했으며, 자세를 똑바로 하고 천천히 위엄 있게 걸었다. 그 모습이 사람들에겐 우스꽝스럽게 보였을지도 모른다. 그러나 내 마음은 신에 대한 봉사심으로 충만해 있었다.

새로운 신념을 표현해보고자 했던 모든 새로운 노력 가운데 한 가지는 내게 몹시 중요한 것이었다. 나는 그림을 그리기 시작했다. 내가 가진 영국 판 베아트리체의 초상이 그 소녀와 충분히 닮지 않았던 것이 그 일의 시작이었다. 나 자신을 위한 그녀를 그려보려고 했던 것이다. 완전히 새로운 기쁨과 희망을 안고 나는 얼마 전부터 혼자 쓰고 있던 내 방에 깨끗한 종이와 물감과 붓을 챙겨두고 팔레트와 유리잔, 도자기 접시, 연필도 준비했다. 내가 사온 조그만 튜브에 든 고운 템페라 물감이 나를 감동시켰다. 강렬한 크롬 옥사이드 녹색 물감이 조그마한 하얀 접시 위에서 처음으로 빛을 내던 순간이 지금도 내 눈에 선하다.

나는 조심스럽게 시작했다. 얼굴을 그린다는 것은 어려운 작업이었다. 일단 다른 것부터 연습해보기로 했다. 장식 무늬와 꽃, 환상 속 풍경, 예배당 옆의 나무, 실측백나무가 서 있는 로마의 다리 등을 그렸다. 나는 종종 이런 유희적인 행위에 완전히 넋을 잃었고, 마음대로 그릴 수 있는 물감 상자를 가진 아이처럼 행복해했다. 그러다가 드디어 베아트리체를 그리기 시작했다.

처음 몇 장은 완전히 실패해서 내던져버렸다. 때때로 거리에서 만나곤 했던 그 소녀의 얼굴을 떠올려보려고 할수록 더욱 기대에 미치지 못했다. 결국 나는 그것을 포기하고 그냥 내 상상력이 이끄는 대로, 물감과 붓이 이끄는 대로 얼굴을 그리기 시작했다. 그렇게 해서 나온 것은 바로 꿈에서 본 얼굴이었다. 나는 결과물이 그다지 불만스럽지 않았다. 그러나 계속해서 시도했으며, 매번 새로운 그림이 나올 때마다 그 모습은 한결 선명해지고 결코 실제 모습은 아니었을지라도 그 소녀의 모습에 가까워졌다.

나는 꿈꾸는 듯한 붓놀림으로 선을 긋고 화면을 채워나가는 데 더욱 익숙해졌다. 어떤 대상도 없이 유희적인 손놀림과 무의식의 세계에서 그림을 그렸다. 그러던 어느 날 의식하지 못하는 상태에서 예전보다 한층 더 강렬하게 내게 말을 건네는 얼굴을 드디어 완성했다. 그것은 그 소녀의 얼굴이 아니었다. 이미 오래전부터 그녀의 얼굴은 내 그림에 나타나지 않았다. 그 어떤 다른 것, 비현실적인 것이었지만 그렇다고 가치가 덜한 것은 아니었다. 그것은 소녀라기보다는 오히려 소년의 얼굴처럼 보였다. 머리카락은 내 아름다운 소녀처럼 옅은 금발이 아니라 붉은 빛이 도는 갈색이었고, 턱은 강하고 단단했으며, 입술은 붉게 타오르고 있었다. 전체적인 인상은 약간 딱딱하고 가면 같은 느낌이었지만, 그래도 인상적이었고 신비스러운 생명력으로 가득 차 있었다.

완성된 그림 앞에 앉아 있자니 이상한 느낌이 들었다. 그것은 신들의 초상이거나 신성한 가면처럼 보였으며, 남자 같기도 여자 같기도 했고, 나이도 초월한 모습이었다. 또한 강한 의지를 지닌 동시에 꿈을 꾸는 것 같았으며, 딱딱하게 굳어 있으면서도 속으론 생명력이 넘치는 듯 느껴졌다. 그 얼굴은 내게 무언가 할 말이 있는 듯했고, 나 자신 속에 존재하면서 내게 뭔가를 요구하는 것처럼 느껴졌다. 그리고 누군가와 닮은 구석이 있었는데, 그게 누구인지 알 수 없었다.

이제 그 초상화는 한동안 내 모든 생각 속에 함께하면서 내 생활을 공유했다. 나는 그것을 내 서랍 안에다 숨겨두었다. 혹시라도 누가 보고 놀려대는 걸 피하고 싶었기 때문이다. 그러나 방에 혼자 있을 때면 언제나 그 그림을 꺼내 들여다보았다. 저녁이면 침대 위쪽의 맞은편 벽지에다 핀으로 꽂아놓고 잠들 때까지 쳐다보았으며, 아침이 되면 눈을 뜨자마자 그 그림부터 바라보았다.

바로 그 무렵 나는 어린 시절 항상 그랬듯이 다시 많은 꿈을 꾸기 시작했다. 몇 년 동안 한 번도 꿈을 꾼 적이 없었던 것 같다는 생각이 들었다. 이제야 꿈이, 완전히 새로운 영상이 다시 나를 찾아온 것이었다. 꿈속에서는 종종 내가 그린 그림 속의 얼굴이 살아나 말을 걸어왔다. 그것은 아주 다정하게 느껴지다가도 적대적으로 느껴지기도 했다. 때로는 이맛살을 찌푸리기도 했고, 때로는 끝없이 아름답고 조화된 고결한 모습으로 나타나기도 했다.

그런 꿈에서 깨어난 어느 날 아침, 나는 갑자기 깨달았다. 그 얼굴은 나를 믿을 수 없을 정도로 다정하게 바라보며 내 이름을 부르는 것 같았다. 어머니만큼이나 나를 잘 아는 듯했고, 오래전부터 나를 향하고 있었던 것처럼 보였다. 두근거리는 가슴을 안고 나는 숱 많은 갈색의 머리카락과 절반은 여자처럼 보이는 입, 기이한 밝은 빛을 지닌 강한 이마를 가진 그 그림을 바라보았다(그 그림은 물감이 마르면서 저절로 그렇게 되어 있었다). 그러자 나는 차츰 내 안에서 누군가를 깨닫고 발견해내고 또 찾아냈다는 것을 느꼈다.

나는 침대에서 벌떡 일어나 그 얼굴 앞에 다가가 바로 가까이서 크게 뜬 그 초록빛이 감도는 눈을, 나를 똑바로 응시하고 있는 그 눈을 들여다보았다. 오른쪽 눈이 다른 쪽보다 약간 높이 박혀 있었다. 그 순간 갑자기 그 오른쪽 눈이 움찔했다. 가볍고 섬세하지만 분명히 그 눈은 움직였다. 나는 그 작은 움직임을 보고 비로소 그 그림의 주인공이 누구인지 알아차렸다.

어떻게 이처럼 오랜 시간을 보내고야 누군지 알아볼 수 있었단 말인가! 그것은 데미안의 얼굴이었다.

그 후 그 그림을 내 기억 속에 있던 데미안의 실제 표정과 자주 비교해보았다. 닮기는 했지만 똑같지는 않았다. 그러나 그것은 틀림없는 데미안이었다.

어느 초여름 저녁, 서쪽으로 나 있는 내 방 창문으로 태양이 비스듬히 붉게 비쳐 들어왔다. 방 안은 이미 어둑어둑해졌다. 그때 나는 그 베아트리체, 아니 데미안의 초상을 십자형 창살에 핀으로 고정시키고 석양이 어떻게 그것을 투사하는지 보고 싶다는 생각이 들었다. 얼굴은 윤곽이 흐릿해졌지만 붉은 빛을 띤 눈 주변, 밝은 이마와 유난히 붉은 입술은 그림 속에서 깊숙하고 강렬하게 타올랐다. 이미 석양이 사라졌는데도 나는 오랫동안 그림과 마주 앉아 있었다. 그러자 점차 그것은 베아트리체도 아니고 데미안도 아니고 바로 나 자신이라는 느낌이 들었다. 그 그림은 나를 닮지 않았다. 또한 그럴 수도 없다고 생각했다. 하지만 그것은 내 삶을 이루고 있던 것으로 내 내면과 내 운명, 내 데몬(일반적으로 귀신, 수호신, 악마 등을 의미하는데 본래는 초자연적·영적 존재자를 나타내는 그리스어 다이몬 daimōn에서 유래한 말임—옮긴이)이었던 것이다. 언젠가 내가 다시 친구를 사귄다면 그는 바로 이런 모습을 하고 있으리라. 내게 언젠가 연인이 생긴다면 그녀 또한 이런 모습을 하고 있으리라. 내 삶과 죽음 또한 그러할 것이다. 이는 내 운명의 울림이었고 리듬이었다.

그 몇 주 동안 나는 책 한 권을 읽었다. 그 책은 예전에 읽던 책들보다 한층 강렬한 인상을 남겼다. 훗날에도 니체의 작품을 제외하곤 책에서 그런 경험을 한 적이 거의 없다. 그것은 편지글과 금언이 수록된 노발리스의 책이었다. 나는 많은 부분을 이해하지 못했지만, 그 구절들은 하나같이 이루 말할 수 없을 정도로 나를 끌어당기고 고무시켰다. 그 중 한 구절이 지금도 내 머리에 떠오른다. 나는 펜으로 그것을 초상화 밑에다 적어놓았다. '운명과 마음은 한 개념의 다른 이름이다.' 그제야 나는 그 말을 가슴 깊이 이해할 수 있었다.

베아트리체라고 이름 붙인 그 소녀와 나는 그 후에도 자주 마주쳤다. 더는 감동적인 설렘은 일지 않았지만 늘 부드러운 일체감과 이런 감정적인 예감을 느끼곤 했다. '그대는 나와 연결되어 있다. 그러나 그대의 실체가 아니라 그대의 초상화가 그렇다는 말이다. 그대는 내 영혼의 일부분이다'라고.

막스 데미안을 향한 그리움이 다시 강렬해졌다. 나는 몇 년 동안 그와 관련된 소식을 전혀 듣지 못했다. 단 한 번 방학 때 그를 만난 적이 있긴 했다. 이제야 나는 이 짧은 해후에 대한 이야기를 내 기록에서 빠뜨렸다는 것을 깨닫는다. 그리고 그것이 수치심과 허영심 때문이었다는 것도 인정한다. 이쯤에서 그때 일을 말해야 할 듯하다.

그러니까 내가 술집을 드나들던 시절의 어느 방학이었다. 나는 지루하고도 언제나 피곤에 찌든 표정으로 고향의 거리를 어슬렁거렸다. 산책용 지팡이를 휘둘러대며 옛날 모습에서 하나도 변하지 않은 경멸스러운 사람들의 얼굴을 바라보고 있을 때, 그 옛날 친구가 내게로 걸어오는 것이 보였다. 그를 본 순간 나는 몸이 움찔했다. 그러고는 번갯불처럼 문득 프란츠 크로머를 생각하지 않을 수 없었다. 데미안이 그때의 일을 잊어버렸기를 바랐다! 그에게 신세를 졌다는 것은 계속 불쾌한 기억으로 남아 있었다. 사실 그것은 어리석은 아이들 이야기였지만, 그래도 신세는 신세였다.

데미안은 내가 인사를 하려는지 아닌지 몰라 기다리는 것 같았다. 그리고 내가 되도록 태연한 척하며 인사하자 그는 내게 손을 내밀었다. 옛날과 똑같은 악수였다! 그렇게 꽉 움켜쥐는, 따뜻하면서도 냉정하고 남성적인 악수였다.

그는 내 얼굴을 유심히 바라보더니 말했다.

"싱클레어, 너 많이 컸구나."

그 자신은 전혀 변하지 않은 것 같았다. 예전과 똑같이 여전히 늙어 보이고 동시에 젊어 보였다.

데미안은 나와 동행했다. 우리는 함께 산책하는 내내 딴 이야기만 하고, 그때의 이야기는 전혀 하지 않았다. 예전에 그에게 여러 번 편지를 썼는데 한 번도 답장을 받지 못했다는 게 생각났다. 아, 제발 그가 그 바보 같은 편지질도 잊었기를! 다행스럽게도 그는 거기에 대해 한 마디도 하지 않았다.

그 당시엔 아직 베아트리체도, 초상화도 없었다. 나는 그저 내 황량한 시기의 한복판에 서 있었다. 교외로 나가자 나는 술집에 같이 가자고 제안했다. 그는 함께 가주었다. 으스대듯 나는 포도주 한 병을 주문해 잔을 채우고 그와 잔을 부딪쳤다. 그러고는 학생들의 술자리 문화에 익숙하다는 것을 보여주려는 듯 첫잔을 단숨에 비웠다.

"술집에 많이 다니는 것 같은데?"

그는 내게 물었다.

"아, 물론이지. 그것 말고 무슨 할 일이 있겠어? 결국 그게 가장 재미있는 일이잖아."

나는 나른하게 대답했다.

"그렇게 생각해? 그럴 수도 있겠지. 사실 멋진 점도 있지. 그 도취와 바커스적인 것 말이야! 하지만 나는 술집에서 많은 시간을 보내는 사람들 대부분은 이미 그런 멋을 잃어버렸다고 생각해. 술집이나 찾아다니는 건 정말 속물적인 짓이 아닐까. 뭐, 하룻밤쯤은 타오르는 횃불을 켜놓고 진짜 아름다운 도취와 흥분에 빠져보는 것도 괜찮겠지! 그런데 언제나 그런 식으로 잔에 잔을 비우는 일이 정말로 잘하는 짓일까? 밤마다 단골집 술상 앞에 앉아 있는 파우스트를 넌 상상할 수 있어?"

나는 술을 마셨고 적의에 찬 눈으로 그를 바라보았다.

"그래, 하지만 누구나 파우스트는 아니니까."

나는 짤막하게 대꾸했다.

그는 약간 놀랍다는 듯 나를 쳐다보았다.

그런 뒤 과거의 그 활기차고 우월감이 가득한 웃음을

지었다.

"자, 무엇 때문에 우리가 그런 걸로 다투는 거지? 어쨌든 술꾼이나 방탕아의 생활이 어떻게 보면 흠잡을 데 없는 시민의 생활보다 더 활기가 넘칠지도 모르지. 그리고 어느 책에선가 읽은 적이 있는데, 탕아의 생활이 신비주의자가 되는 데 가장 좋은 준비과정이라고 했어. 예언자가 되는 사람은 언제나 성 아우구스티누스 같은 인물들이지. 하지만 그도 그전에는 온갖 향락과 쾌락에 빠져 지냈어."

나는 미심쩍은 생각이 들었지만 그에게 조금이라도 지배당하고 싶지 않았다. 그래서 냉담하게 말했다.

"그렇지, 누구나 자기 식대로 사는 거야! 솔직히 말해 예언자 따위가 되는 건 나와 아무 상관없는 얘기야."

데미안은 눈을 약간 내리깔더니 알고 있다는 듯 나를 바라보면서 천천히 말했다.

"이봐, 싱클레어. 불쾌한 이야기를 할 생각은 아니었어. 한데 말이야, 무슨 목적으로 네가 지금 그렇게 술을 마시는지는 우리 둘 다 모르고 있어. 하지만 너의 내면에서 네 삶을 이루는 그것은 이미 알고 있어. 모든 것을 알고 모든 것을 원하고 모든 것을 우리 자신보다 더 잘해나가려고 하는 것이 우리 내면에 깃들어 있다는 사실을 아는 건 좋은 일이야. 미안한데, 난 그만 집에 가봐야겠어."

우리는 짤막하게 작별 인사를 나눴다. 나는 기분이 몹시 언짢아서 그대로 앉아 있었다. 그리고 병에 든 술을 다 마시고 집에 가려고 했을 때 데미안이 이미 술값을 치른 것을 알았다. 그것이 나를 더욱 화나게 했다.

지금 내 생각은 다시 이 사소한 사건에 매달려 있다. 내 머릿속은 데미안으로 가득 찼다. 그가 교외의 그 술집에서 했던 말들이 내 기억에 다시 떠올랐다. 이상하리만큼 생생하고도 잊히지 않은 채 말이다.

"모든 것을 알고 있는 그것이 우리 내면에 깃들어 있다는 사실을 아는 건 좋은 일이야!"

나는 창문에 매달린 채 완전히 색이 바래버린 그림을 바라보았다. 그런데 아직도 두 눈만은 불타고 있는 것이 보였다. 그것은 데미안의 눈빛이었다. 아니, 내 내면에 들어 있던 그 눈빛이기도 했다. 그것은 모든 것을 다 알고 있다는 눈빛이었다.

나는 얼마나 데미안을 동경했던가! 나는 그에 대해 아무것도 몰랐으며, 그는 내가 도달할 수 없는 존재였다. 내가 아는 것이라곤 그가 어디에선가 아마도 대학을 다닐 것이며, 김나지움을 졸업한 후에는 그의 어머니가 우리 도시를 떠났다는 것뿐이다.

크로머와의 이야기까지 거슬러 올라가 나는 막스 데미안에 대한 내 마음속의 모든 추억을 들춰냈다. 그가 일찍이 내게 해준 많은 말이 다시금 내게 큰 울림을 가져다 줬는데, 현재도 그 모든 것이 의미를 지니고 움직이면서 얼마나 나에게 영향을 미치고 있는가! 지난번 그다지 즐겁지 않은 재회를 했을 때 그가 왜 탕아와 성자의 이야기를 했는지 갑자기 그 뜻이 분명해졌다. 나에게도 똑같은 일이 일어나지 않았던가? 새로운 삶에 대한 충동과 함께 그와 정반대의 것, 즉 순수함에 대한 요구와 성스러움에 대한 동경이 내 내면에서 솟구쳐 오르기까지 나는 도취와 더러움, 마비와 방탕 속에서 살지 않았던가?

그렇게 나는 계속 추억을 더듬어갔다. 벌써 오래전에 밤이 되었고 밖에는 비가 내리고 있었다. 내 추억 속에서도 빗소리가 들렸다. 언젠가 밤나무 밑에서 그가 프란츠 크로머에 대해 묻고 내 최초의 비밀을 알아맞혔던 때다. 학교 가는 길에 나눈 대화, 견신례 준비 시간 등 추억이 꼬리를 물고 하나하나 되살아났다. 그리고 끝으로 막스 데미안과 처음 만났던 때의 일이 떠올랐다. 그런데 그때 무슨 이야기를 했지? 바로 생각이 떠오르지 않자 시간을 두고 깊이 생각해봤다. 그러자 드디어 그때 무슨 말을 했는지 생각났다. 그가 카인에 대한 자기 의견을 말한 다음 데미안과 나는 우리 집 앞에 서 있었다. 그때 그는 그 낡고 퇴색한 문장 이야기를 했다. 이 문장은 우리 집 대문 위에 있는, 위쪽으로 갈수록 넓어지는 모양의 쐐기돌에 박혀 있었다. 그는 그 문장이 흥미롭다면서 누구나 그런 물건에 주의를 기울여야 한다고 말했다.

그날 밤 나는 데미안과 그 문장의 꿈을 꾸었다. 문장은 끊임없이 변화했다. 데미안이 그것을 손에 들고 있었는데, 어느 때는 작고 회색이었다가 때로는 굉장히 크고 다양한 빛깔을 띠기도 했다. 하지만 그는 내게 그것이 언제나 하나고 똑같은 문장이라고 설명했다. 마지막에 그는 내게 그 문장을 먹으라고 강요했다. 그것을 삼키자 놀랍게도 삼켜버린 그 문장의 새가 내 안에서 살아나 나를 채우더니 내 안에서부터 쪼아먹기 시작했다. 나는 죽음의 공포에 사로잡힌 채 침대에서 벌떡 일어나더니 잠에서 깼다.

한밤중이었다. 나는 정신이 말똥말똥해졌다. 방 안으로 비 들이치는 소리가 들리자 창문을 닫으려고 일어났다. 그때 방바닥에 놓여 있던 뭔가 환한 것을 밟았다. 아침에 나는 그것이 내가 그린 그림이었다는 것을 알았다. 그것은 젖은 채로 방바닥에 놓여 있었고 불룩하게 부풀어 올랐다. 나는 그것을 말리려고 흡수지 사이에 끼워 두꺼운 책 속에다 팽팽하게 펴서 넣어두었다. 다음 날 다시 보니 잘 말라 있었다. 그러나 그림이 변해 있었다. 붉은 입술은 파리해지고 좀 더 가늘어졌다. 그것은 이제 완벽하게 데미안의 입이었다.

나는 이제 새 종이에 문장의 새를 그리기 시작했다. 그 새가 원래 어떤 모양이었는지 분명하게 기억나지 않았다. 워낙 낡아 가끔 덧칠을 해줬기 때문에 가까이서 봐도 잘 분간할 수 없는 곳이 여러 군데 있다는 것을 난 알고 있었다. 그 새는 무슨 물건 위에 서 있거나 앉아 있었는데, 아마도 꽃이거나 바구니, 아니면 둥지거나 나무 꼭대기였을 것이다. 나는 그런 것에 신경 쓰지 않고 분명히 떠오르는 영상부터 그리기 시작했다. 어떤 막연한 충동에 이끌려 나는 곧 강한 색채로 시작했다. 새의 머리는 내 그림에선 황금빛이었다. 기분 내키는 대로 그려나갔고, 그 그림은 며칠 만에 완성되었다.

그것은 날카롭고 사나운 새매의 머리를 가진 맹금이었다. 그 새는 푸른 하늘을 배경으로 몸의 절반은 어두운 지구에 박혀 마치 커다란 알을 깨고 나오려는 것처럼 몸부림치고 있었다. 그림을 오래 관찰할수록 그것은 내 꿈속에 나타났던 채색된 문장처럼 보였다.

데미안에게 편지를 쓴다는 것은 주소를 알고 있었다고 해도 내겐 불가능했을 것이다. 그러나 나는 그 당시 모든 일을 할 때 그러했듯 그 꿈과 같은 예감으로 그에게 전해지건 말건 새매의 그림을 보내기로 결심했다. 그림에다 아무것도, 내 이름조차 쓰지 않았다. 나는 그림의 가장자리를 조심스레 잘라내고 커다란 봉투를 사서 내 친구의 옛날 주소를 그 위에 적은 뒤 그것을 부쳤다.

시험이 다가오고 있었다. 나는 평소보다 학교 공부를 더 많이 해야 했다. 불량스러운 행실을 바로잡은 이후로 선생님들은 나를 너그럽게 대해주었다. 아직은 썩 선량한 학생이라고는 말할 수 없었다. 그러나 반년 전만 해도 나의 퇴학이 모두에게 당연한 수순으로 여겨졌다는 걸 누구도 기억하고 있지 않았다.

아버지도 비난이나 위협이 아닌, 다시 예전 같은 말투로 내게 편지를 했다. 나는 아버지 또는 그 누구에게도 내게 어떻게 그런 변화가 일어나게 되었는지 설명할 생각이 없었다. 이런 변화가 부모님과 선생님들의 바람과 일치한 것은 그저 우연이었다. 그러나 이 변화는 나를 다른 사람들에게 다가가도록 하지도 않았고, 누군가를 받아들이게 하지도 않았으며, 그저 나를 더욱 외롭게 만들었을 뿐이다. 이 변화는 그 어딘가를, 데미안을, 머나먼 운명을 목표로 했다. 사실상 나 자신도 그것을 알지 못하면서 그 한복판에 서 있었다. 그것은 베아트리체에서 시작된 것이었다. 그러나 얼마 후부터 그림이 그려진 종이와 데미안에 대한 생각으로 완전히 비현실적인 세계 속에서 살다 보니 결국 그녀 또한 내 눈과 생각에서 완전히 사라져버렸다. 나는 내 꿈과 기대, 내적 변화를 그 누구에게도 한 마디도 할 수가 없었다. 설사 내가 그것을 원했다고 할지라도 말이다.

하지만 어떻게 그런 것을 원할 수 있단 말인가?

5장

새는 알에서 나오려고 애쓴다

내가 그린 꿈의 새는 길을 떠나 내 친구를 찾아다녔다. 나는 아주 놀라운 방법으로 답장을 받았다.

수업 중간의 휴식 시간이 끝났을 때 교실 책상 위 내 책 속에 종이쪽지 하나가 꽂혀 있는 것을 발견했다. 그 종이는 우리가 수업 중에 몰래 서로 쪽지를 보낼 때 접는 식 그대로 접혀 있었다. 나는 어떤 동급생과도 그렇게 쪽지를 주고받은 적이 없어 누가 그 쪽지를 내게 보냈는지 그저 의아할 뿐이었다. 나는 그것이 무슨 장난을 치자는 것이라고 생각했다. 그리고 그런 짓에 낄 생각이 없었기에 그 쪽지를 읽지도 않고 책 앞쪽에다 꽂아두었다. 그러다 수업 시간에 비로소 그것을 우연히 다시 손에 잡게 되었다.

그 종이를 만지작거리다가 무심코 펼쳐보니 그 속에 몇 마디 말이 적혀 있었다. 나는 거기에 눈길을 주었고, 어떤 말에 사로잡히게 되었다. 깜짝 놀라 그것을 읽는 동안 내 심장은 추위에 떨 때처럼 바르르 떨리더니 운명 앞에서 움츠러들었다.

"새는 알에서 나오려고 애쓴다. 알은 곧 세계다. 태어나려고 하는 자는 하나의 세계를 파괴하지 않으면 안 된다. 그 새는 신을 향해 날아간다. 그 신의 이름은 아브락사스다."

나는 이 글을 여러 번 읽은 다음 깊은 생각에 잠겼다. 의심할 여지없이 그것은 데미안의 회답이었다. 나와 그 말고는 누구도 그 새를 알지 못했다. 그는 내 그림을 받았던 것이다. 그는 그 그림을 이해했고 내가 해석하는 것을 도와주었다. 그러나 이 모든 것은 어떻게 연관된 것일까? 무엇보다도 나를 괴롭혔던 의문은 아브락사스가 도대체 무엇일까 하는 것이었다. 나는 그런 말을 단 한 번도 들어보거나 읽어본 적이 없었다. '그 신의 이름은 아브락사스다!'

수업에 조금도 귀를 기울이지 않은 채 그 시간이 끝났다. 그리고 다음 시간이 시작됐다. 그날 오전의 마지막 시간이었다. 그 시간은 한 젊은 보조 교사가 담당했는데, 그는 대학을 갓 나온 사람으로 젊은 데다가 학생들에게 잘난 체하지 않아서 인기가 높았다.

그 폴렌 선생님의 지도로 우리는 헤로도토스를 읽었다. 이 강독은 내가 평소 흥미를 느끼던 몇 안 되는 과목 중 하나였다. 그러나 이번에는 내 마음이 그곳에 있질 않았다. 기계적으로 책을 펼쳐놓긴 했지만 해석하는 것을 따라가지 않고 나만의 생각에 잠겨 있었다. 참고로 나는 데미안이 그때 종교 수업 시간에 내게 해주었던 이야기가 얼마나 옳았는지를 벌써 여러 번 경험한 터였다. 우리가 아주 강하게 원하는 것은 이루어진다는 그 이야기 말이다. 수업 중에 내가 강렬하게 나 자신의 생각에 몰두해 있으면 선생님은 나를 그냥 내버려두었다. 그런데 방심하거나 졸려 할 때면 갑자기 선생님이 옆에 와 있는 것이었다. 그런 일을 벌써 여러 번 경험했다. 내가 정말로 생각하고 몰두해 있으면 안전했다. 나는 고정된 시선으로 상대를 노려보는 실험도 해보았고, 그것이 효과가 있다는 사실도 발견했다. 예전에 데미안과 함께하던 시절에는 성공하지 못했던 일이다. 하지만 지금은 시선과 생각만으로도 아주 많은 일을 해낼 수 있다는 것을 종종 느끼곤 했다.

지금도 나는 그렇게 앉아서 헤로도토스 수업과 동떨어져 있었다. 그런데 그 순간 뜻밖에도 선생님의 목소리가 내 의식을 번갯불처럼 내리치는 바람에 깜짝 놀라 정신을 차렸다. 나는 선생님 목소리를 들었고, 그는 내 곁에 바짝 붙어 서 있었다. 나는 선생님이 내 이름을 불렀다고 생각했지만, 그는 나를 쳐다보고 있지 않았다. 나는 안도의 숨을 내쉬었다.

그때 선생님의 목소리가 다시 들렸다. 그는 커다랗게 그 단어를 말했다. "아브락사스"라고.

설명의 첫 부분은 놓쳐버렸지만, 폴렌 선생님은 이야기

를 이어나갔다.

"우리는 고대의 그 교파와 신비적인 단체들의 견해를 합리주의적 관점에서 생각하듯 그렇게 단순하게 생각해서는 안 됩니다. 우리의 학문적인 기준으로는 고대를 전혀 파악할 수 없습니다. 그 시대에는 고도로 발달된 철학적이고 신비적인 진리 활동이 행해졌습니다. 그로부터 때로 사기나 범죄 행위로까지 이어진 주술과 유희가 발생하기도 했습니다. 하지만 그 주술도 고귀한 유래와 깊은 사상을 가졌던 것입니다. 내가 앞에서 예로 든 아브락사스의 교의가 바로 그렇습니다. 사람들은 이 단어를 그리스의 주문과 관계가 있다고 말하면서, 아마도 어떤 악마의 이름일 거라고 생각합니다. 가령 야만 민족들은 오늘날에도 이 단어를 그렇게 사용하지요. 하지만 아브락사스는 훨씬 더 많은 의미를 담고 있는 것처럼 보입니다. 우리는 이 단어를 신적인 것과 악마적인 것을 결합시키는 상징적인 의미를 가진, 일종의 신의 이름으로 생각할 수 있을 것입니다."

키가 작은 그 선생님은 섬세하면서도 열성적으로 말을 계속했다. 거기에 크게 주의를 기울이는 사람은 아무도 없었다. 그리고 나도 그 이름이 더는 나오지 않자 관심을 잃고 다시 나 자신의 내면으로 돌아가버렸다.

"신적인 것과 악마적인 것을 결합시킨다"라는 말의 여운이 계속됐다. 나는 이것을 다른 무언가와 연관 지을 수 있었다. 그것은 우리가 우정을 나누던 시절에 데미안과의 대화로 내게 친숙한 것이었다. 그 당시 데미안은 우리는 틀림없이 자신이 존경하는 신을 가지고 있지만 그것은 자의로 갈라놓은 세계의 절반만을 나타낼 뿐이라고 말했다(그것은 공식적으로 허락된 '밝은 세계'였다). 우리는 전체 세계를 존경해야만 하고, 따라서 악마이기도 한 신을 갖거나 아니면 신에게 봉사하는 동시에 악마에게도 봉사해야 한다는 것이었다. 그렇다면 지금 이 아브락사스는 바로 그 신, 즉 신이자 동시에 악마였다.

한동안 나는 열성적으로 그 신을 계속 추적해봤지만 아무런 소득도 없었다. 아브락사스에 대한 것을 찾으려고 온 도서관을 뒤졌지만 찾지 못했다. 나란 존재는 손에 쥐고 보면 돌멩이에 불과한 그런 진리를 발견하고자 하는, 직접적이고도 의식적인 탐구 방식과는 어울리지 않는 사람이었다.

얼마 동안 그렇게 열성적으로 몰두했던 베아트리체의 모습은 이제 점차 사그라졌다. 아니, 서서히 내게서 떠나가 지평선 쪽으로 가더니 그림자처럼 멀어지고 희미해졌다. 그것은 이미 내 영혼을 더는 만족시켜주지 못했다.

나의 내부에 이상하게 틀어박혀 몽유병자처럼 살아온 내 생활에도 이제 새로운 무언가가 생겨나기 시작했다. 삶에 대한 동경이 내 마음속에서 꽃을 피웠다. 아니, 사람에 대한 동경 그리고 내가 한동안 베아트리체를 사모함으로써 해소할 수 있었던 성적 충동이 새로운 대상과 목표를 갈구하고 있었다고 해야 할 것이다. 여전히 내겐 어떤 충족도 이루어지지 않았다. 그렇다고 그런 동경을 부인하면서 내 친구들처럼 각자의 행복을 구하는 소녀들한테서 무언가를 기대한다는 것은 예전보다 더욱 불가능한 일이었다. 나는 다시 심하게 꿈을 꾸었는데, 그것도 밤보다 낮에 더 많이 꾸었다. 온갖 영상과 욕망이 내 마음속에서 솟아올라 나를 외부 세계와 갈라놓았다. 그럼으로써 나는 내 주변에서 일어나는 현실적인 일보다도 내 마음속의 그런 영상과 꿈 그리고 그림자와 더 실제적이고 활발한 교류를 이어갔다.

어떤 특정한 꿈 또는 늘 되풀이해 떠오르는 어떤 환상 하나가 내게는 중요한 의미를 갖게 되었다. 내 인생에서 가장 중요하고도 영향이 컸던 그 꿈은 대략 이랬다. 나는 내 고향집으로 돌아갔고 대문 위에는 푸른 배경 속에서 문장의 새가 노란색으로 빛나고 있었다. 집에서는 어머니가 나를 맞아주었다. 그런데 내가 들어서서 어머니를 안으려고 하자 그건 어머니가 아니라 그때까지 한 번도 본 적이 없는 모습이 되었다. 그 사람은 키가 크고 힘이 세며 막스 데미안이나 내가 그린 그림과 많이 닮았다. 그런데 막상 그것과는 또 달랐으며, 억세 보이면서도 매우 여성적이었다. 그 여인은 나를 끌어당겨 몸이 떨릴 정도로 깊은 사랑의 포옹을 해주었다. 환희와 공포가 번갈아 몰려왔다. 그 포옹은 신에 대한 예배인 동시에 범죄였다. 나를 끌어안은 그 여인의 모습 속에서 어머니와 내 친구 데미안과 관련된 너무나도 많은 추억이 홀연히 나타났다가 사라져갔다. 그녀의 포옹은 모든 경외심에는 위배되는 것이었지만 몹시 즐거운 것이었다. 때로 나는 깊은 행복감을 느끼면서 이런 꿈에서 깨어나기도 했고, 때로는 무서운 죄를 범한 것처럼 죽음의 공포와 양심의 가책을 느끼며 깨어나기도 했다.

내적인 이 환상과 외부에서 찾아든, 내가 찾고자 하는 신에 대한 암시 사이에는 차츰 무의식적으로 어떤 관련성이 생겨났다. 그것은 점점 더 밀접하고 친밀해졌으며, 바로 나 자신이 이런 예감을 선사한 꿈속에서 아브락사스를 부르고 있음을 느끼기 시작했다.

희열과 공포, 남성인 동시에 여성인 것의 뒤섞임, 성스러운 것과 추악한 것의 뒤엉킴, 다감한 천진난만함을 뚫고 지나가는 깊은 죄악, 이것이 바로 내 사랑의 꿈속 영상이자 아브락사스의 영상이었다. 사랑은 더 이상 내가 처음 마음을 졸이며 느꼈던 것처럼 그렇게 동물적인 어두운 충동이 아니었다. 또한 내가 베아트리체의 형상에 바쳤던 것처럼 경건하게 정신화된 숭배도 아니었다. 사랑은 그 양쪽 다였다. 양쪽 다였을 뿐 아니라 그 이상의 것이었다. 사랑은 천사면서 악마였고, 남성과 여성이 합쳐진 것이었으며, 인간과 동물, 지고의 선과 극도의 악이었다. 이런 길을 살아보는 것이 내게 정해진 일로 생각됐고, 그것을 맛보는 것이 내 운명처럼 여겨졌다. 나는 그런 것에 동경심을 가진 동시에 두려움도 품고 있었다. 그런데 그것은 언제나 거기 존재했고 수시로 나를 덮쳐왔다.

다음 해 봄 나는 김나지움을 졸업하고 대학에 진학하도록 되어 있었다. 어디서 무엇을 공부할 것일지는 아직 정하지 않았다. 내 입술 위에는 조금씩 콧수염이 자라났다. 나는 이제 어른이 되었지만 아직도 어찌할 바를 모르고 있었으며, 어떤 목표도 갖지 못했다. 확실한 것은 오직 한 가지로 나의 내면에 들려오는 소리, 즉 꿈의 영상뿐이었다. 나는 그것이 인도하는 대로 맹목적으로 따라가야 한다는 사명감을 느꼈다. 그러나 그것은 어려운 일이었으며, 나는 때때로 그것에 반항했다. 어쩌면 내가 미친 게 아닐까 하는 생각이 든 적이 한두 번이 아니었다. 나는 다른 사람들과 같지 않은 걸까? 다른 학생들이 하는 것은 나도 할 수 있었다. 조금만 땀 흘리며 노력하면 플라톤을 읽을 수 있었고, 삼각법 문제도 풀 수 있었으며, 화학 분석도 따라갈 수 있었다. 그런데 단 한 가지만은 할 수가 없었다. 바로 다른 사람들이 하는 것처럼 나의 내면에 깊이 숨겨진 목표를 끄집어내어 내 앞에다 확실하게 그려보는 일이었다. 다른 사람들은 자신들이 교수나 판사, 의사, 예술가가 되려 한다는 것과 그렇게 되려면 시간이 얼마나 필요하고 거기에는 무슨 이점이 있다는 것까지도 자세히 알고 있었다. 하지만 나는 그렇게 하지 못했다. 나 또한 언젠가는 그런 직업을 갖게 될 테지만, 그게 뭔지 어찌 알 수 있단 말인가? 아마 나도 몇 년을 두고 찾고 또 찾아왔을 수 있다. 그러나 지금 아무것도 되어 있지 않았고, 어떤 목표에도 도달하지 못했다. 어쩌면 이미 어떤 목표에 도달했는지도 모르겠지만, 그것은 악하고 위험하고 무서운 것일 거다.

나는 정말 나 자신한테서 저절로 우러나온 인생을 살려는 것 말고는 아무것도 원하지 않았다. 그런데 그것이 왜 그리 어려웠을까?

때로는 내 꿈속의 강인한 사랑의 대상을 그려보려고 애썼다. 그러나 단 한 번도 성공하지 못했다. 만약 성공했다면 나는 그 그림을 데미안에게 보냈을 것이다. 그는 어디에 있는 걸까? 나는 그곳을 알지 못했다. 내가 아는 것이라고는 그가 나와 연결되어 있다는 것뿐이었다. 언제 그를 다시 만나게 될까?

베아트리체에 열중하던 때 그 몇 주, 몇 개월간의 안정된 상태는 사라진 지 이미 오래였다. 그 당시만 해도 나는 어느 섬에 도착해 평화를 얻었다고 생각했다. 그러나 언제나 똑같았다. 즉 어떤 상태가 내 마음에 들자마자, 어떤 꿈이 나를 즐겁게 해주자마자 그것은 곧바로 시들해지면서 희미해지는 것이었다. 그것을 탄식한들 무슨 소용이 있겠는가! 나는 이제 자신을 완전히 거칠고 미치광이처럼 만든 채워지지 않는 갈망과 불꽃 같은 긴장된 기대 속에서 살고 있었다. 꿈속 그 여인의 모습을 나는 때때로 너무나 생생하고 분명하게, 나 자신의 손보다도 훨씬 선명하게 바라보며 이야기를 나눴고 그 앞에서 울기도 했으며 그를 저주하기도 했다. 그를 어머니라 부르며 그 앞에 눈물을 흘리며 무릎을 꿇었다. 또한 그를 연인이라 부르며 모든 것을 충족시켜주는 그의 성숙한 입맞춤을 느꼈다. 나는 그를 악마와 창녀, 흡혈귀, 살인마라고도 불렀다. 그는 나를 다정하기 그지없는 사랑의 꿈으로, 거칠고 음탕한 행위로 유혹하기도 했다. 그에게는 아주 선하고 귀중한 것도 없었고, 너무 나쁘고 비천한 것도 없었다.

그해 겨울 내내 나는 말로 표현하기 어려운 내면적 폭풍 속에서 지냈다. 고독한 것에 익숙해진 지 오래여서 그것이 나를 압박하지는 않았다. 나는 데미안과 새매, 나의 운명이자 연인인 커다란 꿈속의 대상과 함께 살았다. 그 속에서 사는 것으로 충분했다. 모든 것이 위대하고 드넓은 쪽을 바라보았고, 모든 것이 아브락사스를 가리켰기 때문이다. 그러나 이런 꿈들 가운데 그 어떤 것도, 그 어떤 생각도 내 뜻대로 움직이지 않았다. 나는 단 하나도 불러낼 수 없었고, 단 하나도 내 마음대로 색을 입힐 수 없었다. 그것들이 다가와서 나를 사로잡았고, 나는 그것들의 지배를 받은 채 그것들에 의지해 살았을 뿐이다.

나는 외부에 대해서는 안전했던 것 같다. 나는 사람들을 두려워하지 않았는데, 동급생들도 그 사실을 알게 되면서 은근히 경외감을 내비쳤다. 가끔 나는 그런 모습에 웃음이 나오기도 했다. 원하기만 하면 나는 그들 대부분을 꿰뚫어 볼 수 있었고, 그렇게 해서 가끔 그들을 깜짝 놀라게 할 수도 있었다. 다만 나는 그것을 거의, 아니 전혀 원하지 않았다. 나는 언제나 내 일에, 나 자신의 일에만 몰두했다. 그리고 이젠 마침내 짧더라도 인생을 제대로 한번 살아보고, 나 자신 속에서 나온 무엇인가를 세상에 내어주며, 세상과 관계를 맺으면서 싸워보게 되기를 갈망했다. 가끔 저녁에 거리를 서성거리면서 마음을 진정시키지 못해 깊은 밤까지 숙소로 돌아가지 못할 때가 있었다. 그럴 때면 나는 이제야말로 틀림없이 내 연인과 마주치게 될 거라고, 다음 골목의 모퉁이를 지나갈 때 그다음 창문에서 나를 부를 거라고 생각했다. 때로는 이 모든 것이 견딜 수 없을 정도로 고통스러웠고, 언젠가는 스스로 목숨을 끊으려고 결심한 적도 있었다.

그 무렵 나는 예상치 않은 피난처를 발견했다. 사람들이 흔히 말하는 '우연'을 통해 말이다. 그러나 그런 우연은 존재하지 않는다. 만약 무언가를 절실히 필요로 하는 사람이 자신에게 필요한 것을 발견한다면 그건 우연이 그 사람에게 내어준 것이 아니다. 그 자신이, 즉 그 자신의 욕구와 필요가 그 사람을 그것으로 안내한 것이다.

나는 시내를 산책하다가 교외에 위치한 조그만 교회에서 흘러나오는 오르간 연주 소리를 두세 번 들은 적이 있는데, 그때는 걸음을 멈추지 않았다. 그러던 어느 날 그곳을 지나가다가 다시 그 소리를 들었고, 바흐의 곡이 연주되고 있다는 것을 깨달았다. 나는 교회 쪽으로 가보았지만 문이 잠겨 있었다. 골목에 사람이 거의 없었기 때문에 나는 교회 옆에 있는 길가의 돌 위에 앉아 외투 깃을 세우고 귀를 기울였다. 오르간은 크지는 않지만 소리가 좋았다. 그리고 의지와 끈기가 깃든 개성 있는 독특한 표현법으로 훌륭하게 연주되었다. 그것은 마치 기도 소리처럼 울렸다. 나는 연주하는 사람이 그 음악 속에 보물이 숨겨진 것을 알고 있으며, 자신의 생명을 구하듯 그 보물을 얻으려고 노력하면서 건반을 두드리며 애쓰고 있다는 느낌을 받았다. 나는 음악의 기교와 관련해 별로 아는 것이 없었다. 하지만 영혼을 음악으로 표현하는 이런 방식을 어린 시절부터 본능적으로 이해했고, 음악적인 것을 내 마음속에서 아주 자연스러운 것으로 받아들였다.

그 음악가는 그다음에 또 뭔가 현대적인 곡을 연주했는데, 레거의 작품인 듯했다. 교회는 이제 완전히 어두워졌으며 아주 희미한 불빛만이 옆쪽 창문에서 흘러나올 뿐이었다. 나는 연주가 끝날 때까지 기다렸다. 그리고 오르간 연주자가 밖으로 나오는 모습이 보일 때까지 이리저리 서성댔다. 그는 아직 젊지만 나보다는 나이가 많은 것 같았고 선이 굵은 다부진 모습이었다. 그는 힘차면서도 무언가 불쾌한 듯한 걸음걸이로 빠르게 걸어갔다.

그때부터 가끔씩 저녁 시간에 그 교회 앞에 앉아 있거나 주위를 왔다 갔다 하곤 했다. 한번은 문이 열린 것을 발견하고는 오르간 연주자가 위층의 희미한 가스 등불 옆에서 연주하는 동안 추위에 떨면서도 행복한 마음으로 반 시간 동안 의자에 앉아 있기도 했다. 그가 연주하는 음악에서 나는 그 사람 자체만 들은 것은 아니었다. 그가 연주하는 모든 것이 서로 연관이 있으며, 은밀한 관계를 맺고 있는 것처럼 느껴졌다. 그가 연주하는 모든 것이 신앙적이고 헌신적이며 경건했지만, 교회의 신자나 목사가 아니라 중세의 순례자들처럼 경건했다. 그것은 모든 종파를 초월한 보편적 감정에 무조건적인 헌신이 곁들여진 그런 경건함이었다. 바흐 이전의 거장들과 옛 이탈리아인들의 곡도 정성을 다해 연주했다. 그리고 그 모든 것은 동일한 것을 이야기했는데, 그것은 그 연주자 자신의 영혼 속에도 존재하고 있는 것이었다. 동경, 세계에 대한 가장 내면적인 파악, 세계로부터의 가장 거친 자기분리, 어두운 자기 영혼에 대한 간절한 귀 기울임, 헌신에 대한 도취, 경이로움에 보이는 깊은 호기심 같은 것들 말이다.

언젠가 그 오르간 연주자가 교회에서 나와 집으로 가는 것을 몰래 따라간 적이 있다. 그때 그가 멀리 떨어진 시외 변두리에 있는 조그만 주점으로 들어가는 것을 보았다. 나는 스스로를 억제하지 못하고 그를 따라 들어갔다. 그곳에서 처음으로 그를 똑똑히 볼 수 있었다. 그는 검은 펠트 모자를 머리에 쓴 채 포도주 한 잔을 앞에 놓고 그 작은 술집 한구석에 놓인 테이블에 앉아 있었다. 그의 얼굴은 내가 예상했던 그대로였다. 못생겼고 약간 야성적이며 탐구적이면서도 완고한 표정에 집요하고 의지가 강해 보였다. 동시에 입 언저리는 부드러운 어린아이와 같은 느낌이 났다. 남성적이고 강한 요소는 모두 눈과 이마에 모여 있었고, 얼굴 아래쪽은 섬세하고 미숙하며 불안정하고 어찌 보면 연약해 보이기도 했다. 우유부단해 보이는 턱은 이마나 눈초리와 정반대로 마치 아이 같았다. 특히 내 마음에 든 것은 긍지와 적의로 가득 찬 암갈색 눈이었다.

아무 말 없이 나는 그의 맞은편에 앉았다. 우리 말고는 술집에 아무도 없었다. 그는 나를 쫓아버리려는 듯이 쏘아봤다. 그래도 나는 버티고 앉아서 그가 무뚝뚝하게 투덜거릴 때까지 계속 바라보았다.

"도대체 왜 기분 나쁘게 사람을 노려보는 겁니까? 내게 무슨 볼일이라도 있습니까?"

"당신에게 무슨 볼일이 있는 건 아닙니다. 저는 당신을 벌써 많이 알고 있죠."

내 대답에 그는 이맛살을 찌푸렸다.

"그럼 당신은 음악광인가요? 음악에 열광한다는 건 내겐 구역질나는 일입니다."

나는 전혀 놀라지 않았다.

"저는 저쪽 교회 밖에서 당신 연주를 벌써 여러 번 들었습니다. 참고로 당신을 귀찮게 하려는 건 아닙니다. 당신한테서 혹시 뭔가를, 좀 특별한 뭔가를 발견하게 될지도 모른다고 생각했습니다. 하지만 그게 뭔지는 저도 잘 모릅니다. 제가 하는 말을 귀담아듣지는 마십시오! 교회에서 당신의 연주를 듣는 걸로도 충분하니까요."

"문이 항상 잠겨 있을 텐데요."

"얼마 전에 문 잠그는 걸 잊으셨더군요. 그래서 안에 들어가 앉았지요. 다른 때는 밖에 서 있거나 길가의 돌 위에 앉아 있습니다."

"그래요? 다음에는 안으로 들어와요. 그게 더 따뜻합니다. 그냥 문만 두드리면 돼요. 그 대신 세게 두드려야 해요. 물론 내가 연주하지 않을 때는 그러지 않아도 되고요. 자, 시작해보죠. 무슨 말을 하려고 했습니까? 당신, 아주 젊은 분이군요. 고등학생이나 대학생인 것 같은데 음악을 합니까?"

"아뇨. 음악을 즐겨 들을 뿐입니다. 하지만 당신이 연주하는 것처럼 그렇게 절대적인 음악, 들으면 천국과 지옥을 잡아 흔드는 것을 느끼게 해주는 그런 음악만 즐겨 듣죠. 저는 음악을 아주 좋아하는데, 아마 그건 음악이 별로 도덕적인 것이 아니라고 생각하기 때문일 겁니다. 다른 것들은 모두 도덕적이죠. 저는 도덕적이지 않은 것을 찾는 중이고요. 저는 늘 도덕적인 것에 억눌려 괴로움을 받아왔습니다. 잘 표현할 순 없지만 신이면서 동시에 악마인 그런 신이 있어야만 한다는 것을 당신은 이해하시겠습니까? 제가 듣기로는 그런 신이 있다고 하던데요."

그 연주자는 챙이 넓은 모자를 뒤로 조금 젖히고 널찍한 이마로 내려온 어두운 머리카락을 쓸어 올렸다. 그러면서 그는 나를 뚫어지게 쳐다보더니 테이블 너머로 자신의 얼굴을 내게 기울였다.

그는 나직하고 긴장된 목소리로 물었다.

"지금 말한 그 신의 이름이 무엇인지 압니까?"

"유감이지만 그 신에 대해선 아는 게 거의 없고, 이름만 알고 있습니다. 아브락사스라고 하지요."

그 연주자는 누가 우리 말을 엿듣기라도 하는 듯 의심스러운 눈길로 주위를 둘러보았다. 그런 다음 내게 바싹 다가앉더니 속삭이듯 말했다.

"그럴 줄 알았습니다. 당신은 누굽니까?"

"김나지움의 학생입니다."

"아브락사스는 어디서 알게 됐죠?"

"우연히요."

그는 테이블을 쿵 하고 쳤다. 포도주가 엎질러졌다.

"우연이라니! 젊은 양반, 쓸데없는 소리 작작해요! 아브락사스를 우연히 알 수 있는 법은 없습니다. 그건 당신도 알 겁니다. 다음에 그와 관련된 것을 좀 더 얘기해줄게요. 그에 대해 알고 있는 게 좀 있습니다."

그는 입을 다물더니 자기 의자를 뒤로 밀었다. 내가 기대에 가득 찬 눈빛으로 바라보자 그는 얼굴을 찌푸렸다.

"여기서는 안 됩니다! 다음에요! 자, 이거 받아요!"

그러면서 그는 입고 있던 외투 주머니를 뒤져 군밤 몇 개를 꺼내더니 내게 던져주었다.

나는 아무 말도 하지 않고 그것을 그냥 받아먹었다. 꽤 맛이 좋았다.

잠시 후 그는 내게 소곤거렸다.

"자! 그러니까 당신은 어디서 그것을 알았습니까?"

나는 그 얘기를 하는 데 주저할 이유가 없었다.

"저는 고독했고 어쩔 줄 몰라 하던 때가 있었습니다. 그때 어린 시절의 친구 한 명이 머리에 떠올랐고, 그 친구가 아주 많은 것을 알고 있다고 믿었죠. 예전에 뭔가를 그린 적이 있는데, 새가 지구에서 빠져나오려 하는 그림이었습니다. 저는 그걸 그 친구에게 보냈습니다. 얼마 지나고 제가 더는 그것을 생각하지 않게 됐을 때 종이쪽지 하나가 제 손에 들어왔고 거기에 '새는 알에서 나오려고 애쓴다. 알은 곧 세계다. 태어나고자 하는 자는 하나의 세계를 파괴하지 않으면 안 된다. 그 새는 신을 향해 날아간다. 그 신의 이름은 아브락사스라고 한다'라고 적혀 있었습니다."

그는 아무런 대꾸도 하지 않았다. 우리는 군밤을 까서 포도주 안주로 삼았다.

"한 잔 더 하렵니까?"

그가 물었다.

"감사합니다만 그만하겠습니다. 술을 좋아하지 않아서요."

그는 약간 실망한 듯 웃었다.

"좋을 대로 해요! 난 안 그렇거든요. 나는 여기 좀 더 있을게요. 이제 그만 가봐요!"

다음번에 오르간 연주가 끝나고 함께 거닐 때 그는 그다지 말이 없었다. 그는 나를 오래된 골목에 있는 낡고 큰 집으로 데려갔다. 그리고 뭔가 음산하고 손길이 많이 닿지 않은 방으로 안내했다. 거기엔 피아노를 빼고는 음악과 관련된 것이 아무것도 없었고, 커다란 책장과 책상은 어딘지 학구적인 분위기를 자아냈다.

"책이 참 많군요!"

나는 감탄하며 말했다.

"일부는 아버지 서재에서 가져왔어요. 난 아버지 집에서 살고 있죠. 그래요, 젊은이. 난 부모님과 같이 사는데 당신을 그분들에게 소개할 수가 없습니다. 이 집에서는 나와 교제하는 사람을 별로 좋아하지 않거든요. 나는 타락한 아들인 겁니다. 알겠죠. 내 아버지는 이 도시에서 믿을 수 없을 정도로 존경받는 분이고, 저명한 목사이자 설교자입니다. 그리고 난 이걸로도 곧바로 알 테지만, 재능 있고 앞날이 유망한 아들이었다가 결국 탈선한 채 정신에 약간 문제를 가진 사람이 되어버렸죠. 신학생이었는데 국가시험 직전에 그 고루한 학과를 포기해버렸습니다. 하지만 내 개인적인 연구 측면에서 본다면 사실 아직도 그 학과를 전공한다고 말할 수 있죠. 사람들이 그때그때 어떤 신들을 만들어냈는가 하는 것이 내게는 여전히 중요하고 흥미로운 문제입니다. 그건 그렇고, 지금은 음악가인데 머지않아 하찮은 오르간 연주자 자리를 얻을 것 같습니다. 그렇게 되면 다시 교회로 돌아가게 되는 거지요."

나는 서가에 꽂힌 책을 쭉 훑어보았다. 조그마한 탁상 램프의 희미한 불빛으로 보이는 그 책들은 그리스어, 라틴어, 히브리어로 된 표제를 달고 있었다. 그동안 그는 어둠 속에서 방바닥에 엎드려 무언가를 하고 있었다.

얼마 후 그가 나를 불렀다.

"이리 와요. 이제 철학이나 같이해보죠. 그러니까 입을 다물고 엎드려 생각해보는 겁니다."

그는 성냥불을 켜서 자기 앞에 있는 벽난로 안의 종이와 장작에다 불을 붙였다. 곧 불꽃이 타올랐다. 그는 신중하게 불을 살리면서 장작불을 지폈다. 나는 그쪽으로 가서 너덜너덜한 카펫 위에 엎드렸다. 그는 불을 바라보고 있었는데, 그 불은 내 마음도 끌어당겼다. 우리는 널름대는 장작불 앞에 아무 말도 없이 한 시간쯤 엎드려 있었다. 그러고는 불꽃이 훨훨 타오르다 바지직거리고 꺾이며 휘어지고 사그라지다가 다시 경련하듯 파닥거리고, 마침내는 조용하게 가라앉아 불이 바닥에 쌓이는 것을 바라보았다.

"불을 숭배하는 것은 인간이 발명한 것들 가운데 가장 바보스러운 짓만은 아니지."

그는 혼잣말로 중얼거렸다.

그 말 외에 우리 두 사람은 한 마디도 하지 않았다. 나는 멍한 눈길로 불을 응시하면서 꿈과 고요에 잠긴 채 연기 속에 떠도는 자태와 재 속의 형상을 보고 있었다. 그러다가 깜짝 놀라고 말았다. 그가 송진 한 조각을 불 속에 던지자 작고 가느다란 불꽃이 솟아올랐는데, 그 속에서 노란 새매의 머리를 가진 새를 보았던 것이다. 꺼져가는 벽난로의 불 속에서 황금빛으로 작열하는 불꽃 실이 그물처럼 모이고 문자와 형상, 얼굴, 동물, 식물, 곤충, 뱀 등에 대한 추억이 눈앞에 나타났다. 정신을 차리고 옆에 있는 그를 바라보니 그는 주먹으로 턱을 괴고서는 완전히 몰두한 채 재를 뚫어져라 바라보고 있었다.

"이제 그만 가봐야겠습니다."

나는 나지막하게 말했다.

"그럼, 가요. 또 만납시다!"

그는 일어나지도 않았다. 램프가 꺼져 있어 나는 어두운 방과 캄캄한 복도와 계단을 더듬거리며 을씨년스러운 낡은 집에서 간신히 빠져나왔다. 거리로 나온 나는 걸음을 멈추고 그 낡은 집을 올려다보았다. 어떤 창문에도 불이 켜져 있지 않았다. 놋쇠로 된 조그마한 문패가 문 앞의 가스등 불빛을 받아 반짝거렸다.

문패에는 '피스토리우스 주임 목사'라고 적혀 있었다.

집에 돌아와 저녁을 먹고 내 작은 방에 혼자 앉게 되었을 때 비로소 나는 아브락사스는 물론이고 그 밖의 다른 것에 대해서도 피스토리우스한테서 전혀 듣지 못했으며, 기껏해야 서로 열 마디도 주고받지 않았음을 깨달았다. 그래도 난 그의 집을 방문한 것이 매우 만족스러웠다. 그리고 그는 다음번에 옛날 오르간 음악 중에서도 가장 뛰어난 북스테후데의 〈파사칼리아〉를 들려주기로 약속했다.

미처 알아차리지 못했지만, 오르간 연주자 피스토리우스는 그와 함께 그 음산한 은둔자의 방에서 난로 앞 바닥에 엎드려 있었을 때 이미 내게 최초의 교훈을 주었다. 불을 들여다본 것은 내게 유익한 일이었다. 늘 가지고 있으면서도 한 번도 제대로 돌본 적이 없던 내 내면의 욕구를 강하게 만들어주고 확인시켜주었던 것이다. 점차 나는 그것을 부분적으로나마 분명히 깨닫게 되었다.

아이였을 때부터 나는 늘 자연의 기이한 형상을 바라보는 걸 즐겨했다. 그것은 단순한 관찰이 아니라 그것들이 지닌 특별한 매력과 얽히고설킨 깊이 있는 언어에 몰두하는 것이었다. 목질처럼 되어버린 긴 나무뿌리, 층이 진 암맥, 물 위에 뜬 기름의 얼룩, 유리의 균열 등 이와 비슷한 온갖 것이 내게는 커다란 매력으로 다가왔다. 그리고 무엇보다 물과 불, 연기, 구름, 먼지, 특히 내가 눈을 감았을 때 보이는 빙빙 돌아가는 갖가지 빛깔의 무늬는 더욱 그랬다. 피스토리우스를 처음 방문하고 나서 며칠 동안 이것들이 다시 내 마음속에 떠오르기 시작했다. 왜냐하면 어느 정도의 흥분과 기쁨 그리고 그 이후로 느끼게 된 감정의 고조 상태는 오로지 그 훨훨 타오르던 불을 오랫동안 바라본 데서 비롯되었음을 깨달았기 때문이다. 불을 들여다보는 것이 이상하게도 마음을 유쾌하고 풍족하게 해주었던 것이다!

그때까지 내가 내 본래의 인생 목표를 향해 가는 도중 발견했던 몇 안 되는 경험에 이 새로운 일이 더해졌다. 즉 그런 형상을 관찰하고, 비합리적이며 복잡하고 기이한 자연의 형상에 몰두한다는 것은 우리 내면이 그런 형상을 만들어낸 의지와 일치하고 있다는 감정을 우리 내면에서 일으킨다는 것이다. 우리는 곧 그것이 우리 자신의 기분이고, 우리 자신의 창조물이라고 여기려는 유혹을 느낀다. 그리고 우리와 자연 사이의 경계가 흔들리고 무너지는 것을 느낀다. 또한 우리 망막에 맺히는 형상이 외부적 인상의 영향에서 비롯된 것인지, 아니면 내부적인 데서 비롯된 것인지 알 수 없는 기분을 경험한다. 이런 연습에서처럼 그토록 간단하고 쉽게 우리가 얼마나 대단한 창조자이며, 우리 영혼이 얼마나 끊임없이 세상의 창조에 관여하는지 발견할 수는 없다. 그보다도 우리 내면에서, 자연의 내부에서 활동하는 신은 분리할 수 없는 동일한 존재다. 만약 외부 세계가 몰락한다면 우리 가운데 누군가가 그것을 재건할 수 있을 것이다. 왜냐하면 산과 강, 나무와 잎, 뿌리, 꽃 등 자연의 모든 형상은 우리 내면에 미리 만들어져 있고, 우리가 알지 못하는 영원함을 본질로 하는 영혼에서 유래하기 때문이다. 그 본질은 우리에게 대개는 사랑의 힘과 창조의 힘으로 느껴진다.

몇 년 후에야 비로소 나는 이 관찰이 어떤 책에 증명되어 있다는 것을 알게 되었다. 많은 사람이 침을 뱉어놓은 담벼락을 바라보는 것이 얼마나 재미있고 깊은 흥미를 끄는 일인지 레오나르도 다빈치가 일찍이 이야기한 적이 있다는 것이다. 축축한 벽의 그 얼룩을 보고 그는 피스토리우스와 내가 불을 보고 느낀 것과 똑같은 걸 느꼈던 것이다.

다음번에 만났을 때 그 오르간 연주자는 내게 이렇게 설명했다.

"우리는 자기 개성의 한계를 언제나 너무 좁게 그립니다! 우리가 개인적이라고 구분하는 것, 다른 것과 차이가 있다고 인식하는 것만을 개성이라고 취급하죠. 하지만 우리는 누구나 이 세계의 모든 구성요소로 이루어져 있습니다. 또 우리의 육체가 어류까지, 아니 그보다 더욱 아득한 이전으로까지 거슬러 올라가는 발달의 계보를 지닌 것처럼 우리 영혼 속에도 이제까지 인간의 영혼 속에 살아왔던 모든 것이 깃들어 있지요. 이제까지 존재해왔던 모든 신과 악마는 그것들이 그리스인에게 있었건 중국인에게 있었건 아니면 줄루 카피르족(줄루카퍼Zulukaffer, 아프리카 줄루족—옮긴이)에게 있었건 간에 모두 어떤 가능성으로서, 소망으로서, 탈출구로서 우리 내면에 함께 존재하며, 또 다른 곳에도 현존하고 있죠. 만약 아무런 교육도 받지 못했고 단 한 가지의 재능도 없는 아이만을 남기고 인류가 멸망해버린다 해도 그 아이는 사물의 전 과정을 다시 찾아낼 겁니다. 또한 그 아이는 신과 악마, 천국, 계명, 금제, 구약과 신약 등 모든 것을 다시 창조해낼 수 있을 것입니다."

나는 그 말에 이의를 제기했다.

"네, 그럴 수도 있겠지만 그렇다면 도대체 개인의 가치는 어디에 있습니까? 모든 것이 우리 내부에 이미 완성되어 있다면 무엇 때문에 우리는 여전히 노력하는 건가요?"

"잠깐!"

그때 갑자기 피스토리우스가 소리쳤다.

"당신이 세계를 단순히 내면에 지니고만 있느냐, 아니면 그것을 의식도 하고 있느냐 하는 것은 큰 차이가 있습니다! 어떤 정신 나간 사람이 플라톤을 연상하게 하는 사상을 창조할 수도 있고, 헤른후트파 학교에 다니는 한 어리고 경건한 학생이 그노시스파나 조로아스터파에서나 볼 수 있는 깊은 신화적인 연관성을 창조적으로 생각해낼 수도 있는 겁니다. 하지만 그들은 그런 것을 아무것도 의식하지 못합니다! 그것을 의식하지 못하는 한 그들은 나무나 돌, 기껏해야 짐승과 같은 것이지요. 하지만 이 인식의 불꽃이 처음으로 번쩍 빛나는 순간에 그들은 인간이 되는 겁니다. 물론 당신은 저기 거리에 돌아다니는 모든 두 발 달린 자를 단순히 그들이 똑바로 걸어 다니고, 자식을 아홉 달 동안 뱃속에 넣은 채 다닌다고 해서 인간이라고 생각하지는 않겠지요? 그들 가운데 얼마나 많은 부류가 물고기나 양, 벌레 또는 거머리에 불과한지, 얼마나 많은 부류가 개미나 벌과 같은 존재에 불과한지 당신도 잘 알 것 아닙니까! 그런데 그들 각자에게는 인간이 될 가능성이 깃들어 있습니다. 다만 그들이 그것을 예감하고 부분적으로나마 의식화시킬 수 있어야만 비로소 그 가능성은 그들의 것이 되는 겁니다."

우리 대화는 대략 이런 종류였다. 이런 대화가 내게 완전히 새로운 어떤 것, 아주 놀랄 만한 어떤 것을 가져다 주지는 않았다. 그러나 모든 대화, 심지어 아주 진부한 이야기까지도 내 안에 있는 같은 지점을 가볍지만 끊임없이 망치질을 해대는 것이었다. 그 모든 것이 나의 형성을 도와주고, 내가 허물을 벗고 알껍데기를 깨뜨리는 데 도움을 주었다. 대화를 나눌 때마다 나는 머리를 조금씩 더 높이 신나게 치켜들게 되었으며, 마침내 내 황금빛 새가 그 아름다운 맹금의 머리를 산산이 부서진 세계의 껍데기 바깥으로 내밀었던 것이다.

우리는 종종 자기의 꿈 이야기도 했다. 피스토리우스는 꿈을 해석할 줄 알았다. 한 가지 놀라운 일이 지금 막 기억난다. 꿈속에서 나는 날아다닐 수 있었다. 엄밀히 말하면 그것은 내 의지와 상관없는 일대 비약에 의해 공중으로 내동댕이쳐진 것이었다. 그 날아다니는 느낌은 내 정신을 고양시켜주었지만, 내가 원한 것이 아니었는데도 걱정될 만큼 높이 솟아오르자 곧바로 두려워졌다. 그러다가 나는 호흡을 멈추고 내쉬는 것으로 상승과 낙하를 조절할 수 있다는 걸 발견하곤 살았다는 기분이 들었다.

피스토리우스는 그 꿈을 이렇게 설명했다.

"당신을 날 수 있게 해준 그 비약은 누구나 다 가지고 있는 우리 인류의 크나큰 특전입니다. 그건 모든 힘의 근원과 연관된 감정인데, 그런 감정에 휩싸이면 누구나 불안해지지요! 몹시 위험하니까요! 대부분의 사람은 기꺼이 날기를 포기하고 법의 규정에 따라 평범한 보도 위로 걸어가는 편을 택합니다. 그런데 당신은 그렇지 않아요. 당신은 유능한 청년답게 계속 날고 있지요. 봐요. 그래서 당신은 점차 그것을 마음대로 제어할 수 있게 됩니다. 당신을 날게 하는 그 보편적인 위대한 힘에 미미하고도 작은 자신의 힘이, 하나의 기관이, 하나의 조종키가 작용하게 되는 놀라운 일을 발견해낸 것이지요. 근사한 일이에요. 그런 일이 없으면 예전에 말한 그 정신 나간 사람이 그런 것처럼 자신의 의지와 상관없이 공중으로 날아가는 결과를 낳고 맙니다. 하늘을 나는 사람들에게는 보도 위를 걷는 인간들보다 훨씬 더 깊은 예감이 주어집니다. 하지만 그들은 그에 대한 아무런 열쇠도, 아무런 조종키도 갖고 있지 않아서 바닥도 알 수 없는 심연 속으로 빠지게 되는 것입니다. 싱클레어, 당신은 그 일을 하고 있습니다! 그런데 어째서 아직도 그걸 전혀 모르는 겁니까? 당신은 그걸 하나의 새로운 기관, 즉 호흡 조절기를 갖고 해내고 있습니다. 이제 당신의 영혼이 그 근원에서는 얼마나 '개인적'이 아닌지 알았을 겁니다. 그러니까 당신이 그 조절기를 발명한 것은 아니라는 거죠! 그것은 새로운 게 아니란 말입니다! 그것은 빌려온 것이고 수천 년 전부터 존재해오던 거예요. 그것은 물고기의 평형기관, 즉 부레지요. 그리고 그 부레가 일종의 폐 역할을 하고 있어 경우에 따라서는 정말로 호흡을 도와줄 수도 있는 그런 괴상한 어류가 사실 오늘날에도 소수 존재합니다. 그러니까 당신이 꿈속에서 비상의 부레로 사용했던 건 이러한 폐와 하나도 다르지 않아요!"

피스토리우스는 동물학 책까지 가져와서 그 물고기의 이름과 그림을 보여주었다. 나는 내 속에 진화 초기 시대의 기능이 살아 있다는 데 신비스러운 전율을 느꼈다.

6장

야곱의 싸움

내가 그 이상한 음악가 피스토리우스한테서 들은 아브락사스의 이야기는 간단하게 되풀이할 수 없는 성질의 것이다. 그러나 내가 그에게 배운 가장 중요한 것은 나 자신을 향해 가는 길에서 한 걸음 더 나아갔다는 것이다. 당시 나는 열여덟 살의 평범하지 않은 젊은이로서 여러 가지 면에 조숙해 있었으면서도 또 다른 여러 가지 일에는 크게 뒤처져 어찌할 바를 몰랐다. 가끔 나를 다른 사람들과 비교해보면 자만심과 함께 건방진 생각이 고개를 들기도 했지만 때로는 의기소침해지면서 비굴한 심정이 들곤 했다. 나 자신을 천재로 여기다가도 때로는 반미치광이라고 생각하기도 했다. 또래 친구들의 기쁨과 삶을 함께 나누는 일이 내겐 불가능했다. 그리고 그들과 절망적으로 격리된 것 같다는, 내 삶이 닫힌 것 같다는 가책과 걱정이 나 자신을 갉아먹었다.

그 자체로서 이미 다 성장한 별종이었던 피스토리우스는 내게 용기와 자기 자신에 대한 존경을 간직하라고 가르쳐 주었다. 그는 나의 말 속에서, 나의 꿈속에서, 나의 환상과 사상 속에서 항상 가치 있는 것을 찾아내며 그것을 언제나 진심으로 받아들이고 진지하게 논의하면서 내게 모범을 보여주었다.

그가 말했다.

"당신은 음악이 도덕적이 아니기 때문에 좋아한다고 했지요. 그건 좋습니다. 하지만 당신 자신이 바로 그 도덕주의자가 되어선 안 됩니다! 당신은 자신을 다른 사람들과 비교해서는 안 돼요. 만약 자연이 당신을 박쥐로 만들었다면 타조가 되려고 해서는 안 된다는 겁니다. 당신은 자신을 가끔 이상하다고 여기면서 보통 사람들과 다른 길을 가는 걸 자책합니다. 그런 생각은 잊어버려야 합니다. 불을 들여다보고 구름을 들여다봐요. 그리고 예감이 찾아들고 당신 영혼 속의 음성이 이야기를 시작하면 그것에 당신 몸을 맡겨요. 그런 일이 선생님이나 아버지 또는 그 어떤 흠모하는 신의 뜻에 맞는지, 그들의 마음에 드는지 하는 것을 먼저 묻지 말아요! 그렇게 함으로써 사람들은 파멸하고 있습니다. 그렇게 함으로써 사람들은 보도 위로 걷게 되고 화석이 되어 버리는 것입니다. 친애하는 싱클레어, 우리 신은 아브락사스입니다. 그것은 신이면서 악마이고, 자기 안에 밝은 세계와 어두운 세계를 가지고 있지요. 아브락사스는 당신의 사상이나 꿈에 그 어떤 이의도 제기하지 않습니다. 이것을 절대로 잊어선 안 됩니다. 하지만 당신이 흠잡을 데 없는 보통 사람이 된다면 그는 당신을 떠날 겁니다. 당신을 버리고 자신의 사상을 만들기 위한 새로운 그릇을 찾아갈 겁니다."

내 꿈들 가운데 저 어두운 사랑의 꿈이 가장 충실했다. 나는 그런 꿈을 자주 꾸었다. 문장의 새 밑을 지나 옛날 우리 집으로 들어가 어머니를 끌어안으려고 하면 어느새 어머니가 아닌 절반은 남자이고 절반은 어머니와 같은 커다란 여자를 껴안고 있었다. 나는 이 여자에게 공포를 느꼈지만 타는 듯한 욕망이 나를 그녀에게로 이끌었다. 그러나 나는 이 꿈을 그 친구에게 절대 말할 수 없었다. 그에게 다른 것은 모두 털어놓았지만 그것만은 말하지 않았다. 그 꿈은 나의 은신처이고 비밀이며 피난처였다.

기분이 울적할 때면 피스토리우스에게 북스테후데의 〈파사칼리아〉를 연주해달라고 부탁했다. 그러고서 나는 어두운 교회 안에서 넋을 잃고 자신의 내부에 침잠한 채 이상하고 친밀하며 마음의 소리에 귀를 기울이는 듯한 음악을 들으면서 앉아 있었다. 그때마다 그 음악은 항상 나를 어루만져주었고 영혼의 목소리를 받아들일 수 있는 준비를 시켜주었다.

오르간 소리가 이미 잦아든 뒤에도 우리는 한동안 교회 안에 머물며 희미한 빛이 높은 고딕풍의 창문들로 비쳐 들어오다가 이윽고 사라져가는 것을 바라보곤 했다.

피스토리우스가 말했다.

"우습게 들리겠지요. 내가 한때 신학자였고 거의 목사가 될 뻔한 일 말입니다. 하지만 그때 내가 저지른 일은 다만 형식상의 과오였을 뿐이에요. 목사가 되는 건 여전히 나의 천직이고 목적이지요. 다만 나는 너무 일찍 만족하고 아브락사스를 알기도 전에 여호와에 귀의해버렸습니다. 아, 모든 종교는 아름답습니다. 종교는 바로 영혼이지요. 그리스도교의 성찬을 받든, 메카로 순례를 하든 그것은 마찬가지입니다."

내가 물었다.

"그러면 당신은 사실 목사가 될 수도 있었겠군요."

"아니요, 싱클레어. 그렇지는 않아요. 그럼 난 거짓말을 할 수밖에 없을 겁니다. 우리 종교는 마치 종교가 아닌 것처럼 행해지지요. 그것은 이성의 일인 것처럼 굴고 있습니다. 필요하면 나는 가톨릭교도가 될 수는 있지만, 신교의 목사는 될 수가 없어요! 내가 아는 진실한 신자 몇 명은 문자에 적힌 그대로만 믿어요. 그런 사람들에게 그리스도란 내게는 인간이 아니라 영웅이고, 신화이며, 인류가 자기 자신을 영원의 벽에다 그려놓았다고 생각하는 거대한 그림자 상이라고 말할 수는 없을 겁니다. 그리고 지혜로운 말을 듣기 위해, 의무를 다하기 위해, 어떤 일도 게을리하지 않기 위해 등의 이유로 교회에 나오는 사람들에게 내가 무슨 말을 할 수 있겠어요. 그들을 개종시키라고요? 하지만 난 그런 일은 정말 하고 싶지 않습니다. 목사는 개종시키는 사람이 아닙니다. 다만 신자들 사이에서, 자기와 같은 사람들 속에서 살아가며 여러 신을 만들어내는 우리 감정을 지지한다는 걸 표현하려고 할 뿐이지요."

그는 잠시 말을 멈췄다가 계속했다.

"친구, 지금 우리가 아브락사스란 이름을 붙여준 우리의 새로운 신앙은 아름다운 것입니다. 그것은 우리가 가진 것 중에서 가장 좋은 신앙입니다. 하지만 아직도 갓난아이에 불과합니다! 아직 날개가 돋지 않았지요. 고독한 종교, 그건 아직 진정한 것이 아닙니다. 종교란 반드시 공통적이 되어야 하고 숭배와 도취, 축제와 비밀의식 등을 갖춰야만 하는 것이니까요."

그는 곰곰이 자기 생각에 빠져들었다.

"그 비밀의식을 혼자서나 아주 작은 단체에서 행할 수는 없나요?"

나는 주저하며 물었다.

그러자 그가 고개를 끄덕이며 말했다.

"할 수 있지요. 나는 벌써 오래전부터 그렇게 하고 있습니다. 만약 다른 사람들에게 알려지면 오랫동안 감옥살이를 하게 될 거예요. 하지만 그것 또한 아직은 제대로 된 게 아니라는 걸 압니다."

그가 갑자기 내 어깨를 두드리는 바람에 나는 깜짝 놀라 움찔했다.

그는 집요한 어조로 말했다.

"이봐요, 당신도 비밀의식을 갖고 있겠지요. 당신이 내게 말하지 않은 꿈이 있다는 걸 알아요. 그걸 알아내려고 하는 건 아닙니다. 하지만 당신한테 말해둘 게 있습니다. 그 꿈대로 살고 그 꿈을 행하고 그 꿈을 위한 제단을 마련하라는 겁니다! 그건 아직 완전한 것은 아니지만 하나의 길입니다. 언젠가는 우리, 즉 당신과 나 그리고 몇몇 다른 사람이 이 세계를 새롭게 할 수 있을지 여부는 차차 알게 되겠지요. 그동안 우리는 날마다 우리 내면에서 세계를 새롭게 해나가지 않으면 안 됩니다. 그렇지 않으면 우리는 아무것도 될 수 없을 거예요. 그걸 명심해요! 싱클레어, 당신은 이제 열여덟 살입니다. 당신은 매춘부한테도 달려가지 못하지요. 당신은 사랑의 꿈, 사랑의 소망을 가지고 있음이 틀림없습니다. 어쩌면 그것들을 두려워하고 있는지도 모릅니다. 두려워하지 말아요! 그것들은 당신이 가지고 있는 것들 가운데 단연 최고입니다! 날 믿어요. 나는 당신 나이 때 내 사랑의 꿈을 무리하게 억누르는 바람에 많은 것을 잃어버렸습니다. 그렇게 해선 안 됩니다. 아브락사스를 아는 사람이라면 더는 그런 짓을 해선 안 되지요. 아무것도 두려워해서는 안 되며, 영혼이 우리 내면에서 바라는 그 어떤 것도 금지된 거라고 생각해선 안 됩니다."

나는 이 말에 놀라서 반박했다.

"하지만 마음속에 떠오르는 일이라고 해서 무엇이든 해

도 되는 건 아닙니다! 자기 마음에 안 든다고 사람을 죽여서는 안 되잖아요."

그는 내게 좀 더 다가왔다.

"경우에 따라서는 그것도 허용될 수 있습니다. 대개의 경우엔 잘못된 거지만요. 나 또한 당신의 생각에 떠오르는 모든 것을 그냥 해버리라고 말하는 건 아닙니다. 그게 아니라 좋은 의미를 지닌 생각을 몰아내 버린다거나 거기에 도덕적인 이론을 적용함으로써 그걸 망치지 말라는 겁니다. 자신이나 남을 십자가에 못 박는 대신 엄숙한 사상이 담긴 잔으로 포도주를 마시면서 희생의 비밀의식을 생각할 수도 있는 거지요. 물론 그런 행위를 하지 않고도 자신의 본능이나 이른바 유혹을 존경과 사랑으로 취급할 수도 있습니다. 그렇게 하면 그것들은 자신들의 의미를 나타내 보일 겁니다. 그것들은 모두 의미를 지니고 있지요. 싱클레어, 언젠가 당신에게 다시 그 어떤 미칠 듯한 일이나 죄악으로 가득 찬 생각이 떠오른다면, 만약 누구를 죽이고 싶다거나 그 어떤 추잡하기 짝이 없는 짓을 저지르고 싶다면 아브락사스가 당신 내면에서 그렇게 공상하는 것임을 잠깐 동안이라도 생각해보길 바랍니다! 당신이 죽이고 싶은 그 사람은 물론 아무개 씨라고 정해진 게 아닙니다. 분명히 그는 가장한 존재에 지나지 않을 겁니다. 우리가 어떤 인간을 증오한다는 건 그의 형상에서 우리 자신 안에 존재하는 그 무엇인가를 보고 증오하는 것이지요. 자신의 내면에 없는 것은 결코 우리를 흥분시키지 않으니까요."

피스토리우스가 일찍이 내 마음속 깊은 곳에 감춰놓은 것을 이렇게 알아맞힌 적은 없었다. 나는 대답할 수가 없었다. 그러나 가장 강하고 이상하게 나를 감동시킨 것은 바로 그 충고가 몇 년 동안이나 내 마음속에 간직하던 데미안의 말과 똑같은 음향을 지니고 있었다는 사실이다. 그 두 사람은 서로 알지 못하면서도 내게 똑같은 이야기를 해준 것이다.

피스토리우스는 나지막하게 말했다.

"우리가 눈으로 보는 사물이란 우리 마음속에 있는 사물입니다. 우리가 마음속에 가진 것 이외에는 아무런 현실도 존재하지 않는 것이죠. 그래서 대부분의 사람은 그처럼 비현실적으로 살아갑니다. 외부의 상을 현실로 생각하고 자기 내면의 세계에는 발언할 기회를 전혀 주지 않기 때문이죠. 그럼으로써 사람들은 행복할 수는 있을 겁니다. 하지만 일단 다른 걸 알게 되면 더는 대부분의 사람이 가는 길을 선택하지 않게 되지요. 대다수가 가는 길은 쉽지만 우리의 길은 어렵습니다. 하지만 우리는 우리의 길을 걸어가야 합니다."

피스토리우스를 기다리다가 두 번이나 허탕을 치고 며칠 지난 뒤, 나는 그가 혼자서 차가운 밤바람을 맞으며 완전히 취해 비틀거리면서 모퉁이를 돌아오는 것을 보았다. 나는 그를 부르고 싶지 않았다. 그는 나를 보지 못한 채 내 옆을 지나갔다. 그는 미지의 것으로부터 어두운 부름을 받아 뒤 따라가는 것처럼 외로움이 깃든 이글거리는 시선으로 앞만 바라보며 걸어가고 있었다. 나는 다음 길까지 말없이 그의 뒤를 따라갔다. 그는 눈에 보이지 않는 줄에 끌려가듯 흐트러진 걸음걸이로 마치 유령처럼 걸어가고 있었다. 슬픈 마음으로 나는 집으로, 구원받지 못한 꿈으로 돌아왔다.

나는 '저렇게 그는 자기 내면의 세계를 새롭게 하는구나!'라고 생각했다. 그리고 바로 다음 순간 이 생각이 저속하고도 도덕적이었음을 느꼈다. 내가 그의 꿈에 대해 무엇을 알고 있단 말인가? 그는 술에 취했음에도 내가 불안 속에서 걸어가는 것보다 더 확실한 길을 걸어가고 있었을 것이다.

학교에서 쉬는 시간이면 내가 한 번도 눈여겨본 적 없는 한 동급생이 내게 접근하려 애쓰고 있다는 것이 가끔 느껴졌다. 그는 숱이 적고 붉은 기가 도는 금발에다 작은 키에 연약해 보이는 야윈 체형이었다. 그의 시선과 태도에는 무언가 독특한 것이 있었다. 어느 날 저녁 집에 가고 있을 때였다. 그가 골목에서 기다리다가 내가 자기 앞을 그냥 지나치는 것을 보더니 뒤따라와서 우리 집 대문 앞에 멈춰 섰다.

내가 물었다.

"나한테 무슨 볼일이라도 있어?"

그는 수줍게 말했다.

"그냥 너하고 이야기를 해보고 싶어. 나하고 잠깐만 같이 걸을 수 있을까?"

나는 조용히 따라갔는데, 그가 몹시 흥분하고 기대에 부풀어 있음을 느꼈다. 그는 손까지 떨고 있었다.

그가 아주 갑작스럽게 물었다.

"너 심령술사지?"

나는 웃으면서 말했다.

"아니, 크나우어. 절대로 아니야. 어떻게 그런 생각을 하게 됐어?"

"그럼 접신술사야?"

"그것도 아냐."

"아, 그렇게 숨기지 마! 난 네게 어떤 특별한 점이 있다는 걸 알아. 너는 그걸 눈에 가지고 있거든. 영들과 교류하는 게 확실해. 호기심에서 이런 질문을 하는 게 아니야, 싱클레어. 절대 그런 게 아니라고! 나도 일종의 구도자인걸. 너도 알겠지만 그래서 난 혼자인 거고."

나는 그를 격려해주었다.

"어디 얘기해봐! 나는 영과 관련해선 아는 게 아무것도 없어. 난 내 꿈속에서 살고 있는데 그걸 네가 느낀 거겠지. 다른 사람들도 꿈속에서 살고 있어. 물론 그들 자신의 꿈속에서는 아니지만 말이야. 그게 차이점이야."

그는 소곤거렸다.

"그래, 그럴지도 몰라. 사람들이 살고 있는 꿈이 어떤 종류냐 하는 것만이 문제지. 선한 악마를 사용하는 마술이라고 혹시 들어봤어?"

나는 부정할 수밖에 없었다.

"그건 자기 자신을 통제하는 법을 배우면 돼. 그럼 죽지 않을 수도 있고 마법을 걸 수도 있지. 넌 한 번도 그런 연습을 해본 적이 없는 거야?"

그 연습이 뭔지 궁금해하는 내 호기심 어린 질문에 그는 처음에는 대답하지 않을 듯하더니 내가 가려고 돌아서자 털어놓기 시작했다.

"예를 들어 난 잠들고 싶을 때나 정신을 집중하려고 할 때 그런 연습을 하고 있어. 그 무엇인가를, 예를 들어 낱말 하나나 어떤 이름 또는 뭔가 기하학적인 도형을 상상하는 거야. 그리고 그걸 될 수 있는 한 골똘히 머릿속으로 그려보고자 노력해. 머릿속에 그것이 들어와 있다고 느낄 때까지 말이야. 그런 다음에는 그것이 목구멍에 있다고 상상하고, 그런 식으로 내가 그것으로 가득 차게 될 때까지 계속하는 거지. 그러면 나는 아주 확고해지고 아무것도 나를 그런 안정된 상태에서 끌어낼 수 없게 돼."

나는 그가 무슨 얘기를 하는지 어느 정도 이해했다. 그러나 그가 아직도 가슴속에 다른 무언가를 숨기고 있음을 느꼈다. 그는 이상하게 흥분해 있었고 서둘렀다. 나는 그가 묻고 싶은 것을 쉽게 물어보도록 해주려고 했다. 그러자 그는 곧 자신의 관심사를 털어놨다.

"너도 절제하고 있지?"

그는 불안한 어조로 질문했다.

"그게 무슨 뜻이야? 성적인 것 말이야?"

"그래, 그래. 난 지금 이 년째 절제하고 있는데, 그 교리를 알고 난 뒤부터야. 그전에는 너도 알다시피 나는 방탕한 짓을 하고 다녔어. 그런데 넌 한 번도 여자 곁에 가본 적이 없어?"

나는 말했다.

"없어. 난 내게 맞는 여자를 발견하지 못했어."

"그럼 만약 너한테 맞는 여자를 발견하면 그 여자하고 같이 잘 거야?"

"그야 물론이지. 그 여자가 싫어하지 않는다면 말이야."

나는 약간 빈정거리는 투로 말했다.

"오, 그러면 넌 잘못된 길을 가는 거야! 내적인 힘은 철저한 금욕 상태에서만 생성될 수 있어. 나는 이 년 동안이나 그렇게 했어. 이 년하고도 한 달이 좀 넘었지! 그건 정말 힘든 일이야! 더는 버틸 수 없을 정도가 된 적도 몇 번이나 있었거든."

"들어봐, 크나우어. 난 금욕이 그처럼 아주 중요하다고 생각하지 않아."

그는 내 말을 가로막았다.

"나도 알아. 모두 그렇게 말하지. 하지만 너한테서 그런 말을 들으리라고는 생각지 못했어. 고차원적인 정신의 길을 가고자 하는 사람은 무조건 순결을 지켜야 해!"

"그래, 그럼 넌 그렇게 해! 하지만 난 자신의 성을 억제하는 사람이 어째서 그렇지 않은 사람보다 '더 순결하다'는 건지 이해가 되질 않아. 넌 성적인 것을 모든 생각과 꿈속에서까지도 완전히 몰아낼 수 있어?"

그는 절망적으로 나를 바라보았다.

"아니, 그러지 못해. 제기랄, 하지만 그럴 수밖에 없어. 밤이면 난 나 자신한테까지도 말할 수 없는 꿈을 꾼단 말이야! 아주 무서운 꿈이라고!"

나는 피스토리우스가 내게 해줬던 이야기를 떠올렸다. 그러나 아무리 내가 그의 말을 옳다고 여길지라도 그 이야기를 전달할 수는 없었다. 내 경험에서 나온 것도 아니고, 나 자신도 아직 그것을 따른다고 말하지 못하는 그런 충고를 해줄 순 없는 노릇이었다. 나는 말문이 막혔다. 그리고 누군가 내게 충고를 구하는데도 그에게 뭔가 충고해줄 게 없다는 사실에 굴욕감을 느꼈다.

크나우어는 내 옆에서 한탄했다.

"난 모든 걸 시험해봤어! 사람이 할 수 있는 일이라면 뭐든 했지. 냉수욕도 해보고 차가운 눈에 몸을 비비기도 하고 체조도 하고 달리기도 해봤지만 모두 소용없었어. 매일 밤 생각해서도 안 되는 그런 꿈에서 깨어나곤 하는 거야. 한데 더 무서운 일은 그것 때문에 내가 정신적으로 배웠던 모든 걸 점점 다시 잃어간다는 거지. 이제는 마음을 집중한다거나 혼자서 잠들 수도 없게 돼버렸어. 어느 때는 하룻밤을

꼬박 뜬눈으로 새우기도 해. 난 더는 버틸 수가 없어. 그런데 결국 내가 이 싸움을 지속하지 못하고 굴복해 나 자신을 다시 더럽히게 된다면, 나는 아예 단 한 번도 싸움을 하지 않았던 사람들보다도 더 나쁜 인간이 되는 거야. 이해하겠어?"

나는 고개를 끄덕였지만 아무 말도 할 수가 없었다. 그의 이야기가 지루하게 느껴지기 시작했고, 그의 뚜렷한 고통과 절망이 내게 어떤 깊은 인상도 주지 않는 데 나 스스로도 놀랐다. 나는 그저 그를 도와줄 수 없다는 것만 느낄 뿐이었다.

그는 마침내 지치고 슬픈 듯이 말했다.

"그러니깐 넌 내게 할 말이 없다는 거야? 전혀? 하지만 한 가지 방법은 있어야 하는 거잖아! 도대체 넌 그걸 어떻게 하고 있는데?"

"네게 아무 말도 해줄 수가 없어, 크나우어. 사람은 이런 일에선 서로 도울 수가 없어. 나 또한 아무한테서도 도움을 받지 못했어. 너 자신을 잘 생각해보고 그런 다음에 실제 너의 본질에서 우러나오는 걸 할 수밖에 없어. 다른 방법은 없어. 나는 네가 스스로를 발견할 수 없다면 어떤 영도 발견해낼 수 없을 거라고 생각해."

실망으로 갑자기 말수가 줄어든 그 자그마한 친구가 나를 바라보았다. 다음 순간 그의 눈길이 갑작스러운 증오로 불타오르더니 이맛살을 찌푸리며 분노에 찬 목소리로 소리쳤다.

"오, 그래, 잘난 성인군자가 여기 있군! 너에게도 죄업이 있다는 걸 난 알고 있어! 현자인 척하지만 나나 다른 사람들처럼 너도 똑같은 오물에 남몰래 매달려 있다고! 넌 돼지야, 돼지, 나처럼. 우리는 모두 돼지 새끼란 말이야!"

나는 그를 내버려둔 채 그 자리를 떠났다. 그는 두세 발짝 나를 뒤따라오다가 걸음을 멈추곤 뒤돌아서 가버렸다. 나는 연민과 혐오의 감정으로 속이 메스꺼웠다. 집에 돌아와 내 작은 방에서 그림 몇 장을 주위에 세워놓고 간절한 마음속 동경으로 나 자신의 꿈에 몰두할 때까지 그런 감정에서 벗어날 수가 없었다. 그러나 곧 집 대문과 문장, 어머니와 낯선 여인에 대한 내 꿈이 되살아왔다. 그 여인의 표정이 너무나 뚜렷해서 그날 밤 당장 나는 그 여인의 그림을 그리기 시작했다.

날마다 십오 분씩 꿈을 꾸듯 무의식적으로 그린 그림은 며칠 후에 완성되었다. 나는 저녁에 그것을 내 방 벽에 붙여놓고 탁상 램프 불빛으로 바라보면서 결판이 날 때까지 싸워야 하는 유령과 대적하는 것처럼 그 앞에 서 있었다. 그것은 저번 얼굴과 비슷했으며, 내 친구 데미안의 얼굴과도 닮았고, 몇 군데 표정은 나 자신과도 비슷했다. 한쪽 눈이 아주 확실하게 다른 쪽 눈보다 올라가 있었고, 시선은 운명으로 충만한 채 내 머리 너머를 골똘히 응시하고 있었다.

그 앞에 서 있던 나는 내적 긴장감으로 가슴속까지 싸늘해졌다. 나는 그 그림에 질문하고 비난하고 애무하고 기도했다. 나는 그것을 어머니라 불렀고, 연인이라 불렀으며, 창녀와 매춘부라 불렀고, 또 아브락사스라고도 불렀다. 그러는 동안 피스토리우스의 말이 머리에 떠올랐다. 아니, 데미안의 말이었던가? 언제 들은 말인지 기억나지 않았지만, 나는 그 말을 다시 듣고 있는 것 같았다. 그것은 야곱과 신의 천사 사이의 싸움에 관한 이야기로 "그대가 나를 축복하지 않는다면 내 그대를 놓아주지 않으리로다"라는 것이었다.

램프 불빛에서 그림의 얼굴은 내가 부를 때마다 바뀌었다. 환하게 빛나기도 했고, 검고 어둡게 되기도 했다. 생기 없는 눈 위로 창백한 눈꺼풀을 감았다가는 다시 뜨고, 그러다가 타는 듯한 눈빛을 반짝이기도 했다. 그것은 여자였고, 남자였고, 소녀였고, 어린아이였고, 짐승이었다. 희미하게 번져 보였다가 다시 크고 선명하게 보이기도 했다. 결국 나는 강력한 내면의 부름에 따라 두 눈을 감았다. 그러자 그 그림이 이제 내 내면에서 한층 더 강렬하고 힘차게 변해가는 것이 보였다. 나는 그 앞에 무릎을 꿇으려고 했다. 그러나 그것은 내 내면에 너무나 깊숙이 들어가 있어서, 마치 그것이 완전히 나 자신이 되어버린 듯 더는 그것을 나한테서 분리해낼 수가 없었다.

바로 그때 봄의 폭풍에서 나는 어둡고도 무겁게 들끓는 소리가 들렸다. 나는 공포와 체험에 대한 형언할 수 없는 새로운 감정에 몸이 떨려왔다. 별들이 내 앞에서 반짝 빛나더니 사라져 갔다. 잊어버린 최초의 유년 시절의 회상이, 아니 존재 이전의 시기와 생성의 초기 단계에까지 이르는 회상이 내 곁을 물밀듯 지나쳐 갔다. 그런데 내 모든 삶을 가장 은밀한 비밀까지 모두 재연하듯 그 회상은 어제와 오늘에서 끝나지 않고 계속되었다. 그것은 미래까지 비추었으며, 오늘로부터 나를 낚아채어 새로운 삶 속으로 이끌어갔다. 그 형상은 굉장히 밝고 눈이 부셨지만, 나중에는 어느 것 하나도 제대로 기억해낼 수가 없었다.

밤중에 깊은 잠에서 깨어난 나는 옷을 입은 채로 침대 위에 비스듬히 누워 있었다. 불을 켜고 중요한 것을 생각해야 할 것 같은 기분이 들었지만 몇 시간 전의 일이 더는 아무것도 생각나지 않았다. 불을 켜자 기억이 점점 되살아났다. 나는 그 그림을 찾았다. 그림은 벽에 걸려 있지 않았고, 책상 위에도 없었다. 그러자 희미하게나마 내가 그것을 태워 버렸을지도 모른다는 생각이 들었다. 내가 그것을 손바닥 위에 올려놓고 태워 그 재를 먹었던 것은 혹시 꿈이었을까?

콕콕 찌르는 듯한 커다란 불안이 나를 몰아세웠다. 나는 모자를 쓰고 밖으로 나와 집과 골목 사이를 마치 무언가에 강요당하는 듯이 걸었고, 폭풍에 날려가는 듯이 거리와 광장을 달리고 또 달렸다. 그리고 내 친구의 그 음침한 교회 앞에서 귀를 기울여보고, 어두운 충동에 못 이겨 뭔지도 모르는 무언가를 찾고 또 찾았다. 나는 집이 죽 늘어서 있는 교외 사창가를 지나갔는데, 그곳에는 아직도 여기저기 불이 켜져 있었다. 더 멀리 외곽 지대에는 군데군데 잿빛의 우중충한 눈이 쌓인 신축 건물들과 벽돌 더미가 있었다. 마치 몽유병자처럼 낯선 압박감에 이끌려 그 황량한 곳을 헤매고 있을 때 문득 고향의 신축 건물이 머릿속에 떠올랐다. 과거 나를 괴롭혔던 크로머가 우리 사이의 첫 계산을 하려고 나를 끌고 들어갔던 곳이다. 이 어둠 속에서 그때와 비슷한 건물이 여기 내 앞에 서 있고, 시커먼 문이 나를 향해 입을 떡 벌리고 있었다. 그 안에서 뭔가가 나를 끌어당기는 듯했다. 나는 들어가지 않으려고 물러나다가 모래와 폐자재에 걸려 비틀거렸다. 끌어당기는 힘이 더 강해졌는데, 더는 저항하기가 힘들었다.

판자와 깨진 벽돌을 넘어 거칠고 을씨년스러운 공간 속으로 휘청거리며 들어서자, 축축한 냉기와 돌 냄새가 음산하게 코를 찔렀다. 모래 더미 하나가 연회색 얼룩처럼 그곳에 있을 뿐 모든 것이 어둠에 묻혀 있었다.

바로 그때 깜짝 놀란 듯한 목소리가 나를 불렀다.

"깜짝이야, 싱클레어. 너 어디서 오는 거야?"

그리고 내 곁의 어둠 속에서 작고 마른 청년 한 명이 유령처럼 일어서는 것이었다. 나는 그것이 학교 친구인 크나우어라는 것을 알았지만 아직도 머리카락이 곤두선 채였다.

"어떻게 여기까지 온 거야? 어떻게 나를 찾아낸 거지?"

흥분한 나머지 그는 얼빠진 듯 물었다.

나는 도무지 이해가 가지 않았다.

"너를 찾았던 게 아니야."

나는 얼떨결에 말했다. 말 한 마디 하는 게 너무 힘들어서 죽은 듯 무겁고 얼어붙은 듯한 입술에서 간신히 소리가 새어나왔다.

그는 나를 쳐다봤다.

"찾은 게 아니라고?"

"아니야, 끌려 들어온 거야. 네가 나를 불렀어? 틀림없이 네가 불렀겠지. 도대체 여기서 뭐하는 거야? 지금 한밤중이잖아."

그는 야윈 두 팔을 벌려 발작적으로 나를 끌어안았다.

"그래, 밤이야. 곧 아침이 되겠지. 오, 싱클레어, 넌 나를 잊어버린 게 아니었어! 나를 용서해줄 수 있지?"

"대체 뭘?"

"아, 난 정말 추악했어!"

이제야 비로소 우리가 나눈 대화가 기억났다. 그게 나흘, 아니 닷새 전의 일이었던가? 그 후로 벌써 한평생이 지난 것 같았다. 갑자기 나는 모든 것을 알아차릴 수 있었다. 우리 사이에 무슨 일이 일어났는지 뿐만 아니라 왜 내가 이곳에 왔으며, 크나우어가 이런 외딴 곳에서 무엇을 하려고 했는지도 말이다.

"그러니까 자살할 생각이었던 거야, 크나우어?"

그는 추위와 공포에 떨고 있었다.

"응, 그러려고 했어. 내가 해낼 수 있었을지 모르지만 말이야. 아침이 될 때까지 기다릴 생각이었어."

나는 그를 끌고 밖으로 나왔다. 수평으로 낮게 펼쳐진 아침 햇살이 말할 수 없이 차갑고 냉랭하게 잿빛을 띤 대기 속에서 희미하게 빛나고 있었다.

나는 그 친구의 팔을 잡고 상당히 멀리까지 데려갔다. 그런 뒤 이런 말이 내게서 튀어나왔다.

"이젠 집으로 돌아가. 그리고 아무한테도 오늘 일을 말하지 마! 넌 잘못된 길을 걸었던 거야, 잘못된 길 말이야! 우린 네가 생각한 것처럼 모두 돼지는 아니야. 우린 인간이야. 우리는 여러 신을 만들어내고, 그것들과 싸우며, 신들은 우리를 축복해주고 있어."

우리는 말없이 걸어가다가 헤어졌다. 내가 집에 돌아왔을 때는 이미 날이 밝았다.

성 ○○에서 보낸 시절 최고의 수확물이라고 하면 피스토리우스와 오르간 옆에서 그리고 벽난로의 불 앞에서 지낸 시간이었다. 우리는 아브락사스에 대한 그리스어 원서를 함께 읽었다. 그는 베다경을 번역한 구절 몇 개를 읽어주고 신성한 '옴'을 말하는 법도 가르쳐주었다. 그 당시 내 성장을 이끈 것은 그의 해박한 지식이 아니라 오히려 그 반대였다. 나는 나 자신의 내적 성장을 발견하고, 내 꿈과 생각 그리고 예감을 더 믿게 됐으며, 내 속의 잠재적 힘을 더욱 자각하게 됐다.

나는 피스토리우스와 어떤 식으로든 잘 통했다. 내가 온 신경을 집중해 그를 생각하기만 하면 그가 직접 찾아오거나 그의 소식이 들려왔다. 나는 데미안에게 그랬듯이 피스토리우스가 거기 실제로 없을 때도 그에게 무엇이든 물어볼 수 있었다. 나는 그저 머릿속으로 그를 떠올리고 신경을 집중시켜 내 질문을 그에게 보내기만 하면 됐다. 그러면 그 질문에 쏟았던 모든 영혼의 힘이 대답이 되어 내 마음속에 되돌아왔다. 다만 내가 마음속에 떠올린 대상은 피스토리우스도, 데미안도 아니었다. 그 대상은 내가 꿈꾸고 직접 그렸던 형상이었고, 내가 부르지 않을 수 없던 남자이기도 하고 여자이기도 한 내 악마의 꿈속 모습이었다. 그것은 더 이상 내 꿈속에서만, 그려진 종이 위에서만 사는 게 아니라 나의 내면에서 이상적인 모습으로 그리고 나 자신의 승화된 모습으로 살고 있었다.

자살에 실패한 크나우어와의 관계는 특이하면서 우습기도 했다. 내가 그에게로 안내되던 날 밤 이후 그는 충실한 하인이 된 듯, 충직한 개가 된 듯 내게 매달렸다. 그는 자신의 생활을 내 것과 결부시키려 애쓰고 맹목적으로 나를 따랐다. 아주 기이한 소원이나 질문을 가져오기도 했고, 유령을 보고 싶어 하기도 했으며, 카발라(중세 유대교의 신비주의—옮긴이)의 비법을 배우려고도 했다. 내가 그런 것을 전혀 모른다고 아무리 말해도 그는 믿지 않았다. 그는 내가 온갖 힘을 지녔다고 믿었다. 그런데 이상한 일은 그가 종종 기묘하고도 어리석은 질문을 들고 내게 찾아오는 시점이 하필이면 내가 마음속에서 그 어떤 매듭을 풀어야만 하는 바로 그 때였다는 점이다. 그리고 그의 변덕스러운 착상이나 욕구가 가끔 내 문제 해결의 실마리나 계기가 되기도 했다. 나는 가끔 그가 귀찮아서 위압적으로 쫓아버리기도 했다. 그렇지만 그 또한 내게 보내진 사람이고, 내가 그에게 준 것이 그의 마음속에서 갑절이 되어 되돌아왔으며, 그도 나에게는 한 사람의 지도자나 하나의 길이라는 생각이 들었다. 그가 가져오는, 그 속에서 그가 구원을 찾고자 했던 책들과 글이 순간의 깨달음보다 더 많은 것을 내게 가르쳐주었던 것이다.

크나우어는 훗날 내가 의식하지 못하는 사이에 내 길에서 사라졌다. 그와는 아무런 논쟁이 필요치 않았다. 하지만 피스토리우스는 달랐다. 이 친구와는 성 ○○에서 보낸 학창 시절이 끝날 무렵 또 이상한 일을 경험했던 것이다.

아무리 순진한 사람이라도 평생에 한 번 또는 몇 번은 효와 감사라는 미덕과의 갈등을 피해가지 못한다. 누구나 한 번은 자기 아버지, 자기 선생님한테서 자신을 떼어놓는 걸음을 떼야만 하는 것이다. 비록 대다수 사람이 그것을 잘 견디지 못하고 곧 제자리로 다시 기어든다고 할지라도 누구나 얼마간은 고독의 쓰라림을 맛보게 된다. 나는 내 부모님한테서 그리고 그들의 세계, 내 아름다운 유년기의 그 '밝은' 세계로부터 격렬한 투쟁을 통해 이별한 것은 아니었다. 다만 거의 눈에 띄지 않을 정도로 서서히 그것들로부터 멀어지고 낯설어졌을 뿐이다. 나는 그것을 애석해했고 고향에 돌아가면 종종 마음이 아프기도 했다. 하지만 그것이 가슴속까지 깊이 파고들지는 않았으며 참을 만했다.

그러나 습관이 아니라 마음에서 우러나와서 사랑과 경외심을 바쳤을 때, 우리가 진실한 마음으로 제자이자 친구가 되었을 때는 다르다. 우리 마음을 이끌어가던 부분이 우리가 사랑하는 것에서 떠나가려 한다는 것을 문득 깨닫는다면 그것은 쓰디쓴 괴로운 순간이 될 것이다. 그때는 친구와 선생님을 거부하는 모든 생각이 독 묻은 가시를 드러내고, 우리 자신의 심장을 겨누며, 방어하기 위한 타격은 자신의 얼굴을 정통으로 때리게 된다. 그런 경우 보편적인 도덕심을 지녔다고 생각해온 사람에게는 치욕적인 부름과 낙인처럼 '배신'과 '배은망덕'이란 단어가 의식에 떠오를 것이다. 그러면 깜짝 놀란 마음은 불안에 휩싸여 유년 시절 지녔던 따듯한 미덕의 골짜기로 숨어든다. 그리고 그런 단절이 행해져야 한다는 것을, 그런 유대가 끊어져야 한다는 것을 믿을 수 없는 일이라고 생각할지도 모른다.

시간이 흐르면서 내 친구 피스토리우스를 그렇게 무조건 지도자로 인정하는 것을 내 마음속의 어떤 감정이 서서히 거역하게 됐다. 내 청춘의 가장 중요한 몇 달 동안 내가 경험한 것은 바로 그와의 우정이었고 그의 충고였으며 그의 위로였고 그와의 친교였다. 신은 그를 통해 내게 이야기를 했다. 그의 입을 통해 내 꿈들은 다시 내게 돌아왔으며, 해명되었고, 해석되었다. 그는 내게 나 자신에 대한 용기를 불어넣어 주었다. 아! 그런데 이제 내 안에 서서히 그를 향한 반항의식이 자라고 있음을 느꼈다. 나는 그의 말에서 너무나 가르치려 들고, 그가 단지 내 일부만 이해한다고 느꼈던 것이다.

우리 사이에는 아무런 싸움도, 아무런 부딪침도, 아무런 불화도, 아무런 채무 변제도 없었다. 나는 그에게 아무런 악의 없는 말을 단 한 마디 했을 뿐이다. 하지만 그 말을 내뱉은 그 순간 우리 사이의 환상은 오색찬란하게 산산조각이 나고 말았다.

한동안 내 마음을 짓누르고 있던 그 예감은 어느 일요일 그의 오래된 서재에서 뚜렷한 감정으로 변했다. 우리는 벽난로 앞에 엎드려 있었다. 그는 자신이 연구하고 궁리하고 그 미래의 가능성에 몰두해 있던 비밀의식과 종교 형식을 이야기했다. 그러나 내게는 그 모든 것이 살아가는 데 중요하다기보다는 오히려 기묘하고 흥미롭게 여겨졌다. 그것은 내게 그의 박식함을 일깨워주려는 것처럼 들렸고, 과거 세계의 폐허 아래서 이루어지는 고달픈 탐색으로만 다가왔다. 그리고 한순간 나는 그 모든 방법, 즉 모든 신비적인 것을 숭배하는 것과 이어져 내려온 종교 형식에 대한 그 모자이크적인 유희에 반감을 느꼈다.

나는 나 자신이 듣기에도 의아스러울 만큼 상대가 깜짝 놀랄 정도로 악의를 품은 채 말했다.

"피스토리우스, 다시 한 번 내게 꿈 이야기를, 당신이 밤에 꾼 실제 꿈 얘기를 해줘요. 당신이 지금 말하는 건 너무나, 너무 지독하게 케케묵은 겁니다!"

피스토리우스는 내가 그런 식으로 말하는 것을 한 번도 들어본 적이 없었다. 그리고 그 순간 내가 그를 향해 쏘아 심장에 명중시킨 그 화살은 바로 다름 아닌 그 자신의 무기고에서 얻은 것이었다. 나도 그가 가끔 풍자적인 어조로 말하곤 했던 자기 비난을 지금 사악하게 날카로운 형태로 다듬어 그에게 쏘았음을 창피함과 놀라움이 뒤섞인 기분으로 번갯불처럼 선명하게 느꼈다.

그는 그것을 순간적으로 느끼고는 곧 조용해졌다. 나는 불안감에 휩싸인 채 그가 무섭도록 창백해지는 것을 지켜보았다.

무거운 침묵이 지나고 나서 그는 새 장작을 벽난로에 던진 뒤 조용히 말했다.

"당신 말이 옳아요. 싱클레어, 당신은 영리한 친구입니다. 이젠 그런 케케묵은 것으로 당신을 괴롭히지 않을게요."

그는 차분하게 말했지만, 내 귀에는 그가 입은 상처의 고통 소리가 들려왔다. 대체 내가 무슨 짓을 저질렀단 말인가!

나는 눈물이 쏟아질 것 같았다. 나는 진심으로 그에게 용서를 빌고자 했으며, 내 애정과 정성 어린 감사를 털어놓으려고 했다. 감동적인 말이 머리에 떠올랐다. 그러나 그것을 입 밖으로 차마 꺼낼 수가 없었다. 나는 엎드린 채 불만 들여다보며 침묵을 지켰다. 그도 말이 없었다. 그렇게 우리는 엎드려 있기만 했다. 불은 다 타서 꺼졌고, 나는 사그라지는 불꽃과 함께 다시는 돌이킬 수 없는 무언가 아름답고 친밀한 것이 식어가고 사라져가는 것을 느꼈다.

"내 말을 오해한 건 아닌지 걱정되는군요."

결국 나는 큰 압박감을 느끼면서 메마르고 갈라진 목소리로 말했다. 바보스럽고 무의미한 단어들이 마치 신문 연재소설을 낭독하는 것처럼 기계적으로 입술에서 흘러나왔다.

피스토리우스는 나지막한 목소리로 말했다.

"아주 정확하게 이해하고 있습니다. 당신 말이 맞습니다."

그는 잠시 멈췄다. 그런 다음 천천히 말을 이어갔다.

"한 인간이 다른 인간에 대해 올바를 수 있는 한에 있어서 말입니다."

내 마음은 '아니, 아니, 내가 틀렸어요!'라고 외쳤다. 그러나 나는 아무 말도 할 수가 없었다. 단 한 마디의 짤막한 말로 내가 그의 본질적인 약점과 상처를 지적했음을 알았다. 나는 그 자신도 불신하고 있었던 게 분명한 바로 그 부분을 건드렸던 것이다. 그의 이념은 '케케묵은' 것이었고, 그는 퇴보적인 구도자이자 낭만주의자였다. 그러자 갑자기 피스토리우스가 내게 의미했던 바로 그것, 그가 내게 주었던 바로 그것은 그 자신에게 아무런 의미가 될 수도, 무언가 줄 수도 없던 것임이 뼈저리게 느껴졌다. 그는 지도자인 그 자신까지도 뛰어넘고 떠나야만 했던 길로 나를 인도한 것이다.

그런 말이 정말로 어떻게 나온 것일까! 나는 조금도 나쁜 뜻에서 한 말이 아니었고, 이런 파국을 전혀 예감하지 못했다. 내가 그 말을 내뱉는 순간에는 나 자신도 전혀 알지 못했고, 그저 사소하며 약간의 재치 있고 악의적인 착상에 따랐던 것일 뿐이다. 그런데 그것이 운명이 되어버린 것이다. 나는 사소하고 부주의한 행동을 한 것인데, 그것이 그에겐 심판이 되어버렸다.

그때 나는 피스토리우스가 화를 내길, 자기변명을 하길, 나를 야단치길 얼마나 바랐던가! 그는 이 가운데 아무것도 하지 않았고, 그 모든 짓을 나는 속으로 직접 해야만 했다. 만약 할 수만 있었다면 그는 미소까지 지었을 것이다. 그가 미소조차 지을 수 없었다는 것으로 내가 그에게 얼마나 심한 충격을 주었는지 알 수 있었다.

그러나 피스토리우스는 나 때문에, 주제넘고 배은망덕한 자기 제자 때문에 받은 타격을 그처럼 소리 없이 감수하고, 아무 말 없이 내 정당성을 인정하고, 내 말을 운명으로 받아들였다. 그럼으로써 내가 나 자신을 증오하게 만들었고, 내 경솔함을 수천 배 더 크게 느끼도록 했다. 나는 그를 공격하면서 강하고 방어적인 사람을 맞혔다고 생각했다. 그런데 이제 보니 그는 조용하고 참을성 많은 사람이었고, 말없이 항복하는 무방비 상태의 사람이었던 것이다.

우리는 오랫동안 꺼져가는 불 앞에 엎드려 있었다. 그곳에서 불타오르는 모든 형체가, 스스로 오그라들며 재로 변해가는 나무가 내게 행복하고 아름답고 풍성했던 시간들을 기억 속에 불러냈다. 그것이 피스토리우스에 대한 내 죄책감을 점점 크게 부풀렸다. 결국 나는 그것을 더는 참지 못하고 일어나서 나와버렸다. 한참 동안 나는 그의 방문 앞에 서 있었다. 그러고는 또 컴컴한 계단 위에서 그리고 집 바깥에서 그가 나를 따라나오지 않을까 하고 기다렸다. 그다음에 나는 계속해서 걸었다. 몇 시간 동안 시내와 교외를, 공원과 숲 속을 저녁이 될 때까지 헤매고 다녔다. 그때 처음으로 나는 카인의 징표를 내 이마 위에 느꼈다.

나는 천천히 그때의 일을 돌이켜 생각해보았다. 매번 나 자신을 비난하고 피스토리우스를 변호하고자 하는 생각을 갖고 있었지만 번번이 그 반대로 끝을 맺을 뿐이었다. 나는 수천 번 내 경솔한 말을 후회하고 물릴 준비가 되어 있었다. 하지만 그것은 진실이었던 것이다. 이제야 비로소 나는 피스토리우스를 이해하고 그의 모든 꿈을 내 앞에 그려볼 수 있었다. 그 꿈은 설교자가 되고, 새로운 종교를 전도하고, 영혼의 고양과 사랑과 예배에 새로운 형식을 부여하고, 새로운 상징을 세우는 것이었다. 그런데 그것은 그의 역량과 사명에 맞지 않았다. 그는 지나치게 이미 존재했던 것에 머물렀고, 지나치게 정확히 과거에 대해 알았고, 지나치게 많이 이집트와 인도와 미트라스(Mithras, 미트라스교의 제신으로 로마 제국에서 널리 숭배되었지만, 원래는 인도유럽 어족의 기원으로 오랜 민족신임—옮긴이)와 아브락사스를 알고 있었다. 그의 사랑은 이 세상이 이미 보아온 형상과 결부되어 있었다. 그러면서도 그의 마음속 깊은 곳에서는 새로운 것이란 새롭고 다른 것이며 신선한 대지에서 솟아나오는 것이지 박물관의 수집품이나 도서관에서 가져와선 안 된다는 것도 스스로 잘 알고 있었다. 그의 사명은 아마 그가 내게 해주었듯 인간이 자기 자신에게 가는 것을 도와주는 데 있었을 것이다. 그들에게 한 번도 들어본 적이 없는 것, 즉 새로운 신을 주는 것은 그의 사명이 아니었다.

그런데 여기서 갑자기 하나의 깨달음이 날카로운 불길처럼 나를 태웠다. 누구에게나 '사명'은 있지만, 그것을 스스로 선택하고 변경하고 마음대로 관리하는 사명은 그 누구에게도 없다는 것이었다. 새로운 신을 원하는 것은 잘못이었고, 이 세상에 그 무엇인가를 주고자 하는 것은 전적으로 그릇된 짓이었다! 깨달아 알게 된 인간에게는 단 한 가지 의무 외에는 아무것도 존재하지 않았다. 그건 바로 자신을 찾고 자기 내부적으로 흔들리지 않고 그 길이 어디에 닿건 간에 자기 자신의 길을 더듬어 앞으로 나아가는 것이었다. 그 깨달음이 나를 흔들어놓았다. 그것이야말로 내가 그 경험을 통해 얻은 결실이었다. 때때로 나는 미래의 내 모습을 예상해보고 내게 주어질지도 모르는 역할, 즉 시인이나 예언가, 화가 아니면 그 어떤 다른 것으로서의 역할을 꿈꿔보기도 했다. 그러나 이 모든 것은 아무 소용없는 짓이었다. 나는 시를 쓰기 위해, 설교를 하기 위해, 그림을 그리기 위해 존재하는 것이 아니었다. 나뿐 아니라 다른 사람들도 모두 그런 것을 위해 존재하지는 않는다. 그 모든 것은 다만 부차적으로 생겨난 것일 뿐이다. 개개인을 위한 진정한 소명은 오로지 자기 자신에게 도달하는 것, 그것 한 가지였다. 그는 어쩌면 시인이나 미치광이, 예언가 또는 범죄자로서 일생을 마칠 수도 있다. 그건 그의 문제가 아니다. 그렇다! 그건 결국 중요한 게 아니다. 그의 본질적인 문제는 자기 마음대로 정하는 것이 아닌 자기 자신의 운명을 발견하는 것이며, 그 운명을 자신의 내면에서 온전하게 끝까지 살아내는 것이다. 그 밖의 모든 것은 반 토막짜리에 불과한 것이며, 빠져나가려는 시도일 뿐이고, 대중의 이상 속으로 도망가는 행위이며, 순응이고, 또 자신의 내면에 대한 두려움이었다. 무섭고도 성스럽게 그 새로운 영상이 내 앞에 떠올랐다. 수백 번이나 예감했고 어쩌면 벌써 여러 번 말했을지 모르지만, 이제야 비로소 체험한 것이다. 나는 자연이 던진 주사위였다. 불확실성을 향한 내던짐 그리고 아마도 새로운 것, 어쩌면 허무를 향한 내던짐이었을 것이다. 그리고 이 내던짐이 본래의 심연에서 작용하게 만들고 그 의지를 내 안에서 느끼고 그것을 온전히 내 것으로 만드는 일, 그것만이 나의 소명이었다. 오직 그것만이!

나는 벌써 많은 고독을 맛보았다. 이제 나는 그보다 더 깊은 고독이 존재한다는 것과 거기서 절대 벗어날 수 없다는 것을 예감했다.

나는 피스토리우스와의 교류를 지속하려고 노력하지 않았다. 우리는 여전히 친구였지만 그 관계는 달라졌다. 우리는 딱 한 번 그 일을 언급한 적이 있다. 아니, 그 말을 한 것은 사실 그 혼자였다. 그는 말했다.

"내가 목사가 되려는 소원을 가졌다는 건 당신도 알지요. 나는 우리가 그렇게도 많은 예감을 품은 그 새로운 종교의 목사가 되고 싶습니다. 하지만 절대로 그렇게 되지 못할 겁니다. 난 그걸 알고 있습니다. 고백한 건 아니지만 벌써 오래전부터 알고 있었지요. 나는 목사가 하는 것과는 다른 식으로 봉사하게 될 겁니다. 오르간 연주나 그 밖의 다른 방법으로요. 나는 언제나 아름답고 성스럽다고 느끼는 것, 즉 오르간 음악과 비밀의식, 상징과 신화 등으로 둘러싸여 있어야 합니다. 난 그것이 필요하고 또 거기에서 벗어나고 싶지도 않습니다. 그것이 내 약점이지요. 나는 때때로 깨닫곤 해요, 싱클레어. 그런 소원을 가져선 안 되고, 그것이 사치이고 약점이라는 것을 알고 있으니까요. 아무런 요구사항 없이 그냥 간단히 운명에 순종해버리는 게 어쩌면 더 위대하고 옳은 건지도 모릅니다. 하지만 그럴 수가 없어요. 그게 내가 할 수 없는 유일한 일이지요. 당신은 언젠가 그럴 수 있을 겁니다. 그건 어려운 일입니다. 이 세상에 존재하는 단 하나의 아주 어려운 일입니다. 나는 때로 그렇게 하는 것을 꿈꾸었지만 할 수가 없었습니다. 난 그 앞에서 몸서리가 쳐집니다. 그렇게 완전히 벌거벗은 채로 외롭게 서 있을 수는 없습니다. 나 또한 약간의 따뜻함과 먹을 것을 필요로 하고 가끔은 자신과 비슷한 존재들과 가까이 있음을 느끼고 싶어 하는 불쌍하고 연약한 개에 불과하니까요. 정말로 자기의 운명 이외에 전혀 아무것도 원하지 않는 인간은 자신과 비슷한 존재를 가질 수 없고 완전히 홀로 서게 되며, 그의 주변에는 차가운 세계의 공간만이 있을 뿐입니다. 당신도 알다시피 겟세마네 동산에서 예수가 그러했죠. 기꺼이 십자가에 못 박힌 순교자도 있긴 했지만, 그들 또한 영웅은 아니었고 완전히 모든 것에서 자유로워진 존재도 아니었습니다. 그들도 자기들한테 친밀하고 따뜻한 그 무엇을 원했지요. 그들에겐 모범이 있었고 이상도 있었습니다. 그저 운명만을 원하는 사람에겐 모범도 이상도 없습니다. 아무런 사랑도 위안도 없고요! 그리고 사람들은 원래 이 길을 걸어가야 하는 겁니다. 나나 당신 같은 사람들은 정말 외롭습니다. 하지만 그래도 우리에겐 서로가 있으며, 뭔가 남다르고 서로에게 저항하며 비범한 걸 추구하는 데서 오는 은밀한 만족감이 있지요. 그런데 만약 그 길을 온전하게 가려고 한다면 그것마저 단념해야 합니다. 그런 사람은 혁명가도, 이상가도, 순교자도 되려고 해서는 안 됩니다. 그건 생각할 수도 없는 일이죠."

그렇다. 그것은 생각할 수도 없는 일이었다. 그러나 꿈을 꿀 수는 있었으며, 미리 느끼고 예감할 수는 있었다. 나는 몇 번인가 아주 조용한 시간에 그것을 조금 느껴보기도 했다. 그럴 때면 내 내면을 들여다보고 내 운명의 모습이 두 눈을 크게 부릅뜬 것을 보았다. 그 눈은 예지로 가득한 적도 있고, 광기로 충만한 적도 있으며, 애정으로 빛나거나 깊은 악의로 번뜩이기도 했다. 그러나 어느 것이든 다 마찬가지였다. 어느 것 하나도 우리가 마음대로 선택할 수 없고, 어느 것 하나도 우리가 원해서는 안 됐다. 오직 자기만을, 자신의 운명만을 원할 수 있었다. 피스토리우스는 그곳에 이르기까지 한동안 지도자로서 나를 이끌어주었던 것이다.

그 시절 나는 천지를 모르는 것처럼 사방으로 뛰어다녔다. 내 마음속에서 폭풍이 몰아쳤고, 한 걸음 한 걸음이 위험스럽기 그지없었다. 나는 이제까지 걸어온 모든 길이 그 속으로 사라져 가라앉아버린 그런 심연 같은 암흑이 내 앞에 펼쳐진 것 말고는 아무것도 볼 수 없었다. 그리고 나는 마음속에서 데미안과 닮은, 그 두 눈 속에 내 운명이 깃들어 있는 지도자의 모습을 보았다.

나는 종이 위에 이렇게 썼다.

"지도자가 나를 버렸다. 나는 완전한 암흑 속에 서 있다. 나 혼자서는 한 걸음도 내디딜 수가 없다. 오, 나를 도와주오!"

나는 그것을 데미안에게 보내려고 했지만 그만뒀다. 그렇게 하려고 할 때마다 그것이 어리석고 무의미하게 느껴졌던 것이다. 그러나 나는 그 짤막한 기도문을 외고 있었으며, 가끔 마음속으로 중얼거리곤 했다. 그것은 언제나 나와 함께했다. 나는 기도가 무엇인지 알아차리기 시작했다.

학창 시절은 끝이 났다. 나는 여행을 가도록 돼 있었는데, 그건 아버지의 생각이었다. 그다음에 대학에 가야 했던 것이다. 무슨 학부에 진학할지 나도 아직 몰랐다. 학교 측으로부터 한 학기 동안 철학 강의를 들어도 된다는 허락을 받아놓았다. 다른 어떤 강의였더라도 내겐 마찬가지였다.

7장

에바 부인

휴가 기간에 나는 몇 년 전 막스 데미안이 그의 어머니와 함께 살던 집에 한 번 가보았다. 어떤 노부인이 정원을 산책하고 있었다. 나는 그 부인에게 말을 걸었고, 그 집이 부인의 소유라는 것을 알게 됐다. 나는 데미안의 소식을 물어보았다. 부인은 그들을 기억했지만 지금 어디에 사는지 모른다고 했다. 내가 그들에게 관심을 보이자 그녀는 나를 집 안으로 데리고 들어가 가죽 앨범을 한 권 찾아내어 데미안의 어머니 사진을 보여주었다. 나는 그 여인을 거의 기억할 수가 없었다. 그러나 지금 그 작은 사진을 바라보며 내 심장 박동이 멈췄다. 그것은 내 꿈속의 모습이었다! 바로 그 여인이었다. 키가 크고 거의 남자에 가까운 여인의 자태를 한, 아들을 닮은, 어머니다운 표정을 가진, 엄격한 표정을 한, 깊은 정열을 지닌, 아름답고 매혹적인, 예쁘지만 접근하기 어려운, 악마인 동시에 어머니인, 운명인 동시에 연인인 바로 그 여인이었다!

내 꿈속의 여인이 이 세상에 살고 있다는 것을 알게 된 그 순간, 기적을 경험한 감동 같은 격렬한 것이 나를 통과해 지나갔다. 그런 모습을 한 내 운명의 형상을 지닌 여인이 실제로 존재했던 것이다! 그녀는 어디 있었던가? 어디에? 그녀는 데미안의 어머니였다.

그 후 나는 곧바로 여행을 떠났다. 이상한 여행이었다! 나는 늘 그 여인을 찾아 헤매며 마음 끌리는 대로 이곳저곳을 돌아다녔다. 어느 날에는 마치 뒤엉킨 꿈처럼 그 여인을 떠올리게 하고 그 여인과 꼭 닮은 여인의 모습을 찾아 낯선 도시의 골목길과 기차역, 열차 안을 헤매고 다녔다. 또 어느 날에는 이렇게 찾아다니는 게 얼마나 쓸데없는 짓인지 깨닫기도 했는데, 그때는 공원이나 호텔 정원, 대합실 등에서 하는 일 없이 주저앉아 내 마음속을 들여다보며 그 여인의 모습을 내면에 떠올려보려고 애썼다. 그런데 그것도 곧 부끄럽고 무상한 짓거리가 되어버렸다. 나는 잠도 제대로 잘 수가 없었다. 열차를 타고 낯선 풍경 속을 달리는 동안 십오분 정도 잠깐 졸거나 할 뿐이었다. 한번은 취리히에서 한 여자가 내 뒤를 따라왔다. 예쁘지만 부끄러움을 모르는 여자였다. 나는 그 여자를 거들떠보지도 않고 마치 그녀가 공기라고 되는 양 무시하고 계속 걸었다. 다른 여자에게 짧은 시간이라도 관심을 갖느니 차라리 죽는 게 나을 것 같은 심정이었다.

나는 내 운명이 강하게 끌어당기는 것을 느꼈으며, 그 운명이 실현될 날이 가까워졌음을 느꼈다. 그런데도 아무 일도 할 수 없다는 초조함으로 나는 거의 미칠 지경이었다. 한번은 어느 정거장에서, 아마 인스브루크라고 생각되는데 막 출발하는 열차의 창가에서 그 여인을 떠올리게 하는 모습을 보았다. 그러고는 며칠간을 불행하게 보내기도 했다. 그러다가 돌연 그 모습이 다시 꿈속에 나타났다. 나는 무의미하게 찾아다니는 일이 얼마나 부끄럽고 당황스러운 짓인지 깨닫고는 곧장 집으로 돌아왔다.

몇 주일 뒤 나는 H 대학에 입학했다. 모든 것이 실망스러웠다. 수강신청을 한 철학사 강의는 공부하는 학생들의 태도만큼이나 허무하고 상투적이었다. 모든 것이 판에 박은 듯 똑같았고, 모두가 비슷비슷하게 행동했다. 소년다운 얼굴에 나타난 상기된 쾌활함은 슬프도록 공허하고 마치 공장에서 찍어낸 것처럼 보였다! 그러나 나는 자유로웠으며 온종일이 나를 위한 시간이었다. 나는 교외에 있는 한 오래된 집에서 조용하고 안락하게 지냈으며, 책상 위에는 니체의 책 몇 권이 놓여 있었다. 나는 니체와 함께 살았고, 그를 둘러싼 영혼의 고독을 느꼈으며, 그를 끊임없이 몰아댄 운명의 냄새를 맡았고, 그와 함께 괴로워했다. 그럼에도 묵묵히 자신의 길을 걸어간 사람이 존재했다는 사실을 기쁘게 여겼다.

어느 날 저녁 늦게 가을바람이 부는 거리를 어슬렁거리고 있었다. 음식점에서 대학생들이 단체로 부르는 노랫소리가 들려왔다. 열려 있는 창문에서는 담배 연기가 구름처럼 흘러나왔다. 노랫소리는 세찬 파도처럼 크고 우렁차게 울렸지만 흥겹지도 않고 생기도 없이 단조로웠다.

나는 길모퉁이에 서서 귀를 기울였다. 틀에 박힌 훈련된 청춘의 쾌활함이 두 술집에서 밤의 대기로 퍼져 나왔다. 어디를 가도 무리가 있고, 어디를 가도 모임이 있으며, 어디를 가도 운명의 내팽개침과 군중 속으로의 안락한 도피가 있을 뿐이었다!

뒤쪽에서 오던 두 남자가 천천히 나를 지나갔다. 나는 그들이 나누는 대화를 조금 들었다.

한 사람이 말했다.

"흑인 마을에 있는 청년들의 집과 똑같지 않습니까? 모든 게 똑같아요. 문신이 아직도 유행합니다. 보세요, 이것이 바로 젊은 유럽입니다."

귀에 익숙한 그 목소리는 이상하게 경고하는 말투였다. 나는 어두운 골목으로 두 사람의 뒤를 따라갔다. 한 사람은 일본인이었는데, 키는 작지만 세련돼 보였다. 가로등 밑에서 웃고 있는 그의 노란 얼굴이 빛나 보였다.

그때 다른 남자가 말했다.

"그렇지만 당신네 일본도 더 나을 건 없을 겁니다. 군중을 추종하지 않는 사람들은 어디를 가도 드문 법이니까요. 여기에도 가끔 그런 사람이 있긴 하지요."

한 마디 한 마디가 기쁜 놀라움으로 내게 와 닿았다. 나는 그 말을 하는 사람을 알고 있었다. 바로 데미안이었다.

바람 부는 밤에 나는 데미안과 일본인의 뒤를 따라 어두운 골목길을 걸었으며, 두 사람의 대화에 귀 기울이면서 그의 목소리가 울리는 것을 즐겼다. 그 목소리는 예전 음색과 똑같았으며, 예전에 느꼈던 아름다운 안정됨과 차분함이 있었고, 여전히 나를 압도하는 힘이 있었다. 이제 모든 것이 해결됐다. 드디어 내가 그를 발견해낸 것이다.

교외의 어느 거리 끝에서 그 일본인은 작별 인사를 하고 현관문을 열었다. 데미안은 그 길을 되돌아 나왔다. 나는 길 한가운데 멈춰 서서 그를 기다렸다. 두근거리는 가슴으로 나는 그가 몸을 곧게 세우고 탄력 있는 걸음걸이로 내가 있는 쪽으로 걸어오는 것을 보았다. 갈색 비옷을 입고 팔에는 가느다란 지팡이를 걸쳤다. 변함 없는 규칙적인 걸음걸이로 그는 바로 내 앞까지 와서 모자를 벗으며 결단성 있는 입과 독특한 밝음이 깃든 넓은 이마 등 예전과 같은 환한 얼굴을 내게 보여주었다.

"데미안!"

나는 소리쳤다.

그가 내게 손을 내밀었다.

"아, 너였군, 싱클레어! 널 기다렸어."

"내가 이곳에 있는 줄 알았던 거야?"

"꼭 그런 건 아니지만 그렇게 되기를 줄곧 원했지. 오늘 저녁에야 비로소 너와 만났지만, 너는 줄곧 우리를 뒤따라 왔잖아."

"그럼 나를 곧바로 알아본 거야?"

"물론이지. 확실히 넌 변하기는 했어. 하지만 네겐 징표가 있잖아."

"징표? 무슨 징표 말이야?"

"아직 기억할지 모르겠지만, 옛날에 우리는 그걸 카인의 징표라고 했지. 그게 우리의 징표야. 넌 언제나 그것을 가지고 있었어. 그것 때문에 내가 네 친구가 된 거고 말이야. 그런데 지금은 그게 더욱 뚜렷해졌는걸."

"난 몰랐어. 어쩌면 사실 알고 있었는지도 모르지. 언젠가 네 초상을 그린 적이 있는데, 그게 나와 닮아서 깜짝 놀랐어. 그게 그 징표였나?"

"그게 징표였어. 네가 여기 온 건 참으로 잘한 일이야! 내 어머니도 기뻐하시겠다."

나는 깜짝 놀랐다.

"네 어머니? 여기 계셔? 그런데 나를 모르시잖아."

"오, 어머니는 너를 알고 계셔. 네가 누구라고 말씀드리지 않아도 어머니는 널 알아보실 거야. 그런데 넌 오랫동안 아무 소식도 없었지."

"아, 가끔 편지를 쓰려고 했는데 그게 쉽지 않았어. 얼마 전부터는 내가 곧 너를 찾아낼 거라고 느꼈지. 나는 매일 그걸 기다렸어."

데미안은 내게 팔짱을 끼고 함께 계속 걸었다. 침착함이 그에게서부터 내 속으로 흘러들었다. 우리는 곧 예전처럼 떠들어댔다. 학창 시절과 견신례 수업, 방학 중의 어색한 만남까지 우리는 모든 걸 기억했다. 다만 우리 사이의 최초이자 가장 밀접한 유대, 즉 프란츠 크로머와의 이야기는 이번에도 언급되지 않았다.

알지 못하는 사이 어느덧 우리는 기이하고도 예감으로 가득 찬 이야기에 빠져 있었다. 데미안과 그 일본인의 대화를 떠올리면서 우리는 대학생들의 생활을 이야기했고, 그런 뒤 그것과 전혀 동떨어진 듯한 다른 이야기로 옮겨갔다. 그러나 데미안의 말 속에서는 그것도 밀접한 연관이 있었다.

데미안은 유럽의 정신과 현 시대의 특징을 이야기했다. 그는 어디를 가든지 단합과 무리를 이루는 문화가 지배하고 있을 뿐 자유와 사랑은 없다고 말했다. 학생 단체와 합창단에서 국가에 이르기까지 모든 단체는 강제적으로 형성된 것이며, 불안과 공포와 당혹감에서 생겨난 공동체로 그 내부는 부패하고 낡아서 붕괴 직전이라는 것이었다.

데미안은 말했다.

"단합이란 아름다운 거지. 하지만 우리가 가는 곳마다 볼 수 있는, 이런 식으로 번창하는 건 전혀 단합이라고 말할 수 없어. 그건 개개인이 서로 알기 시작하는 데서 새롭게 생겨나 한동안 세상을 변형시키지. 지금 단합하는 것처럼 보이지만 그건 오합지졸에 불과해. 사람들은 서로 두려워하기 때문에 서로에게로 도망치고 있어. 귀족은 귀족들끼리, 노동자는 노동자들끼리, 학자는 학자들끼리 말이야! 그러면 왜 그들은 두려움을 느끼는 걸까? 사람은 자기 자신과 하나가 되지 못할 때 두려움을 갖지. 자기 자신을 알지 못한 탓에 두려움을 느끼는 거지. 자기 자신 속에 있는 미지의 것을 두려워하는 인간들로만 구성된 공동체라니 말이야! 그들은 모두 자신들의 인생 법칙이 더는 적합하지 않다는 것과 자신들이 낡은 규범에 따라 살고 있다는 것을, 그들의 종교나 도덕 등 그 어느 것 하나도 우리가 필요로 하는 것에는 적합하지 않다는 걸 느끼고 있어. 백 년, 아니 그 이상의 시간을 유럽은 그저 연구하고 공장만 세웠지! 그들은 한 사람을 죽이는 데 몇 그램의 화약이 필요한지는 정확히 알지만, 어떻게 신에게 기도하는지는 몰라. 어떻게 하면 한 시간만이라도 만족해하며 보낼 수 있는지조차 모른다고. 학생 술집이라도 한번 들여다봐! 그렇지 않으면 부자들이 드나드는 유흥지라도! 절망적이야! 싱클레어, 그 어디에서도 명랑함이 나올 수 없어. 그처럼 불안하게 모인 사람들은 두려움과 악의로 가득하고 서로를 신뢰하지 않아. 그들은 이미 이상이 아닌 이상에 매달려선 새로운 이상을 세우는 사람들을 돌로 쳐 죽이지. 난 충돌이 일어날 거라는 게 느껴져. 충돌이 일어날 거야. 머지않아 틀림없이 일어날 거야! 물론 그 충돌로 세계가 '개선'되지는 못해. 노동자들이 공장 주인을 때려죽이거나 러시아와 독일이 서로 총질을 하거나 그저 소유한 사람만 바뀔 뿐이겠지. 하지만 그래도 아무 소용없는 건 아닐 거야. 그것은 오늘날 이상이 가치 없다는 걸 증명해 줄 거고, 석기시대의 신들을 제거해줄 테지. 현재와 같은 이 세계는 죽길 원하고, 멸망하길 바라고 있어. 실제로도 그렇게 될 거고."

"그럼 그때 우리는 어떻게 되는데?"

내가 물었다.

"우리? 오, 아마도 함께 멸망하겠지. 우리 같은 사람들은 아마도 맞아 죽겠지. 다만 그걸로 우리가 다 끝나는 건 아냐. 우리한테 남은 것들 또는 우리 가운데 살아남은 사람들의 주위로 미래 의지가 집결될 거야. 한동안 기술과 과학이라는 시장으로 떠들썩하게 뒤덮여버렸던 우리의 유럽에서 인류 의지가 나타나겠지. 그러면 인류의 의지가 결코 오늘날의 공동체, 그러니까 국가와 민족, 단체, 교회의 의지와는 같지 않다는 게 확실하게 드러날 거야. 자연이 인간에게 원하는 건 오히려 개개인의 마음속에, 너와 나의 내면에 새겨져 있어. 그건 예수 속에도 적혀 있었고, 니체 속에도 적혀 있었지. 물론 그것은 매일 다르게 보일 수 있지만, 오늘날의 공동체가 붕괴되어야만 유일하게 중요한 이 흐름이 나타날 여지가 생길 거야."

우리는 꽤 늦은 시간에야 강가의 한 정원 앞에 멈춰 섰다.

"우린 여기 살아. 조만간 한번 와! 몹시 기다릴 거야."

데미안이 말했다.

기쁜 마음으로 나는 서늘해진 밤공기 속에서 먼 귀갓길에 올랐다. 시내 여기저기서 집으로 돌아가는 대학생들이 시끄럽게 떠들어대며 비틀거리고 있었다. 나는 종종 그들의 우스꽝스러운 유쾌함과 내 고독한 생활 사이의 거리를 느꼈다. 그럴 때면 결핍의 감정이나 조소가 따르기도 했다. 그러나 여태껏 오늘처럼 그렇게 침착함과 은밀한 힘으로 그것이 내게 얼마나 사소한 일인지, 이 세계가 내게 얼마나 동떨어져 있는지 느낀 적은 없었다. 나는 내 고향의 공무원들, 늙고 신분 높은 관리들을 떠올렸다. 그들은 행복한 낙원에 대한 추억처럼 그렇게 음주로 허송한 대학 시절의 추억에 집착했고, 마치 시인이나 낭만주의자들이 그들의 유년 시절에 바치는 것과 비슷하게 대학 시절의 사라져버린 '자유'를 찬양했다. 어디서나 마찬가지였다! 그들은 행여 자기 자신의 책임을 떠올리고, 자신의 길을 가야 한다고 경고받을지도 모른다는 불안감으로 지난 시절 어디서나 '자유'와 '행복'을 구했다. 몇 년 동안 폭음하고, 환호를 지르고, 그런 다음에는 기어 들어와서 성실한 관리가 되는 것이다. 그래, 썩었다. 우리 주변은 썩어 있다. 그리고 대학생들의 이런 어리석음은 다른 수백 가지 일보다 더 우둔한 것도, 불량한 것도 아니었다.

그런데 멀리 떨어진 내 집에 도착해 잠자리에 들었을 때는 이 모든 생각이 이미 사라져버렸다. 내 마음속은 오늘이 내게 준 큰 약속에 매달려 있었다. 내가 원하기만 한다면 내일이라도 데미안의 어머니를 볼 수 있다. 대학생들이 술판을 벌이고 얼굴에 문신을 하든 말든, 세계가 모조리 썩어 몰락을 기다리든 말든 내게 무슨 상관이란 말인가! 나는 오로지 내 운명이 새로운 모습으로 나를 맞이해주기를 기다릴 뿐이었다.

다음 날 아침 늦게까지 곤하게 잤다. 축제일 아침처럼 새로운 하루가 시작됐다. 내겐 소년 시절의 크리스마스 축제 이래로 경험해본 적 없는 일이었다. 나는 내적 불안에 가득 차 있었지만 그 어떤 두려움도 없었다. 그리고 내게 중요한 날이 밝았다는 것을 느꼈다. 나는 세계가 내 주위에서 변화하고, 뭔가를 기대하며, 암시로 가득 차 있고, 엄숙해진 것을 보고 느꼈다. 조용히 내리는 가을비조차 아름답고 고요하며 엄숙하고도 축제일이 그렇듯 즐거운 음악으로 가득 찬 것 같았다. 처음으로 외부 세계가 나의 내부 세계와 순수하게 일치된 음향을 울리고 있었다. 이제 영혼의 축제일이 시작되고, 사는 보람을 느끼게 될 것이었다. 어떤 집도, 어떤 진열창도, 골목길에서 만난 어떤 얼굴도 나를 방해하지 못했다. 모든 것은 당연히 있어야 하는 그대로일 뿐이었지만 일상적이고도 눈에 익은 공허한 얼굴이 아니라 기대에 찬 자연의 모습 바로 그것이었다. 그리고 경건하게 운명을 맞을 준비를 하고 있었다. 내가 어린 꼬마였을 때 성탄절이나 부활절 같은 큰 축제일의 아침에는 세상이 이와 같이 보였다. 나는 이 세계가 아직도 이렇게 아름다울 수 있음을 미처 몰랐다. 그동안 나는 나 자신 속으로 들어가 사는 것에 익숙해져 있었다. 외부의 것에 대한 감각이 나한테서 사라졌다는 것, 반짝이던 색채의 상실은 불가피하게 유년 시절의 상실과 관계가 있다는 것, 영혼의 자유와 성장을 위해서는 이런 정겨운 광채를 대가로 치르지 않으면 안 된다는 것을 감수하는 데 익숙해졌던 것이다. 이제 나는 그동안 이 모든 게 그저 파묻히고 어두워졌던 것이며 자유를 얻은 사람, 소년의 행복을 포기해버린 사람이라도 다시 빛을 발하는 세상을 보고 어린아이가 관찰하는 내적 전율을 맛보는 것이 가능하다는 것을 황홀한 마음으로 느꼈다.

그날 밤 막스 데미안과 작별을 고했던 그 교외의 정원을 다시 찾아갈 시간이 다가왔다. 비에 젖은 잿빛의 높은 나무 뒤에 감추어진 조그마한 집이 밝고 아늑한 모습으로 서 있었다. 커다란 유리벽 뒤에는 꽃이 핀 높은 관목들이 있었고, 빛나는 창문 뒤쪽으로는 그림과 책이 줄지어 있는 어두운 방의 벽이 보였다. 현관은 난방이 된 작은 거실로 곧장 통했다. 검은 옷에 흰 앞치마를 두른 말 없는 늙은 하녀가 나를 안내하고 외투를 받아주었다.

하녀는 나를 거실에 홀로 남겨두었다. 나는 주위를 둘러보며 곧바로 내 꿈의 한복판에 들어와 있음을 알았다. 문 위쪽의 어두운 나무 벽에 걸린 까만 틀의 유리액자 안에 내가 잘 아는 그림이 들어 있었다. 그건 바로 지구의 껍데기를 뚫고 날아오르려는 황금빛 새매의 머리를 한 나의 새였다. 크게 감동받은 나는 그 자리에 꿈쩍도 하지 않고 서 있었다. 그 순간 내가 지금까지 행하고 경험했던 모든 일이 해답과 성취가 되어 되돌아온 듯 나는 기쁘면서도 슬픈 마음이 들었다. 번개처럼 빠르게 수많은 영상이 내 영혼을 스치고 지나가는 것이 보였다. 아치형의 대문 위에 낡은 돌로 된 문장이 있는 고향 집, 그 문장을 스케치하던 소년 데미안, 사악한 크로머의 마수에 걸려들어 두려움에 떠는 아이였던 나, 조그맣고 조용한 기숙사 방의 책상에서 동경의 새를 그리며 자신이 푼 실의 그물에 얽힌 청년이었던 나 그리고 그 모든 것이, 그 순간까지의 모든 것이 반향을 일으키고 긍정과 시인, 대답이 되어 돌아왔다.

나는 젖어드는 눈으로 내 그림을 응시하며 내 마음을 읽고 있었다. 그때 내 시선이 아래로 떨어졌다. 새 그림 아래 열려진 문 앞에 까만 옷을 입은 키 큰 부인이 서 있었다. 바로 그 여인이었다.

나는 한 마디도 할 수가 없었다. 아들의 얼굴처럼 시간과 나이를 초월한 그리고 영혼으로 충만한 얼굴의 아름답고 기품 있는 부인이 내게 다정한 미소를 짓고 있었다. 그 여인의 눈길은 소망의 실현이었고, 그 여인의 인사는 귀향을 뜻했다. 아무 말 없이 나는 그녀에게 두 손을 내밀었다. 그녀는 힘 있고도 따스한 손으로 내 양손을 꼭 잡았다.

"당신이 싱클레어지요. 곧 알아봤어요. 잘 왔어요!"

그 여인의 음성은 깊고 따스했다. 나는 달콤한 포도주처럼 그 음성을 마셨다. 그러고는 눈을 들어 그녀의 고요한 얼굴, 깊이를 알 수 없는 검은 눈, 신선하고 성숙한 입, 징표를 가진 넓고 위엄 있는 이마를 바라보았다.

"아, 얼마나 기쁜지 모르겠습니다!"

나는 그 여인에게 이렇게 말한 뒤 두 손에 입을 맞췄다.

"한평생 언제나 길을 헤매고 있었던 것 같습니다. 그리고 이제 집에 돌아왔습니다."

그녀는 어머니 같은 미소를 지으며 다정하게 말했다.

"집에 돌아온다는 건 결코 있을 수 없는 일이에요. 그렇지만 친밀한 길들이 함께 뻗어 있을 때는 온 세상이 잠시 고향처럼 느껴지지요."

내가 그녀에게 오기까지의 과정에서 느꼈던 것을 말한 것이었다. 그녀의 목소리, 그녀의 말도 아들과 아주 비슷했다. 그러면서 전혀 다르기도 했다. 모든 것이 좀 더 성숙하고 따스하며 분명했다. 그러나 데미안이 옛날에 그 누구에게도 소년이라는 느낌을 주지 않았던 것과 마찬가지로 그의 어머니 또한 성인이 된 아들이 있는 것처럼 보이지 않았다. 그녀의 얼굴과 머리카락 위에 감도는 향기는 젊고 감미로웠고, 황금빛의 살결은 탄력 있고 주름 하나 없었으며, 입술은 꽃처럼 피어나고 있었다. 그녀는 내가 꿈속에서 본 것보다 더 여왕처럼 내 앞에 서 있었다. 그녀 가까이에 있다는 것은 사랑의 행복이었고, 그녀의 시선은 충족감을 안겨주었다.

그것은 나의 운명이 내게 보여준 새로운 모습이었다. 더는 엄격하지 않고, 더는 고독하지도 않으며, 벌써 성숙하고 기쁨으로 가득 차 있었다. 나는 아무런 결심도 하지 않았고 아무런 서약도 하지 않았지만 목표에 도달했다. 높다란 한 지점에 다다른 것이었다. 거기서부터 계속되는 길은 약속의 나라를 향해 가면서 가까운 행복의 나뭇가지로 그늘이 졌고, 가까운 모든 쾌락의 동산에 의해 서늘해진 채 멀고도 화려하게 뻗어 있었다. 내가 앞으로 어떤 길을 가더라도 이 세상에 있는 이 여인을 알고, 이 여인의 음성을 들이켜고, 이 여인의 가까이에서 숨을 쉴 수 있다는 것은 축복받은 일이었다. 이 여인이 내게 어머니가 되건, 연인이 되건, 여신이 되건 간에 거기에 있기만 하면 되는 것이었다! 그저 내 길이 이 여인의 길 가까이에 있기만 하면 되는 것이었다!

그녀는 내가 그린 새매의 그림을 가리키며 생각에 잠긴 어조로 말했다.

"당신이 이 그림을 보내왔을 때보다 우리 막스를 더 기쁘게 해준 일이 없었지요. 내게도 그랬고요. 우리는 당신을 기다렸어요. 이 그림이 왔을 때 우리는 당신이 우리에게 오고 있다는 걸 알았어요. 당신이 아직 어린 소년이었을 때였어요. 하루는 내 아들이 학교에서 돌아와 '이마에 징표가 있는 아이가 있는데, 그 아이는 내 친구가 될 거예요'라고 말했어요. 그게 당신이었죠. 당신도 쉽지는 않았겠지만, 그래도 우리는 당신을 믿었어요. 당신이 방학 때 집에 돌아와 막스와 다시 만난 적이 있었지요. 그때 당신은 아마 열여섯 살쯤 됐을 거예요. 막스가 그렇게 이야기하더군요."

나는 그녀의 말을 가로막았다.

"아, 그가 부인께 그 이야기를 했다고요! 가장 비참했던 시절이었습니다!"

"그래요. 막스는 내게 '지금 싱클레어는 최대의 난관에 직면해 있어요. 싱클레어는 공동체 속으로 도망치려 시도하고 술꾼이 다 됐더군요. 하지만 그렇게 되진 않을 거예요. 그의 징표가 가려졌지만 그것이 남모르게 그를 불태우고 있거든요'라고 하더군요. 그렇지 않았나요?"

"오, 네, 그랬습니다. 조금도 틀리지 않았어요. 그러고 나서 저는 베아트리체를 발견했고, 그다음에는 마침내 또다시 지도자가 제게 나타났습니다. 피스토리우스라는 사람이었죠. 그때 비로소 제 소년 시절이 왜 그렇게 막스와 강하게 연결되어 있고, 왜 그에게서 도망칠 수 없었는지 분명히 알게 됐습니다. 부인, 아니 어머니, 그때 저는 가끔 자살하지 않을 수 없다고 생각했습니다. 도대체 그 길은 누구에게나 그렇게 어려운 건가요?"

그녀는 공기처럼 가볍게 내 머리카락을 쓰다듬었다.

"태어난다는 건 언제나 어려운 일이지요. 새가 알을 깨고 나올 때 온 힘을 다해 애쓰는 걸 당신도 알잖아요. 돌이켜 생각해보고 이렇게 한번 물어봐요. 그 길이 정말로 그렇게도 어려웠던가? 단지 어렵기만 했던가? 그러면서도 아름답지 않았던가? 이렇게 말이에요. 당신은 과연 그보다 더 아름다우면서 더 쉬운 길을 알고 있었을까요?"

나는 머리를 가로젓고 꿈속에서처럼 말했다.

"어려웠어요. 그 꿈이 나타나기까지는 정말 어려웠습니다."

그녀는 고개를 끄덕이면서 나를 뚫어지게 바라보았다.

"그래요. 사람은 반드시 자신의 꿈을 찾아내야만 해요. 그러면 그 길이 쉬워지지요. 그렇지만 언제까지고 계속되는 꿈은 없어요. 모든 꿈은 새로운 꿈으로 대체되지요. 우리는 어떤 꿈에도 집착해서는 안 돼요."

나는 매우 놀랐다. 그것은 일종의 경고일까? 벌써 방어하려는 것일까? 어쨌든 매한가지였다. 나는 그녀의 인도를 받아들이고 목표 같은 것을 묻지 않으려는 준비가 되어 있었던 것이다.

나는 말했다.

"잘 모르겠습니다. 제 꿈이 얼마나 오래 계속될지 말입니다. 저는 그것이 영원하기를 바라고 있어요. 새 그림 밑에서 제 운명이 어머니처럼 또는 연인처럼 저를 맞이해주었습니다. 제 운명은 저 말고는 누구의 소유물도 아닙니다."

"그 꿈이 당신의 운명인 한 당신은 그것에 충실해야겠지요."

그녀는 엄숙하게 그 말을 확인시켜주었다.

알 수 없는 슬픔이 나를 사로잡았다. 그리고 이 행복한 순간 속에서 그대로 죽고 싶다는 간절한 소망이 나를 사로잡았다. 눈물이 억제할 수 없이 내 안에서 솟아올라 나를 압도하는 것을 느꼈다. 얼마나 오랫동안 나는 울지 않았던가! 나는 급히 그녀한테서 몸을 돌리고 창가로 걸어가 흐릿해진 눈으로 화분에 심긴 꽃 너머 먼 곳을 바라보았다.

등 뒤에서 나는 그 여인의 목소리를 들었다. 그것은 침착한 음성이었지만 넘치도록 채워진 포도주 잔처럼 애정이 넘쳤다.

"싱클레어, 당신은 아직 어린애군요! 당신의 운명은 당신을 정말 사랑하고 있어요. 만약 계속 충실히 따른다면, 당신이 꿈꾸고 있듯 언젠가는 반드시 당신의 것이 될 거예요."

나는 나 자신을 억누르고 그녀에게로 다시 얼굴을 돌렸다. 그녀는 내게 손을 내밀더니 미소를 지으면서 말했다.

"내겐 친구가 몇 명 있어요. 몇 명 안 되는 적은 수지만 아주 가까운 친구들이지요. 그들은 나를 에바 부인이라고 부른답니다. 당신도 원한다면 그렇게 불러요."

그 여인은 나를 데려가서 문을 열고 정원을 가리켰다.

"저기 밖에 막스가 있어요."

높은 나무들 아래서 나는 감동한 채 멍하니 서 있었다. 예전보다 더 깨어 있는 것인지, 아니면 더 심각한 꿈을 꾸는 것인지 분간되지 않았다. 나뭇가지에서 조용히 빗방울이 떨어졌다. 나는 천천히 강기슭을 따라 멀리 뻗어 있는 정원으로 걸어갔다. 그러고는 마침내 데미안을 발견했다. 그는 상체를 드러낸 채 탁 트인 정자 안에 서서 매달아놓은 모래주머니로 권투 연습을 하고 있었다.

나는 깜짝 놀라 멈춰 섰다. 데미안은 아주 멋있어 보였다. 가슴은 떡 벌어졌고, 머리는 야무지고 남성적이었다. 치켜든 두 팔의 팽팽한 근육은 강하고 단단해 보였으며, 허리와 어깨 그리고 팔꿈치에서부터 시작된 근육의 움직임은 마치 파문이 이는 샘물과 흡사했다.

나는 외쳤다.

"데미안! 거기서 뭐하고 있어?"

그는 유쾌하게 웃었다.

"연습하고 있지. 그 조그만 일본인이랑 레슬링을 하기로 했거든. 그 사람은 고양이처럼 날쌔고 빈틈이 없어. 하지만 절대 그 사람 마음대로는 되지 않을걸. 그를 아주 살짝 멸시한 것 말고는 그에게 빚진 게 없거든."

연습을 끝내고 그는 셔츠와 윗도리를 걸쳤다.

"벌써 어머니를 만난 거지?"

그가 물었다.

"응, 데미안. 정말 근사한 어머니를 뒀더라! 에바 부인! 그분한테 정말 완벽하게 어울리는 이름이야. 모든 존재의 어머니 같은 느낌이 들어."

그는 잠시 생각에 잠긴 듯한 표정을 하고 내 얼굴을 쳐다보았다.

"벌써 그 이름을 알고 있어? 넌 그걸 자랑으로 생각해도 좋아! 어머니가 첫 만남에서 그 이름을 가르쳐준 건 네가 처음이거든."

그날부터 나는 아들이자 형제처럼, 그러면서도 사랑하는 사람처럼 그 집에 드나들었다. 나의 등 뒤로 대문을 닫을 때면, 아니 멀리서 정원의 높다란 나무들이 보일 때면 나는 벌써 행복해졌다. 바깥에는 '현실'이 있었다. 바깥에는 거리와 집, 사람과 시설, 도서관, 강의실이 있었다. 그러나 여기 집 안에는 사랑과 영혼이 있었고, 동화와 꿈이 살고 있었다. 그럼에도 우리는 결코 세상과 차단된 채 살지는 않았다. 우리는 사고와 대화에서 오히려 자주 세상의 한복판에서 살았는데, 다만 다른 영역에 속해 있었을 뿐이다. 우리는 대다수 사람과 어떤 경계선으로 분리된 것이 아니라 오직 보는 방식에 따라서만 분리되어 있었다. 우리 사명은 이 세상에 하나의 섬을 제시하는 것이었다. 그것은 이상에 불과할 수도 있지만, 어쨌든 살아가는 데 다른 한 가지 가능성을 보여주는 것임이 분명했다. 오랫동안 고독 속에 살았던 나는 완전한 고독을 맛본 사람들 사이에서만 가능한 공동체를 알게 되었다. 더 이상 나는 행복한 사람들의 식탁이나 흥겨워하는 사람들의 향연으로 되돌아가길 바라지 않게 되었다. 다른 사람들의 공동체를 바라보더라도 더는 질투심이나 향수에 사로잡히지 않았다. 나는 그렇게 서서히 '징표'를 달고 있는 사람들의 비밀에 정통하게 되었다.

세상 사람들은 징표를 지닌 우리를 이상하다고, 미쳤다고, 아니면 위험하다고 취급할지도 모를 일이었다. 우리는 깨달은 자 또는 깨닫고 있는 자들이었으며, 우리의 노력은 점점 완전해지는 깨달음을 향해 나아갔다. 하지만 다른 사람들의 노력과 행복 추구는 그들의 의견, 그들의 이상과 의무, 그들의 생활과 행복을 군중의 그것에 더욱 밀착시키기 위한 데로 향했다. 물론 그곳에도 노력은 있었고, 그곳에도 힘과 위대함이 있었다. 그러나 우리가 보기에 우리처럼 징표를 지닌 사람들은 새롭고 고립된 미래의 것을 지향하는 자연의 의지를 제시하는 데 반해 다른 사람들은 그저 고집의 의지 속에서 살고 있을 뿐이었다. 우리와 마찬가지로 인류를 사랑해 마지않는 그들에게 인류는 반드시 유지되고 보호받아야 하는 어떤 완성된 것이었다. 하지만 우리에게 인류는 우리 모두가 나아가고 있으며, 그 모습을 아는 사람이 아무도 없고, 그 법칙이 어떨 것인지 아무 데도 쓰여 있지 않은 그런 아득한 미래였다.

에바 부인과 데미안 그리고 나를 빼고도 가깝고 멀고의 차이는 있지만 여러 부류의 많은 구도자가 우리 범주에 속해 있었다. 그들 대다수는 특별한 길을 걷고 있었으며, 개별적인 목적을 지향하고 독특한 의견과 의무에 매달렸다. 그들 가운데는 점성술사와 카발라 학파, 톨스토이의 추종자가 있는가 하면 여러 부류의 섬세하고 수줍어하며 다치기 쉬운 사람들과 새로운 종파를 신봉하는 사람들, 인도식 명상을 하는 사람들, 채식주의자 등도 있었다. 사실 우리는 각자 다른 사람의 비밀스러운 삶의 꿈에 경의를 표하는 것 말곤 그들과 아무런 정신적 공통점도 가지고 있지 않았다. 그들 가운데서도 과거 속에서 신과 새로운 이상에 대한 인류 탐구의 흔적을 찾아내고 때로는 피스토리우스의 연구를 연상시키는 그런 작업을 했던 사람들이 우리와 좀 더 친밀한 관계를 맺고 있었다. 그들은 책을 가져와 우리에게 고대 언어로 쓰인 글을 번역해주었고, 고대의 상징과 교리의 도해를 보여주었다. 그리고 이제까지의 인류가 가졌던 모든 이상은 무의식적인 영혼의 꿈으로, 즉 손으로 더듬어가면서 그 속에서 자신의 미래 가능성에 대한 예감을 추구하고자 했던 그런 꿈으로 이루어졌음을 우리가 알 수 있도록 가르쳐주기도 했다. 그렇게 해서 우리는 천 개의 머리를 가진 고대 세계의 그 이상한 신들 무리부터 기독교적인 개종의 여명에 이르기까지 모두 섭렵할 수 있었다. 또한 그 고독하고 경건한 사람들의 신앙고백과 민족에서 민족으로 옮아간 종교의 변천을 알게 되었다. 그리고 우리가 수집한 모든 자료를 거쳐 우리 시대에 대한 비판적인 인식이 생겨났다. 어마어마한 노력으로 강력하고도 새로운 인류의 무기를 만들어냈지만 결국에는 심각하고 혹심한 정신의 황폐 속에 빠지게 된 현대 유럽에 대한 비평적인 안목이 생겨난 것이다. 유럽은 전 세계를 얻었지만 그 때문에 자기 영혼을 잃어버렸다.

우리 모임에도 특정한 희망과 구원설을 믿는 사람들과 신봉자들이 있었다. 유럽을 개종시키려 한 불교 신자들도 있었고, 톨스토이 신봉자나 그 외 여러 종파의 추종자도 있었다. 좁은 범주 안에서 우리는 귀를 기울여 들었으며, 이들 교리 가운데 그 어떤 것도 상징 이외의 다른 의미로는 받아들이지 않았다. 우리의 징표를 가진 사람들에겐 미래의 형성에 대한 아무런 우려의 의무도 없었다. 우리에겐 모든 종파와 구원설이 애초부터 죽어버려 아무 쓸모없는 것처럼 여겨졌다. 다만 우리가 각자 온전하게 자기 자신이 되고, 자신의 내부에서 작용하는 자연의 싹을 온전하고 정당하게 평가해 그 의지에 맞춰 살아가며, 불확실한 미래가 초래할지도 모르는 그 모든 일에 대비해 준비를 갖춰야 한다는 것만을 유일하게 의무와 운명으로 느꼈던 것이다.

새로운 탄생과 현재의 붕괴가 가까이 와 있고 그것을 이미 느낄 수 있게 됐다는 것은 입 밖에 내건 내지 않건 간에 우리 감정이 분명히 자각하고 있었기 때문이다. 데미안은 내게 여러 번 이런 말을 했다.

"무슨 일이 닥칠지는 짐작할 수 없어. 유럽의 영혼은 무한히 오랫동안 쇠사슬에 묶여 있던 짐승과 다르지 않다고. 그것이 풀어지면 이 짐승이 최초로 보일 행동은 절대 좋은 일이 아니겠지. 하지만 그렇게 오랜 세월 계속 기만당하고 마비되어온 영혼의 진정한 고난이 온 세상에 드러날 수만 있다면 우리가 겪은 그 과정이나 방법은 빙 돌아왔다고 해도 중요하지 않아. 그렇게 되면 우리의 날이 올 것이고 사람들은 우리를 필요로 하겠지. 지도자나 새로운 입법자로서가 아니라 운명이 부르는 곳이라면 어디든 함께 걸어가 그곳에 서 있을 준비가 된 그런 사람으로서 말이야. 우리는 새로운 법률을 경험하지 못할 거야. 있잖아, 모든 인간은 그들의 이상이 위협받게 되면 믿을 수 없을 만한 일을 해낼 준비가 되어 있어. 그렇지만 새로운 이상, 새롭지만 어쩌면 위험하고도 섬뜩한 그런 성장의 흐름이 문을 두드릴 때 문밖을 내다볼 사람은 아무도 없을 거야. 바로 그런 일을 위해 우리에게 징표가 있는 거지. 마치 공포와 증오를 불러일으키고 그 당시의 인류를 답답한 목가적 세계에서 위험스러운 넓은 세계로 몰아넣기 위해 카인이 징표를 갖고 있었던 것처럼 말이야. 인류의 행로에 영향을 준 사람들은 너나 할 것 없이 모두 그런 능력이 있었고, 또 실제로도 영향을 미칠 수 있었던 건 순전히 그들이 운명을 맞을 준비가 되어 있었기 때문이야. 모세와 부처도 그랬고, 나폴레옹과 비스마르크도 그랬어. 그들이 어떤 파도에 휩쓸렸는지 또는 어떤 극의 지배를 받았는지 그건 그들의 선택 사항이 아니었어. 만약 비스마르크가 사회민주주의자들을 이해하고 그들의 의견에 동조했다면 영리한 지배자가 됐을지 모르지만 운명의 인물은 되지 못했을 거야. 나폴레옹도, 카이사르도, 로욜라도, 다른 모든 사람도 그랬을 테지! 우리는 그걸 언제나 생물학적이며 진화론적으로 생각해야 해! 지구 표면의 변화가 수서동물을 육지로, 육서동물을 물속으로 몰아넣었을 때 이제까지 들어본 적도 없는 일을 완수하고 새롭게 적응함으로써 자신들의 종을 구해낸 본보기가 있었지. 그들은 운명을 맞을 준비를 하고 있었던 거야. 그들이 예전에 자기들 종 가운데 보수적이고 보존적인 성향을 가진 걸로 두드러졌는지, 아니면 기이한 별종이고 혁명적인 성향을 가졌는지는 알 수 없어. 그들은 다만 준비가 되어 있었고, 그랬기 때문에 새로운 발전 단계로 넘어가면서도 자신들의 종을 구할 수 있었던 거지. 그게 우리가 알고 있는 거야. 그래서 우리도 준비를 하려는 거지."

그런 대화를 나눌 때는 에바 부인도 종종 자리를 함께했다. 그러나 그녀 스스로 이런 식으로 이야기하지는 않았다. 그녀는 자신의 생각을 말하는 우리 각자에게 신뢰와 이해심이 많은 경청자였으며 소리 없는 메아리를 보냈다. 마치 그런 생각들이 모두 그녀한테서 나와 그녀에게로 되돌아가는 것 같았다. 그녀 가까이에 앉아 있거나 때로 그녀의 목소리를 듣고 그녀를 에워싼 성숙함과 영혼의 분위기에 젖어 있는 것이 내겐 더없는 행복이었다.

나의 내면에서 어떤 변화나 혼탁함, 혁신이 일어나고 있으면 그녀는 곧 그것을 느꼈다. 내가 잠잘 때 꾼 꿈도 마치 그녀의 암시에 따른 것처럼 여겨졌다. 나는 그녀에게 종종 내 꿈 이야기를 했는데, 그 꿈은 그녀에겐 분명하고도 자연스러운 것이었다. 그녀가 분명한 느낌으로 파악해낼 수 없는 그런 유별난 것은 하나도 없었다. 한동안 나는 마치 우리가 낮에 나눈 대화의 복사판과도 같은 꿈을 꾸었다. 온 세계가 혼란에 빠지고 나 혼자서 아니면 데미안과 함께 긴장된 상태로 거대한 운명을 기다리는 꿈이었다. 그 운명은 감춰진 상태였지만 어딘지 모르게 에바 부인의 모습을 지니고 있었다. 그녀에게 선택되거나 배척당하는 것, 그것이 바로 운명이었던 것이다.

가끔 그녀는 미소를 지으며 이런 말을 했다.

"당신의 꿈은 완전하지가 않아요, 싱클레어. 당신은 가장 좋은 걸 잊어버렸어요."

그러고 나서야 그 잊어버린 것이 머리에 떠올랐는데, 어떻게 그것을 잊어버릴 수 있었는지 나는 이해할 수가 없었다.

때때로 나는 불만을 느끼고 욕구로 괴로워했다. 그녀를 팔에 끌어안지도 못하면서 바로 옆에서 지켜보기만 한다는 것이 더는 참을 수 없는 일처럼 생각됐다. 그런 사실까지도 그녀는 곧 알아챘다. 한번은 내가 며칠 동안 가지 않다가 정신없이 다시 찾아간 적이 있었다. 그때 그녀는 나를 옆으로 데리고 가서 이렇게 말했다.

"당신은 자신도 믿지 않는 소원에 빠져들어선 안 돼요. 난 당신이 무엇을 원하는지 알아요. 당신은 그 소원을 포기하거나 완전하고 올바르게 원하지 않으면 안 돼요. 만약 당신이 그 소원의 성취를 마음속에서 확신할 만큼 그렇게 언제고 바랄 수 있게 되면, 그때는 그 소원도 이루어질 거예요. 하지만 당신은 지금 그걸 소원하면서도 다시 후회하고 그러면서 두려워하지요. 그 모든 걸 극복할 수 있어야 해요. 당신한테 이야기 하나를 해줄게요."

에바 부인은 별과 사랑에 빠진 한 젊은이의 이야기를 해주었다. 그는 바닷가에 서서 손을 뻗어 별을 찬미했으며 별의 꿈을 꾸고 자신의 생각을 별에게 보냈다. 그렇지만 그는 사람이 별을 끌어안을 수 없다는 것을 알고 있었다. 아니, 알고 있다고 생각했다. 그는 실현될 희망도 없이 별을 사랑하는 것을 자신의 운명이라고 여겼다. 그리고 이런 생각에서 체념과 함께 자기를 개선시키고 정화시켜줄 무언의 충실한 고민을 읊은 완전한 생명의 시 한 편을 지었다. 그러나 그의 꿈은 모두 별에 가 있었다. 어느 날 밤 그는 다시 바닷가 높은 절벽 위에 서서 별을 쳐다보았고 별에 대한 사랑에 불타고 있었다. 동경이 절정에 이른 순간 그는 뛰어오르더니 별을 향해 허공으로 몸을 던졌다. 그런데 뛰어오르는 그 순간 그는 다시 한 번 번개처럼 깨달았다. 이건 정말 불가능한 일이야! 곧바로 그는 해변에 떨어져 산산조각이 나버리고 말았다. 그는 사랑하는 법을 이해하지 못했던 것이다. 만약 뛰어오른 그 순간 굳고 확실하게 꿈이 실현될 거라고 믿는 정신력만 가졌다면 그는 하늘로 날아 올라가 별과 하나가 되었을 것이다.

그녀는 말했다.

"사랑은 간청해선 안 되는 거예요. 요구해서도 안 되지요. 사랑은 자기 내면에서 확신에 이를 수 있는 힘을 지녀야만 해요. 그러면 끌려오는 게 아니라 끌어당기게 되죠. 싱클레어, 당신의 사랑은 나에 의해 끌리고 있어요. 그것이 언젠가 나를 끌어당기게 되면 그땐 내가 가겠어요. 나는 어떤 선물도 주고 싶지 않아요. 나는 당신한테 획득당하고 싶은 거예요."

다음번에 그녀는 내게 다른 이야기를 해주었다. 희망도 없이 사랑하는 한 남자가 있었다. 그는 완전히 자신의 영혼 속에 침잠해 사랑하는 나머지 타서 없어질 것 같다고 느꼈다. 세상도 그에게서 사라졌고, 푸른 하늘도 푸른 숲도 더는 보이지 않았다. 시냇물도 그에게 속삭이지 않았고 하프의 선율도 그의 귀에는 들리지 않았다. 모든 것이 사라져버렸다. 그리고 그는 가난하고 비참해졌다. 하지만 그의 사랑은 커져갔다. 그는 자기가 사랑하는 그 아름다운 여자에 대한 소유를 단념하느니 차라리 죽어버리고 파멸해버리고 싶었다. 바로 그때 그는 자신의 사랑이 자기 내면의 다른 모든 것을 불태워버렸음을 느꼈다. 그 사랑은 강력해졌고, 여자를 끌어당기고 또 끌어당겼다. 그 아름다운 여자는 그에게 끌려오지 않을 수 없었다. 그녀가 왔고 그는 그녀를 안으려고 두 팔을 벌리고 서 있었다. 그런데 그의 앞에 와서 서자 그녀는 완전히 달라졌다. 그는 자신이 잃어버렸던 온 세계가 자신에게로 끌어당겨졌다는 사실에 전율하면서 느끼고 또 보았다. 그 세계는 그의 앞에 서서 그에게 몸을 내맡겼다. 하늘과 숲과 시냇물 등 모든 것이 새로운 빛으로 신선하고도 화사하게 그에게 와서 그의 것이 되었고 그의 언어로 말했다. 그는 단순히 한 여자를 얻은 것이 아니라 온 세계를 마음속에 갖게 되었고, 하늘의 모든 별이 그의 내면에서 타오르며 그의 영혼을 뚫고 환희의 불꽃으로 반짝였다. 그는 사랑을 하면서 동시에 자기 자신을 발견했던 것이다. 그러나 대다수 사람은 자기를 잃어버리기 위해 사랑을 한다.

에바 부인을 향한 사랑이 내게는 내 삶을 채운 유일한 것처럼 생각됐다. 그러나 그것은 매일같이 달라 보였다. 어느 때는 내 본성이 나를 이끌어 도달하려는 곳이 그 여인 개인이 아니라 내 내면의 상징에 불과하며, 나를 단지 나 자신 속으로 더 깊이 끌고 들어가려는 게 확실하다는 느낌이 들었다. 나는 종종 그녀한테서 절박한 질문에 대한 나의 무의식적인 대답처럼 들리는 말을 듣기도 했다. 그러곤 그녀 곁에서 관능적인 욕망에 불타올라 그녀가 만졌던 물건에 입을 맞추는 그런 순간이 반복되기 시작했다. 그러다가 점차 관능적인 사랑과 비관능적인 사랑, 현실과 상징이 서로 겹치게 되었다. 그런 다음에는 내 방에 앉아 그녀를 조용한 마음으로 생각했다. 그럴 때면 그녀의 손이 내 손에, 그녀의 입술이 내 입술에 닿는 것 같은 느낌이 들었다. 아니면 그녀 곁에 있으면서 그녀의 얼굴을 바라보고, 그녀와 이야기하며, 또 그녀의 목소리를 들으면서도 그것이 현실인지 꿈인지 구분하지 못한 적도 있었다. 나는 어떻게 사랑을 지속적이면서도 불멸의 것으로 간직할 수 있는지 예감하기 시작했다. 어떤 책을 읽다가 새로운 인식을 하게 됐는데, 그것은 에바 부인의 입맞춤과 똑같은 느낌이었다. 그녀는 내 머리칼을 쓰다듬어주며 성숙하고 향기로운 따스함으로 내게 미소를 지어 보였다. 그럴 때면 나는 마치 나 자신의 내면에서 어떤 진보를 한 듯한 감정을 느꼈다. 내게 중요하고 운명적이었던 모든 것이 그녀의 모습을 하고 있었다. 그녀는 내 생각 하나하나로 변신할 수 있었고, 내 모든 생각은 그녀로 변신할 수 있었다.

나는 부모님 집에서 지내야 하는 크리스마스 휴가가 다가오는 게 두려웠다. 에바 부인과 이 주일이나 떨어져 지낸다는 것은 틀림없이 고통스러운 일이 될 거라고 생각했기 때문이다. 그러나 그리 고통스럽지는 않았다. 집에서 그녀를 생각하는 것도 멋진 일이었다. H 시로 돌아오고 나서도 그런 안정감과 관능적인 그녀의 존재로부터 독립감을 즐기려고 그 집을 이틀이나 멀리했다. 나는 그녀와의 합일이 새로운 비유적인 방법으로 성취되는 꿈을 꾸기도 했다. 그녀는 내가 흘러들어 가는 바다였다. 그녀는 별이었고, 나 자신도 별로서 그녀에게 가는 도중이었다. 서로 만났고, 서로 끌렸으며, 함께 머무르면서 가깝고 쟁쟁하게 울리는 원을 그리며 우리가 서로의 주위를 영원토록 행복하게 맴도는 꿈이었다.

에바 부인을 다시 방문한 첫날에 나는 그 꿈 이야기를 했다.

그녀는 조용히 말했다.

"아름다운 꿈이군요. 그것이 진실이 되도록 하세요!"

이른 봄날 내가 결코 잊을 수 없는 날이 왔다. 나는 거실에 들어섰다. 열린 창문으로 히아신스의 진한 향기가 바람을 타고 들어와 가득 퍼져 있었다. 아무도 보이지 않아서 계단을 올라가 막스 데미안의 서재로 갔다. 나는 가볍게 문을 두드리고는 언제나 그랬듯이 대답도 기다리지 않고 안으로 들어갔다.

방은 어둡고 커튼이 모두 드리워져 있었다. 그런데 데미안이 화학 실험실로 꾸며놓은 작은 옆방으로 가는 문은 열려 있었다. 그곳에서 비구름 사이로 밝고 하얀 봄의 햇빛이 들어오고 있었다. 나는 거기에 아무도 없다고 생각해 한쪽 커튼을 젖혔다.

바로 그때 커튼이 드리운 창문 가까이에 있는 의자에 막스 데미안이 이상스럽게 변한 모습으로 몸을 웅크리고 앉아 있는 것이 보였다. 그리고 번개처럼 이런 느낌이 나를 관통해 지나갔다. 넌 벌써 언젠가 이런 일을 경험한 적이 있어! 그는 두 팔을 미동도 없이 내려뜨린 채 두 손을 무릎 위에 올려놓았다. 고개를 약간 앞으로 숙인 채 눈을 크게 뜬 데미안의 얼굴은 아무것도 바라보지 않고 감각을 잃은 채였다. 그의 눈동자 속에서는 마치 한 조각의 유리처럼 조그맣고 날카로운 반사된 빛이 반짝이고 있었다. 창백한 얼굴은 자기 내면에 침잠해 있었고, 무시무시한 마비 상태 이외의 다른 표정이라곤 찾아볼 수 없었다. 그것은 마치 사원의 현관에 있는 태곳적 짐승의 가면과도 같았다. 그는 숨도 쉬지 않는 것처럼 보였다.

떠오르는 기억에 나는 몸서리를 쳤다. 지금과 정확히 똑같은 일을 이미 몇 년 전 내가 아직 조그마한 아이였을 때 본 적이 있다. 그렇게 그의 두 눈은 내면을 응시했고, 그렇게 그의 두 손은 생기 없이 나란히 놓여 있었으며, 파리 한 마리가 그의 얼굴에서 기어 다니고 있었다. 아마 육 년 전인가 그때도 그는 꼭 이렇게 나이가 들어 보이면서도 시간을 초월한 듯 보였다. 얼굴의 주름살 하나까지 오늘과 전혀 다르지 않았다.

공포감에 사로잡혀 나는 조용히 그 방에서 나와 계단을 내려왔다. 거실에서 에바 부인을 만났는데 창백하고 피곤해 보였다. 나는 그런 표정의 그녀를 본 적이 없었다. 그림자가 창문을 스쳐 지나갔고 눈부신 하얀 햇빛이 갑자기 사라져버렸다.

나는 속삭이듯 말했다.

"막스한테 갔었어요. 무슨 일이 일어난 거죠? 잠을 자는 건지, 아니면 침잠해 있는 건지 모르겠어요. 예전에도 저런 모습을 본 적이 있죠."

"그 애를 깨우지는 않았죠?"

그녀는 급하게 물었다.

"네, 그는 제 소리를 듣지 못했어요. 전 곧바로 다시 나왔어요. 에바 부인, 그가 왜 그런지 말해주시겠어요?"

그녀는 손등으로 이마를 쓸었다.

"안심해요, 싱클레어. 아무 일도 없어요. 그는 자신에게 침잠한 거예요. 오래 걸리지는 않을 거예요."

그녀는 일어섰다. 그리고 막 비가 내리기 시작했는데도 정원으로 나갔다. 내가 함께 가서는 안 될 것 같았다. 그래서 나는 거실 안에서 왔다 갔다 하며 정신이 혼미해지도록 진한 향기를 풍기는 히아신스 냄새를 맡기도 하고 문 위에 걸린 나의 새 그림을 쳐다보기도 하면서 오늘 아침 이 집을 가득 채운 그 이상한 그림자를 마음 졸이며 호흡했다. 어찌 된 것일까? 무슨 일이 일어난 것일까?

에바 부인은 곧 돌아왔다. 빗방울이 그 여인의 까만 머리에 방울져 있었다. 안락의자에 앉은 그녀는 몹시 피곤해 보였다. 나는 옆으로 가서 그녀 위에 몸을 굽히고 머리카락에 맺힌 물방울에 입술을 갖다댔다. 그녀의 두 눈은 밝고 고요했지만, 그 물방울에선 눈물 같은 맛이 났다.

"그를 보고 올까요?"

나는 속삭이듯 물었다.

그녀는 연약하게 미소를 지었다.

"어린애 같은 짓 말아요, 싱클레어!"

그녀는 자기 내면의 마력을 깨뜨리려는 듯 나를 큰 소리로 나무랐다.

"이제 그만 가봐요. 그리고 나중에 다시 와요. 지금은 당신과 이야기를 나눌 수가 없네요."

나는 그 집에서 나와 집과 도시를 지나 산으로 달려갔다. 흩날리는 가느다란 빗방울이 내 얼굴에 부딪혔고, 구름은 무겁게 짓눌린 채 겁을 집어먹은 듯 나지막하게 흘러갔다. 아래쪽에는 바람이 거의 불지 않았지만 저기 위쪽에는 폭풍이 이는 듯했다. 때때로 짧은 시간이지만 태양이 강철 같은 잿빛 구름 사이로 파리하고도 눈부신 얼굴을 내밀었다.

바로 그때 하늘에 누런 구름이 뭉게뭉게 흘러갔다. 구름이 잿빛 벽에 걸렸고 바람이 몇 초 동안 그 누런 구름과 푸른 하늘로 하나의 형상, 즉 한 마리의 거대한 새를 만들어냈다. 그것은 푸른 혼돈에서 뛰쳐나와 훨훨 날갯짓을 하며 하늘로 사라져버렸다. 그러고 나자 폭풍이 불어닥치는 소리가 들려왔고, 비가 우박과 뒤섞여 쏟아졌다. 짤막하지만 요란스럽고 무서운 천둥소리가 빗발에 얻어맞은 풍경 위에서 울려왔다. 그러다가 곧 다시 햇살이 비쳐들었고 갈색의 수풀 너머 가까운 산봉우리 위에서 창백한 눈이 어슴푸레 비현실적으로 빛나고 있었다.

비에 젖고 바람에 날리면서 몇 시간 후에 돌아왔을 때는 데미안이 직접 현관문을 열어주었다.

그는 자기 방으로 나를 데리고 올라갔다. 실험실에는 가스불이 타고 있으며 사방에 종이가 널려 있었다. 그는 일을 하고 있던 것 같았다.

"앉아."

그가 의자를 권했다.

"넌 피곤할 거야. 소름 끼치는 날씨였어. 바깥에서 몹시 헤맨 것 같네. 곧 차를 가져올 거야."

나는 망설이면서 말을 꺼냈다.

"오늘 무슨 일이 있는 거지. 이건 그냥 뇌우가 친 것일 리가 없어."

그는 탐색하듯이 나를 쳐다봤다.

"뭔가 본 거야?"

"응, 구름 속에서 잠깐이지만 분명히 어떤 형상을 봤어."

"무슨 형상을?"

"한 마리의 새였어."

"그 새매? 그거였어? 네 꿈의 새?"

"그래, 그건 나의 매였어. 누렇고 엄청나게 컸는데, 검푸른 하늘로 날아올라 가버리더군."

데미안은 깊은 한숨을 내쉬었다.

노크 소리가 들렸다. 늙은 하녀가 차를 가져왔다.

"자, 싱클레어, 차 마셔. 네가 그 새를 우연히 본 것 같지는 않은데?"

"우연? 그런 걸 과연 우연히 볼 수 있을까?"

"그렇지, 그럴 수 없지. 그건 무언가를 뜻하는 거야. 무엇을 뜻하는지 알겠어?"

"아니, 난 그것이 다만 격동을, 운명 속의 한 걸음을 뜻한다고 느낄 뿐이야. 우리 모두와 관련이 있는 것 같아."

데미안은 급한 걸음걸이로 이리저리 서성거렸다.

"운명 속의 한 걸음이라!"

그는 크게 소리쳤다.

"사실 나도 어젯밤 그와 똑같은 꿈을 꿨어. 어머니도 어제 그것과 똑같은 예감을 느끼셨다고 하더군. 내가 사다리를 타고 나무줄기인가 탑인가 하는 것에 기어 올라가는 꿈이었어. 위에 올라가자 커다란 평야였던 나라 전체가 도시와 마을 할 것 없이 함께 불타는 것이 보였지. 난 아직 전부를 얘기해줄 수는 없어. 내게도 모든 게 명확한 건 아니거든."

"넌 꿈을 너와 관련시켜 해석하는 거야?"

내가 물었다.

"나와 관련시켜서? 물론이지. 자기와 관계되지 않은 꿈을 꾸는 사람은 아무도 없어. 그렇지만 그건 나 혼자만 관련되는 것이 아니야. 그런 점에선 네 말이 옳아. 나는 내 영혼의 동요를 보여주는 꿈과 아주 드물긴 하지만 전 인류의 운명을 암시해주는 꿈을 상당히 정확하게 구별할 줄 알아. 물론 그런 꿈은 어쩌다가 꾸지만 말이야. 그것이 예언이었으며 실현됐다고 할 수 있는 꿈은 아직 한 번도 꿔본 적이 없어. 그런 꿈은 해석이 너무 애매하지. 하지만 나하고만 관련되지 않은 그런 꿈을 꾸었다는 것은 분명히 알고 있어. 다시 말해 그 꿈은 내가 과거에도 꾸었고 지금도 계속되는 옛날의 다른 꿈에 속하는 거야. 싱클레어, 그 꿈들에서 내가 너한테 말한 적이 있는 그 예감을 얻는 거야. 우리는 이 세계가 정말 썩었다는 것을 알고 있지만, 그것이 세상의 멸망이나 그와 비슷한 예언을 할 만한 근거는 되지 못해. 난 여러 해 전부터 이 세계의 붕괴가 다가온다고 결론 내릴 수 있거나, 네가 어떤 식으로 이야기해도 좋지만 어쨌든 그런 느낌이 드는 꿈을 꾸어왔어. 그건 처음엔 아주 약하고 먼 예감이었지만 점점 뚜렷해지고 강해졌지. 아직까지도 나는 나와 관련된 어떤 거대하고 무서운 게 다가오고 있다는 것 말고는 아무것도 몰라. 싱클레어, 우리가 여러 번 이야기했던 걸 우리는 경험하게 될 거야! 이 세상 스스로 새로워지려고 하고 있어. 죽음의 냄새가 나. 죽음 없이는 절대 새로운 것이 오지 않아. 그건 내가 생각했던 것보다 더욱 몸서리쳐지는 일이야."

나는 깜짝 놀라 그를 바라보았다.

"네 꿈의 나머지를 이야기해줄 수는 없어?"

나는 수줍게 부탁했다.

그러나 그는 고개를 가로저었다.

"안 돼."

문이 열리고 에바 부인이 들어왔다.

"여기 같이 있었구나! 여러분, 혹시 슬퍼하고 있는 건 아니지요?"

이제 그녀는 생기가 돌았고 전혀 피곤해 보이지 않았다. 데미안은 그녀에게 미소를 지어 보였으며, 그녀는 불안해하는 아이들을 위로하려는 어머니처럼 우리에게로 왔다.

"우린 슬퍼하지 않아요, 어머니. 그냥 이 새로운 징표의 수수께끼를 좀 풀어보고 있었어요. 하지만 징표에는 아무것도 없네요. 오려고 하는 것은 갑자기 나타날 거고, 그렇게 되면 우리는 알 필요가 있는 걸 경험하게 될 거예요."

그러나 나는 기분이 언짢았다. 두 사람에게 작별 인사를 하고 거실을 지나갈 때 아까 맡았던 그 향기로운 히아신스 냄새가 이제 시들고 칙칙하며 마치 시체처럼 느껴졌다. 하나의 그림자가 우리를 뒤덮은 것이다.

8장

종말의 시작

여름 학기에 H 시에 머물고자 한 내 뜻은 관철됐다. 집 안에 있는 대신 우리는 대부분의 시간을 강가의 정원에서 지냈다. 레슬링에서 완패한 그 일본인은 떠났으며, 톨스토이 신봉자도 사라졌다. 데미안에게는 말 한 필이 있었는데 매일같이 끈기 있게 말을 탔다. 나는 종종 에바 부인과 단둘이 있었다.

때때로 나는 내 삶의 이런 평화로움이 의아하게 여겨졌다. 고독하게 지내는 것, 단념하는 것, 내 고통과 힘들게 싸우는 것에 오랜 시간 익숙해져 있었기 때문이다. 따라서 H 시에서 보낸 몇 달이 내게는 오직 아름답고 유쾌한 일들과 감정들 속에서만 살아도 되는 안락하고 황홀한 꿈의 섬처럼 생각됐다. 나는 이것이 우리가 생각한 저 새롭고 보다 높은 공동체의 전조임을 예감했다. 그러면서도 그것이 오래

지속될 수 없다는 것을 잘 알기에 가끔 행복감을 넘어 깊은 비애에 사로잡히곤 했다. 나는 풍성함과 안락함 속에서 호흡하도록 태어나지 않았으며, 내겐 고뇌와 광분이 필요했다. 어느 날이고 나는 이 아름다운 사랑의 영상에서 눈을 뜨고 고독이나 투쟁만 있을 뿐 어떤 평화도 공존도 없는 다른 사람들의 차가운 세계 속에 다시 홀로, 완전히 홀로 고독하게 서리라는 것을 느꼈다.

그런 생각이 든 뒤부터 나는 내 운명이 아직 이렇게 아름답고 고요한 모습을 지니고 있다는 사실에 기뻐하며, 더 큰 애정을 품고 에바 부인의 곁에 착 달라붙어 있었다.

여름의 몇 주일은 빨리 지나갔다. 학기도 벌써 끝나가고 있었다. 이별이 눈앞으로 다가왔다. 나는 이별을 생각해서는 안 되었고 생각하지도 않았다. 다만 꿀을 머금은 꽃 위의 나비처럼 이 아름다운 날들에 매달려 있을 뿐이었다. 내겐 참으로 행복한 시절이었다. 내 인생의 꿈이 최초로 실현됐으며, 우리만의 공동체에 첫 발을 내디뎠다. 다음에는 무슨 일이 찾아올 것인가? 나는 또다시 싸워나가야 할 것이고, 동경으로 괴로워할 것이며, 꿈을 꿀 것이고, 고독해질 것이었다.

그러던 어느 날, 이런 예감이 너무도 강하게 나를 엄습해오면서 에바 부인에 대한 내 사랑이 갑자기 고통스럽게 불타올랐다. 맙소사! 머지않아 나는 그녀를 더는 보지 못하게 될 것이다. 집 안을 돌아다니는 그녀의 다정하고 확신에 찬

발걸음 소리를 듣지 못하고, 내 책상 위에서 그녀가 준 꽃도 보지 못하게 될 것이다! 그런데 나는 무엇을 이루었는가? 그녀를 얻는 대신에, 그녀를 얻기 위해 싸우는 대신에, 그녀를 영원히 내 것으로 빼앗는 대신에 꿈을 꾸면서 쾌감 속에 나 자신을 내맡겼을 뿐이다! 예전에 그녀가 내게 해준 진정한 사랑 이야기와 수많은 충고의 말, 수많은 가벼운 유혹, 약속이 내 머릿속에 떠올랐다. 그것으로 나는 무엇을 했단 말인가? 아무것도 없었다! 정말 아무것도 없었다!

나는 내 방 한가운데 서서 온 의식을 집중해 에바 부인을 생각했다. 그녀가 내 사랑을 느끼도록, 그녀를 내게로 끌어당기기 위해 영혼의 힘에 집중하고자 했다. 그녀는 반드시 와야 했고 내 포옹을 열망해야 했다. 내 입맞춤으로 그녀의 무르익은 사랑의 입술을 지칠 줄 모르고 파헤쳐 놓아야만 했다.

나는 선 채로 손가락과 발부터 차가워질 때까지 긴장을 늦추지 않았다. 온 힘이 다 빠져나간 것이 느껴졌다. 잠시 동안 어떤 밝고 차가운 것이 내 안에서 단단하게 응어리졌다. 나는 잠깐이지만 내 가슴속에 수정을 품고 있는 것 같은 기분이 들었다. 그리고 그것이 나의 자아라는 것을 알았다. 냉기가 가슴까지 차올라왔다.

그 무서운 긴장에서 깨어났을 때 나는 무언가가 오고 있음을 느꼈다. 나는 죽을 만큼 지쳤으면서도 불타오르듯 황홀하게 에바가 방으로 들어서는 모습을 볼 준비가 되어 있었다.

그때 멀리서 말발굽 소리가 달가닥거리며 다가왔다. 그 소리는 점점 가까워지면서 요란하게 울리더니 갑자기 멈췄다. 나는 창가로 뛰어갔다. 데미안이 말에서 내리는 것이 보였다. 나는 아래로 내려갔다.

"무슨 일이야, 데미안? 설마 네 어머니에게 무슨 일이 일어난 건 아니겠지?"

그는 내 말을 듣고 있지 않았다. 그의 얼굴은 몹시 창백했고, 땀이 이마에서 양쪽 뺨 위로 흘러내리고 있었다. 그는 헐떡이는 말의 고삐를 정원 울타리에 매어두곤 내 팔을 잡고 함께 거리로 내려갔다.

"너도 뭐 좀 알고 있어?"

나는 아무것도 몰랐다.

데미안은 내 팔을 꽉 눌러 쥐고는 어둡고 연민이 가득 찬 이상한 눈빛을 한 채 내게로 얼굴을 돌렸다.

"그래, 이제 시작됐어. 물론 너도 러시아와의 초긴장 상태는 알고 있지."

"뭐? 전쟁이 일어났어? 그럴 거라곤 생각하지 않았는데."

그는 가까이에 아무도 없는데도 나지막하게 말했다.

"아직 정식으로 선전포고를 한 건 아냐. 하지만 전쟁이야. 내 말을 믿어. 난 그날 이후 더는 이 일로 너를 괴롭히지 않았지. 나는 그때부터 벌써 세 번이나 새로운 징조를 봤어. 그러니까 그것은 세계의 몰락도 아니고, 지진도 아니고, 혁명도 아니야. 전쟁이 일어나는 거야. 넌 이 사태가 어떤 결과를 가져올지 보게 될 거야! 사람들에게 그것은 기쁨이 되겠지. 지금부터 벌써 사람들은 전쟁이 시작되는 걸 기뻐하고 있어. 그들에겐 인생이 그만큼 무료했던 거지. 싱클레어, 하지만 넌 이것이 단지 시작에 불과하다는 걸 알게 될 거야. 아마도 큰 전쟁이 될 거야. 굉장한 큰 전쟁이. 그렇지만 그것 또한 그저 시작에 불과해. 새로운 것이 시작되고 있어. 그 새로운 것은 낡은 것에 집착하는 사람들에게는 깜짝 놀랄 일이 되겠지. 넌 어떻게 할 거야?"

나는 당황한 상태였다. 모든 것이 내게는 아직도 낯설고 비현실적으로 들렸다.

"모르겠어. 그런데 넌?"

그는 어깨를 으쓱했다.

"동원령이 내려지면 바로 군에 입대해야 할 거야. 나는 소위거든."

"네가? 그런 줄은 전혀 몰랐어."

"그랬겠지. 그건 내가 적응해나가는 것 중 하나였어. 너도 알지만, 남들이 내 일을 알게 되는 걸 좋아하지 않았던 데다 언젠가 올바르게 살기 위해 많은 일을 해온 거지. 내 생각에는 팔 일 후면 벌써 전쟁터에 나가 있을 것 같은데."

"큰일이군."

"왜 그래, 이봐, 그걸 감상적으로 해석해서는 안 돼. 물론 살아 있는 사람에게 발포를 명령한다는 것이 내게도 절대 재미있지는 않을 거야. 하지만 그건 부차적인 문제야. 이제 우리는 모두 커다란 수레바퀴 속으로 휩쓸려 들어갈 거야. 너도 마찬가지고. 분명히 징집당할 거야."

"데미안, 그럼 네 어머니는?"

이제야 비로소 나는 십오 분 전에 있었던 일이 다시 머릿속에 떠올랐다. 그사이 세상이 얼마나 변해버렸는가! 난 그 감미롭기 그지없는 영상을 불러내려고 온 힘을 집중했다. 그런데 이제 운명은 갑자기 돌변해 위협적이고 무서운 가면 속에서 나를 노려보고 있었다.

"우리 어머니 말이야? 아, 어머니 걱정은 할 필요가 없어. 어머니는 안전하셔. 오늘날 이 세상의 누구보다도 안전하시지. 넌 어머니를 몹시 사랑하지?"

"너도 알고 있었군, 데미안."

그는 아주 밝고 환하게 웃었다.

"이 어린 친구야! 물론 알고 있었지. 우리 어머니를 사랑하지 않고서 에바 부인이라고 부른 사람은 아직 아무도 없었어. 한데 그건 어땠어? 넌 오늘 어머니나 나를 불렀지, 그렇지 않아?"

"응, 불렀어. 내가 부른 건 에바 부인이었지."

"어머니는 그걸 감지하셨어. 그래서 갑자기 나를 보내신 거야, 너한테 가보라고. 그때 마침 어머니한테 러시아 소식을 이야기하던 참이었거든."

우리는 되돌아서 걸었다. 이젠 별로 할 말이 없었다. 그는 말의 고삐를 풀더니 올라탔다.

위층 내 방에서 비로소 나는 데미안이 전해준 소식 때문에, 아니 그 이전의 긴장 때문에 얼마나 지쳐 있었는지를 느꼈다. 하지만 에바 부인은 내가 부르는 소리를 들었다! 나는 내 마음속의 생각으로 그 여인에게 도달했던 것이다. 그녀가 직접 왔더라면, 아니 오지 않았다고 해도 이 모든 게 얼마나 아름다운 일인가! 전쟁이 일어날 것이다. 이제 우리가 종종 이야기했던 일이 일어날 참이었다. 그리고 데미안은 이미 그 일에 대해 상당히 많은 것을 알고 있었다. 지금 세계의 조류는 그 어디에선가 우리 곁을 지나가고 있는 것이 아니었다. 그것이 갑자기 우리의 심장 한가운데를 통과하고, 모험과 거친 운명이 우리를 부르며, 얼마 지나지 않아 이 세계가 스스로 변화하려고 하면서 우리를 필요로 하는 순간이 다가왔다는 것이 기이하게 느껴졌다. 데미안이 옳았다. 그것을 감상적으로 받아들여선 안 된다. 다만 이상한 일은 그다지도 고독했던 '운명'을 이젠 수많은 사람 그리고 온 세상과 함께 경험해야 한다는 것이었다. 물론 그것도 좋다!

나는 준비가 돼 있었다. 저녁 무렵 시내를 걷다 보니 구석구석 커다란 흥분이 들끓었다. 어디를 가도 '전쟁'과 관련된 이야기뿐이었다!

나는 에바 부인의 집으로 갔다. 우리는 정원의 정자에서 저녁을 먹었다. 내가 유일한 손님이었다. 아무도 전쟁이란 단어를 꺼내지 않았다. 다만 밤늦게 내가 집으로 돌아가려고 할 때 에바 부인이 말했다.

"친애하는 싱클레어, 오늘 당신이 나를 불렀죠. 왜 내가 직접 가지 않았는지 알 거예요. 하지만 잊지 말아요. 당신은 이제 부르는 법을 터득한 거예요. 그러니까 언제든 징표를 지닌 누군가가 필요할 땐 다시 불러봐요!"

그녀는 일어나더니 정원의 황혼 속을 걸어갔다. 침묵하는 나무들 사이를 그 신비에 찬 여인은 위대하고도 품위 있게 걸어갔다. 그녀의 머리 위에선 수많은 별이 조그맣고 사랑스럽게 빛나고 있었다.

내 이야기가 끝나간다. 사태는 급속도로 진전됐다. 얼마 안 가서 전쟁이 일어났고, 데미안은 은회색 외투가 딸린 군복을 입고 이상스레 낯선 모습으로 떠나갔다. 나는 그의 어머니를 집으로 데려다 주었다. 나도 곧 그녀와 작별했다. 그녀는 내 입술에다 입을 맞추고는 잠시 동안 나를 자기 가슴에 끌어안았다. 그녀의 커다란 두 눈이 내 눈 가까이에서 뜨겁게 불타오르고 있었다.

모든 사람이 형제가 된 것 같았다. 그들은 조국과 명예를 생각했다. 그러나 그것은 그들 모두가 한순간 들여다본 운명의 가려지지 않은 얼굴이었다. 젊은이들이 병영에서 나와 열차에 올라탔고, 수많은 얼굴에서 나는 징표를 보았다. 우리의 징표가 아니라 사랑과 죽음을 의미하는 아름답고도 고귀한 징표였다. 나는 단 한 번도 본 적이 없는 사람들에게 포옹을 당했다. 나는 그것을 이해했고, 기꺼이 그것에 답했다. 그들이 그렇게 하는 것은 단순한 도취일 뿐 운명의 의지가 아니었다. 그렇지만 그 도취는 신성했는데, 그것은 그들 모두 운명의 눈을 쬛고도 깨어 있는 시선으로 바라본 데서 온 것이었다.

내가 전쟁터에 갔을 때는 이미 겨울이 되어가고 있었다.

처음에는 사격에서 충격을 받긴 했지만 이내 모든 것에 실망했다. 예전에는 하나의 이상을 위해 살 수 있는 사람이 왜 그렇게도 적을까 하고 곰곰이 생각해본 적이 많았다. 그리고 지금 나는 많은 사람이, 아니 모든 사람이 하나의 이상을 위해 죽을 수도 있음을 보았다. 다만 그것은 전혀 개인적이거나 자유롭거나 선택된 이상일 수 없었으며, 공통적이고 떠맡겨진 이상이어야만 했다.

그러나 시간이 지나면서 나는 내가 인간을 과소평가했다는 것을 알게 되었다. 군인으로서의 의무와 모두에게 도사리고 있는 위험이 아무리 그들을 획일화시켰다고 해도 산 자와 죽은 자 모두 훌륭한 태도로 운명의 의지에 접근하는 것을 보았다. 수많은 사람이 공격할 때뿐 아니라 매 순간 목적을 잊어버리고 거대한 괴물에 자신을 전적으로 내던진 듯한, 아득하면서도 확고하고 약간 정신 나간 듯한 눈빛을 하고 있었다. 자기들이 원하는 바를 믿고 생각하고 있을지라도 그들은 준비를 갖추고 있었으며, 유용한 사람들이었다. 그런 그들한테서 미래가 만들어지는 것이었다. 그리고 이 세계가 전쟁과 영웅주의, 명예, 그 밖의 다른 낡은 이상을 완강히 고집하는 것처럼 보일수록, 표면적으로 인간성의 모든 음성이 아득하고 비현실적으로 울릴수록 이 모든 것은 마치 전쟁의 외적이고 정치적인 목적에 대한 질문처럼 피상적인 것에 불과했다. 저 아래 깊은 곳에서 무언가가 생성되고 있었다. 새로운 인간성과 같은 그 무엇인가가. 나는 많은 사람을 보았고 그들 가운데 상당수가 내 옆에서 죽어갔다. 하지만 증오와 분노, 살육과 파괴의 감정이 그들의 상대와 관련되어 있지 않다는 것을 그들한테서 느낄 수 있었다. 아니, 그 상대는 그 목적과 마찬가지로 전적으로 우연한 것이었다. 본래의 감정은 가장 과격한 것일지라도 적을 향한 것은 아니었다. 그 감정이 피비린내 나는 작품을 만들어낸 것은 그저 자기 내면의 표출이었다. 새롭게 태어나기 위해 미쳐 날뛰고 죽이고 파괴하고 죽어버리려고 하는, 내면에서 분열된 영혼의 표출에 불과했던 것이다. 그것은 거대한 새 한 마리가 알에서 나오려고 싸우는 것이었다. 그 알은 세계였고, 그 세계는 산산조각이 나지 않으면 안 되었다.

어느 이른 봄날 밤이었다. 나는 우리가 점령한 농장 앞에서 보초를 서고 있었다. 맥없는 바람이 이따금 변덕스럽게 불어왔고, 플랑드르 지방의 높은 하늘엔 구름 떼가 흩날리고 있었으며, 구름 뒤쪽 어딘가에는 달이 떠 있는 것 같았다. 그날은 온종일 왠지 불안했다. 그 어떤 알 수 없는 걱정이 내 마음을 어지럽혔던 것이다. 이제 나는 어두운 초소에서 지금까지의 내 생활과 에바 부인, 데미안을 생각하고 있었다. 나는 포플러나무에 등을 기대고 서서 움직이는 하늘을 응시했다. 남몰래 떨고 있는 하늘의 밝은 빛은 곧 솟아오르는 거대한 형상이 되었다. 이상할 정도로 가냘프게 뛰는 내 맥박에서, 바람과 비를 통해 전해지는 내 피부의 무감각함에서, 번쩍거리는 내면적 경각성에서 나는 지도자가 내 주위에 있음을 감지했다.

구름 속에서 한 커다란 도시가 보였다. 그곳에서 수백만 명의 사람이 쏟아져 나와 광대한 풍경 속으로 떼를 지어 흩어졌다. 그들 한가운데서 반짝이는 별을 머리에 단 산맥처럼 거대하며 에바 부인의 표정을 지닌 강력한 신의 모습이 나타났다. 그 속으로 인간들의 대열이 사라져갔다. 마치 커다란 동굴 안으로 들어가듯 빨려 들어가서 없어지는 것이었다. 그 여신은 땅바닥에 웅크리고 앉았는데, 이마 위의 점이 환하게 빛나고 있었다. 마치 꿈이 그 여신을 지배하는 것처럼 보였다. 여신은 두 눈을 감았고, 그녀의 커다란 얼굴이 고통으로 일그러졌다. 갑자기 여신은 날카롭게 소리를 질렀다. 그러자 그녀의 이마에서 수천 개의 반짝이는 별들이 튀어나와 멋진 활 모양과 반원을 그리면서 어두운 하늘로 날아올랐다.

그 별들 가운데 하나가 날카로운 소리를 내면서 똑바로 내게 날아왔다. 마치 나를 찾는 듯했다. 바로 그때 그 별이

굉음을 내며 수많은 불꽃으로 파열하면서 나를 솟구쳐 올렸다가는 다시 땅바닥에 내동댕이쳤다. 우레 같은 소리를 내면서 세계가 내 위로 무너져내렸다.

나는 흙에 뒤덮이고 많은 상처를 입은 채 포플러나무 바로 옆에서 발견됐다.

나는 지하실에 누워 있었다. 포탄이 내 머리 위에서 우르릉댔다. 차 안에 누워 나는 황량한 벌판 위를 덜거덕거리며 지나갔다. 대개 잠을 자고 있거나 의식을 잃은 채였다. 그러나 깊이 잠들수록 무엇인가가 나를 끌어당기고 있음을, 내가 나를 지배하는 어떤 힘을 따라가고 있음을 더욱 격렬하게 느꼈다.

나는 마구간의 지푸라기 위에 누워 있었다. 어두웠다. 누군가가 내 손을 밟았다. 그러나 내 내면은 계속해서 가려고 했다. 나는 한층 더 강하게 이끌리고 있었다. 다시 나는 차 안에 누워 있었고 그 후에는 들것인지 사다리인지 알 수 없는 것 위에 누워 있었다. 점점 더 강하게 나는 어딘가로 가야 한다고 명령받고 있음을 느꼈다. 이제 마침내 그곳까지 가야 한다는 절박감 말곤 아무것도 느끼지 못했다.

바로 그때 나는 목적지에 도착했다. 밤이었다. 내 의식은 온전한 상태였다. 방금 전까지만 해도 나는 강력한 끌림과 절박함을 느꼈다. 지금 어떤 홀의 바닥에 잠자리를 펴고 누워 있었는데, 내가 부름을 받은 그곳에 와 있음을 느꼈다. 나는 사방을 둘러보았다. 내 매트리스 바로 옆에 다른 매트리스가 놓여 있고 그 위에 누군가가 누워 있었다. 그는 몸을 굽혀 나를 바라보았다. 그의 이마 위에 징표가 있었다. 막스 데미안이었다.

나는 말을 할 수가 없었다. 그리고 그도 할 수 없었거나 하려고 하지 않았다. 그저 나를 바라볼 뿐이었다. 그의 머리 위 벽에 걸린 등불이 그의 얼굴을 비춰주었다. 그는 내게 미소를 지어 보였다.

끝없이 오랜 시간을 그는 계속해서 내 눈을 들여다보았다. 그는 천천히 자신의 얼굴을 내 가까이 가져왔고, 우리는 거의 살이 맞닿을 정도가 됐다.

"싱클레어!"

그가 속삭이듯 나를 불렀다.

나는 그의 말을 알아들을 수 있다고 눈으로 신호를 보냈다.

그는 거의 연민에 가까운 미소를 다시 지어 보였다.

"꼬맹아!"

그가 미소 지으며 말했다.

데미안의 입은 이제 내 입과 아주 가까이에 있었다. 그는 나직한 목소리로 말했다.

"프란츠 크로머를 아직도 기억해?"

그는 물었다.

나는 그에게 눈을 깜박였다. 그리고 미소도 지을 수 있었다.

"꼬마 싱클레어, 잘 들어! 난 떠나야만 될 거야. 넌 언젠가 나를 다시 필요로 하겠지. 크로머나 아니면 다른 일 때문에 말이야. 그때 네가 나를 부르면 나는 더 이상 그렇게 간단히 말을 타고 가거나 열차를 타고 가지는 못할 거야. 그럴 땐 너 자신의 내면에 귀를 기울여야 해. 그러면 내가 네 안에 깃들어 있다는 걸 알게 될 거야. 알겠지? 그리고 또 있어! 에바 부인이 말했어. 만약 네가 언젠가 잘못된다면 그녀가 내게 주어 보낸 입맞춤을 너한테 해주라고……. 눈을 감아, 싱클레어!"

나는 순순히 두 눈을 감았다. 피가 조금씩 계속 흐르면서 전혀 그치려 하지 않는 내 입술 위에 나는 가벼운 입맞춤을 느꼈다. 그러고 나서 나는 잠이 들었다.

다음 날 아침 누군가 나를 깨웠다. 붕대를 감아야 했던 것이다. 마침내 잠에서 완전히 깨자 나는 재빨리 옆 매트리스로 몸을 돌렸다. 거기에는 내가 한 번도 본 적이 없는 낯선 사람이 누워 있었다.

붕대를 감는 것은 아팠다. 그 이후 내게 일어난 모든 일도 아팠다. 그러나 가끔 열쇠를 찾아내어 어두운 거울 속에 운명의 형상이 졸고 있는 나 자신의 내면으로 완전히 내려가면 그 거울 위로 몸을 굽히기만 해도 그 사람과 완전히 똑같은, 내 친구이며 지도자인 그 사람과 똑같은 나 자신의 모습이 보였다.

옮긴이 김세나

한국외국어대학교 독일어과와 동 대학 통역번역대학원을 졸업했다. 현재 한국외국어대학교 통번역센터 연구원, 서울중앙지방법원과 서울고등법원 법정 통역사, 국제회의 통역사, KBS 동시통역사로 활동하고 있으며, 출판번역에이전시 베네트랜스에서 번역가로도 활동하고 있다. 옮긴 책으로는 《생각하는 여자는 위험하다》《젊은 시인에게 보내는 편지》《수요일의 기차 여행》《사람은 왜 살인자가 되는가》 등이 있다.

데미안

초판 1쇄 발행 | 2018년 2월 20일

지은이 | 헤르만 헤세
옮긴이 | 김세나

펴낸이 | 이삼영
책임편집 | 카후, 고현진
마케팅 | 푸른나래
디자인 | 호기심고양이

펴낸곳 | 별글
블로그 | http://blog.naver.com/starrybook
등록 | 128-94-22091(2014년 1월 9일)
주소 | 경기도 고양시 덕양구 오금로 7 305동 1404호(신원동)
전화 | 070-7655-5949 팩스 | 070-7614-3657

ISBN 979-11-86877-53-1
979-11-86877-49-4(세트)